JN190895

財は友なり

労働運動と会社再建闘争一筋〝怒り、泣き、笑い〟の半世紀

高岡正美

紙パ連合・関西北信越地方労働組合連合会・顧問
M&T総合企画／高岡労働・経営問題研究所・所長

浪速社

～写真で綴る60年の足跡～

激動の労働運動へ

▲日本包装容器、40％の人員削減（首切り）と10％賃下げの大合理化に反対し5波にわたるストライキに突入し抗議集会で訴える著者（1985年3月）。

▲四国のオリエンタル製紙の自己破産で閉鎖、全員解雇反対闘争で急遽現地に派遣された。報告集会の後門前で。（1990年７月31日）

◀大淀製紙全員集会。経営危機で社長更迭を親会社ニチメンに申し入れた経過を報告する著者。右から2人目。(1999年3月18日)

協和工機組合委員長らの不当処分に抗議し関西地本が支援集会。社長とのトップ会談の経過を報告する著者(右端)。(1988年10月17日)▶

▲関西紙産業(個人加盟)ファルコン分会工場閉鎖に反対し社長と団交(左から社長、著者、水本地本書記長、佐藤地本委員長)。(1996年1月)

▲大阪工作所の企業再開闘争勝利報告会で挨拶する著者（右）。

◀経営破綻の危機にあった学校法人辻学園卒業式に招待され、教授陣と記念写真。（右からに下畠日本料理教授、小笠原製菓教授、西尾西洋料理教授）
学校経営再建で著者が顧問として入り、教職員会を結成し学校経営の存続に成功した。（2011年3月14日）

大阪府労働委員会の労働者委員として2期4年を務め退任。多くの弁護士先生や大阪の主要組合、争議団共闘の仲間が「慰労と激励会」を開催。（左が著者。右は前労働者委員の化学一般、坂井宝眞氏）（1984年3月16日）▶

◀ 丸三製紙企業再建で、社長交代後の組合の方針を決定する。(2009年10月)

静岡の紙の名門企業、▶
天間製紙自己破産。全員解雇反対闘争で西日本中小労組代表が支援オルグ。前列左から３人目が著者。(2005年1月13日)

▲少数組合が大きな闘いを続け、最後の一人まで組合を守り、大きな功績を残した聯労解散大会。前列右が著者。(2012年12月14日)

▲中越テック㈱「大阪工場閉所」式で「私の力不足で」と挨拶する古屋社長（中央）。総括の挨拶をする著者（右）。（2006年6月30日）

▲中越印刷製紙労組（現チューエツ）の定期大会で、副委員長として会社再建闘争の交渉経過を報告する著者。（1990年10月）

紙パ、注目の闘い！

▲紙パ労連関西地本の書記に採用され、初めて本部大会に出席した著者（左）。（1957年7月）

▲地連定期大会で中越テック企業存続のためアドバイザリーとして、経営再建にあたっている経過を報告し支援を訴える著者。（2006年9月）

▲鹿児島・川内で開かれた中越パルプ労組定期大会に紙パ本部役員として挨拶する著者。(1994年9月13日)

◀大淀製紙労組定期大会で雇用保障協定を勝ち取る闘いを訴える。10月に協定化。(1977年8月31日)

親会社の中越パルプに信頼される▶三善を組合主導で作ろうと訴える。(1990年9月1日)

▲第4回産別労使懇談会（労使トップセミナー）で問題提起する著者。

紙パ連合10周年記念に▶中小労組担当として貢献した事で表彰を受ける。（1996年7月12日）

◀関北地連は北陸ブロックを中心に存続を決定。感謝の辞を述べる。（2002年8月30日）

写真でたどる海外労組との友好親善

（上）イタリア・ヴェネツィアの街を逆Ｓ字形に貫く大通り河、メインストリートである。（1984年5月）

（中）CGT 製紙労組幹部との会談が終りシャンペンでカンパイ。前列左が著者。右から3人目の黄色いセーターがヌーザレード書記長。

（右）ドイツのボンで開かれた ICEF（国際化学エネルギー一般労連）第20回世界大会で、フィンランドのジャーナリストから突然インタビューを申し込まれる。（1992年11月4日〜6日）

▲韓国化学聯盟全国競技大会（文化／体育１万人集会）へ招待される。右から４人目が著者。（1997年10月）

韓国製紙部会後、朴委員長（右）が盧武鉉大統領から貰った記念の酒で「髙岡さんと乾杯！」（2004年10月11日〜18日）▶

◀韓国ナショナルセンター本部訪問。崔副委員長（中央）の歓迎と記念品を頂く。右が著者。（1991年5月）

(上) 韓国製紙委員会から研修会の講師として招待を受け、中央で講演と問題提起をする著者。(2000年12月)
(中) 関西北陸地本組合代表18名が韓国化学聯盟を訪問し、亜細亜製紙工場前で熱烈歓迎を受ける。著者右端。(1998年5月)
(右) 韓国化学聯盟製紙委員会での講演を終え、清原の大韓製紙工場見学する著者。右から２人目。(2004年10月)

▲イギリス・ロンドン、国会議事堂をバックに。（1984年5月）

▲18世紀バロック様式の壮大な噴水を背にトレヴィの泉前で。（1980年10月26日）

▲パリ郊外の古城シャンティを案内してくれたホンサンマクサンの組合幹部。（右から2人目が著者）

▲エピダウロスの奇跡といわれる、14000人収容の大劇場。ギリシャ時代の野外劇場。（前・4世紀）

▲生まれて初めて海外でメーデーに参加。ギリシャのレオス公園で若い女性に囲まれて上機嫌の著者（左）（1984年5月1日）

▲フレンツエのアカデミア橋にて。後にロレタン宮が広がる。（1985年5月）

生涯現役の気概を胸に

▲大阪府で知事をつとめた黒田了一先生（中央）を訪問して色紙を頂く。左は著者、右は化学一般関西地区の北口書記長。（1978年4月9日）

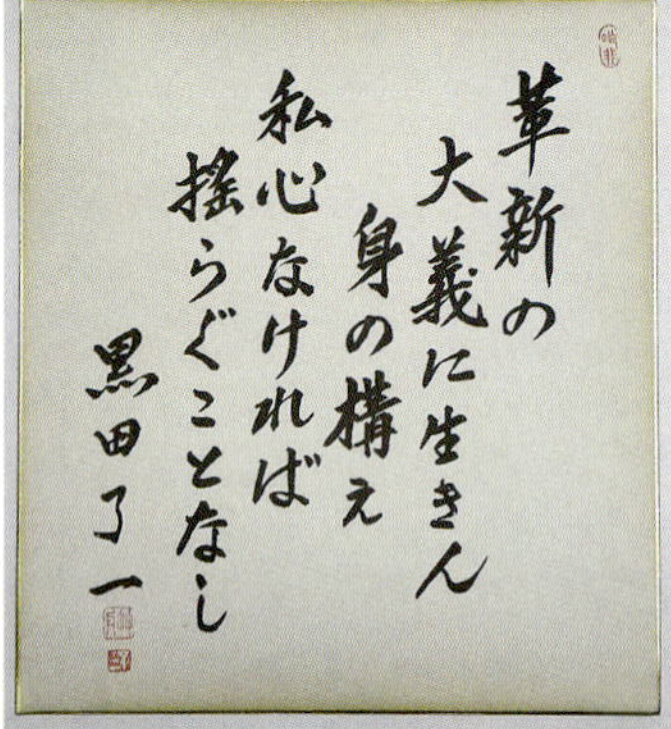

錚錚たる弁護士先生と恒例のゴルフ大会のあと、思いがけずメンバーから著者77歳（喜寿）の祝いを受ける。
前列右・著者、左・大川先生。
後列右から村松、広、渡辺、田島、徳井各先生（2011年7月13日）▼

▲丸三製紙高尾社長『紙の源流を尋ねて』の出版パーティで祝辞を述べる。（著者中央）（1994年5月）

親しい弁護士さんと恒例のゴルフ。前列中央が著者。（2015年4月29日、鳴門カントリー） ▶

◀アドバイザリーを務めた㈱モリクロ創業50周年記念。左から2人目が著者、4人目が山田社長。（2012年12月2日）

趣味と私

美人の舞妓さん二人と東山清水寺近くでツーショット。実はこの舞妓さん、我が娘と姪っ子。（右から次男・拓也、長女・絵利香、姪の祥子、著者）▶

▲前立腺がん発症をきっかけに、唯一の趣味詩吟のとりこになる。１年目に新人の部で入賞。2018年６月に準師範に合格。

日本紙興労働組合結成30周年記念大会で皿回し芸と詩吟を披露。▶

序文　「髙岡さんの労働組合運動」

弁護士・日本弁護士連合会元事務総長
大川　真郎

1　はじめに

本書は、髙岡正美さんの八十年余の波瀾万丈の人生総決算の書であるとともに、産別労働組合のリーダーとしてたたかい抜いた活動の記録です。

私たちは、本書によって、現在のきびしい情勢下にある労働組合運動の展望を切り拓く、貴重な教訓を引き出すことができるように思われます。

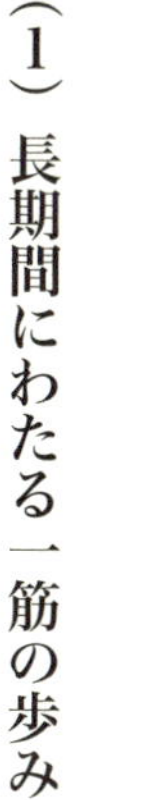

2　たたかいの特徴

(1)　長期間にわたる一筋の歩み

髙岡さんの中小労働組合運動の特徴は、五十年余にわたって組合運動の指導者として専念したことにあります。ギネスブックに記録されてもよいような驚くべき長期間、この道一筋たたかってこられました。

戦後、労働組合は新しい民主国家を担う存在として、憲法上も期待されて出発し、大きな影響を及ぼしたことから、「昔陸軍、今総評」といわれました。髙岡さんの活動は、この頃の壮烈な大争議の中に応援要員として放り込まれるところからはじまります。

労働者側の無期限ストライキ、使用者側のこれに対抗するロックアウト、警察権力の介入、暴力団の雇入れなど手段を選ばぬ攻撃に、髙岡さんは学生運動とはまったく異なる「生きるか死ぬか」の闘争を、身を以て経験しました。それと同時に、組合を支援するカンパ活動やオルグ派遣がどれほど当該労働者や組合を力づけ、ありがたいものかを知りました。

その後、労働組合運動は、ご存知のとおり、衰退の一途をたどりますが、髙岡さんはその過程に終始かかわることになります。

最近の朝日新聞（二〇一八・三・十一）の「低成長時代を生きる」と題する記事の中で、労働界代表として古賀伸明連合前会長は、「労組の基本である、仲間を一人でも多く増やそうという取り組みが不足していた」「非正社員の増加といった構造変化への対応が遅れた」など痛切な反省とともに、「どこかでこれを打ち破らないと、社会から労組が置き去りにされかねない」と危機感を募らせていますが、同氏は、その一ヵ月前にも、同紙談話で、「連合会長時代に次の時代に何をすべきか考え続けたが、平成（の時代）では答えが見いだせなかった」とも語り、労働界のトップが労働組合の将来に何ら展望を指し示せないことを告白しています。

しかし、髙岡さんは、これとは対照的に、長い年月の間、労働運動の厳しい困難に立ち向かい、組合員の生存権を守るために悪戦苦闘の実践の中で、苦悩と挫折、そして勝利の経験を積み重ねて、組合運動のあるべき姿を見出していったのが特徴です。

（2）ぎりぎりのところでのたたかい

髙岡さんのたたかいは、企業倒産などの深刻な事態にあまり遭遇しない大手の労働組合ではなく、中小労働組合のぎりぎりの生存権をかけたたたかいを中心としていたところに特徴があります。

会社倒産、工場閉鎖、全員解雇などもっとも困難な状況の中で、企業存続、再建による雇用確保を求め、粘りづよく、泥くさく、したたかに修羅場をくぐり抜けて、成果をかちとってきたのでした。

それは、〝怒り、泣き、笑い〟、人間性丸出しのたたかいであり、少数組合への転落、組合分裂、組合員の雇用喪失など辛い思いをするなかで、髙岡さんが貫いたのは、労働者の雇用を守ることこそ最重要であり、雇用を失わざるをえない場合でも労働者の犠牲を最小限にとどめることにあり、そのために大胆な妥協も一定の犠牲も辞さないという姿勢でした。

（3）対決でもなく、癒着でもなく

髙岡さんのたたかいは、なにより企業を存続させて労働者の雇用を確保しようとするもので、「労使の力ずくの対決」ではありませんでした。

企業を敵視せず、企業再建のためには、労使が一緒になって取り組むことを求めました。この立場は、使用者言いなりの「労使協調路線」ではなく、労働組合自らが方針を立て、主体的に経営にかかわり、合意に達しなければ、裁判闘争、労働委員会闘争などの法的手続をとることも辞さなかったのです。

確かに、この立場は、対決路線と比べて、使用者の巧妙な思惑に欺されたり、丸がかえされたりする危

険性があり、身を切るような決断を迫られ、場合によっては、会社再建のために、自らが会社役員となって経営を担うことにもなります。

それを乗り越える、労働組合の指導者が、使用者と対等に交渉できる実力、経験を備えなければなりません。しかも、交渉相手は使用者に限りません。企業再建・雇用確保するため、管財人、取引先、親会社、銀行、商社、そして地場産業を守る観点などから地元の市長などを相手にすることもあります。

そこで、労働諸法のみならず、会社更生法、破産法などの法律、裁判・労働委員会の手続、再建計画や協定書の作成などにも習熟する必要があります。企業の全体像を把握するために、経営把握、財務諸表等につよくなることも求められますが、自らの力に加えてこのような分野における専門家との間に人脈を築かなければ対応できません。

髙岡さんは、頭のよさに加えて、持って生まれたエネルギーの量と負けん気、手を抜かない自己に厳しい姿勢と努力でこのような力を身につけ難局に対応してきました。

それだけではありません。この立場を貫くには、組合員からはもちろん、使用者側からも信頼され、少なくとも一目置かれる人でなければならないことです。情勢をよく見きわめ、したたかで、粘りづよく相手を説得するだけでなく、ときに使用者の立場でものを考える、その心をつかむ、すぐれた使用者からは学ぶ、という懐の広さ、柔軟さも求められます。

本書の中で、髙岡さんがすぐれた経営者から人生哲学を謙虚に学び、自らを成長させていく、いくつかのエピソードが紹介されています。また、髙岡さんはすぐれた組合活動家であれば、その人が総評系に属しようが、同盟系に属しようが、接触し、学びとりました。いわゆる「レッテル貼り」をしなかったのです。

そして、到達した結論は、「信頼の基は、正しい人間関係にある。そのためには自分の行動で示すしかない。」ということでした。

（4）批判に耐えて

このような髙岡さんの組合運動はときに、左右の路線から批判を受けることになりました。「使用者と癒着しているのではないか」「労働者の経営参加など御用組合のやることだ」「「アカ」に欺されるな」などといった批判などですが、髙岡さんは、実績を積み上げ、信頼を得ることによってこれらの批判を乗り越えてこられたと思います。

そして、ついに「労働組合は組合員だけものではなく、全社員のものであり、組合は社員とともに企業をささえ、改善していく礎となるもの」「小さな組合であっても、大きな役割を果たせる」との強い自信を持つに至ったのではないでしょうか。

（5）一回り大きく

髙岡さんは、大阪府地方労働委員会の労働者委員として選ばれ、大争議を解決し、労働者側に勝利の決定を得させるため、大きな役割を果たされた時期がありました。適切な助言と労を惜しまない取り組み姿勢は、申立て労働組合から高く評価され、惜しまれながら退任されたのです。

髙岡さんにとって、労働者委員としての活動は、個別組合、産別組合の次元をこえ、全労働者的立場で労働委員会制度などを考える機会となり、制度改善を提言するなど、総労働の立場からあるべき労働運動を考える大きな視野を持つに至ったと思います。

3 たたかいから学ぶべきもの

高岡さんを支えたのは、たたかいには「正義」が必要であり、人間としての絆を大切にし、友情と信頼のもとで活動するということであり、その根底にあるのは「人間の尊厳」の思想でした。

それは、高岡さんが貧困、飢餓の極貧生活を乗り越え、中学に一日も行かず夜間高校に進み、ついに仕事をしながら大学を卒業するまでに至った経歴、その中で培われた強靭で自立した精神とまっすぐな生き方によるものと思われます。

いま、労働組合運動が衰退から立ち上がれず、あるべき方向が見えないなかで、本書が今後のあり方を示す貴重な指針になると思います。

それだけでなく、高岡さんの生きてきた姿には、労働組合とは無縁の人にとっても学ぶべきことが多いのではないでしょうか。

絆・信頼・友情・人間愛など数多く触れ

紙パ連合・関西北信越地方労働組合連合会・顧問
M&T総合企画／高岡労働・経営問題研究所・所長
高岡　正美

労働運動一筋で五十年の節目を迎えた頃、多くの方々からこれまでの歩みをまとめてはと声をかけていただきました。

しかし、これまで著名人や先輩たちが、職業や人生に一区切りをつけた時点で、自叙伝的ないわゆる「自分史」を発刊されているのを見て、なんとなく違和感を憶え、気が進みませんでした。

宅急便・クロネコヤマトの創始者である小倉昌男氏の『小倉昌男・経営学』は、私の愛読書のひとつですが、小倉氏は「現役中は出さない」と決め最後まで意志を貫かれました。

私は、産業別労働組合の役員専従として五十数年、専従役員を退いた後も、多くの労働組合の要請もあり個人事務所（M&T総合企画）を設立し、紙パ関北地連及び個別組合の顧問として「中小労働運動」の推進と会社経営の再建などにもこれまでとはやや異なった立場から関わりをもち続けてきました。

私が、労働運動を始めて五十年が経った時期に、これを節目にこれまでの経験を記録に残そうと思いたった時期もありましたが、二〇一〇年に前立腺がんを患い、その三年後に胃がんが発症して、本当に辛い思いをし、一時は断念するところまでに至りました。

しかし、多くの皆さんの叱咤激励もあって病気との闘いを乗り越え、予想外に早く体力も回復し、いまも現役で精一杯お手伝いできることを感謝しています。

「戸籍が間違っているのでは?」と何時も思うのですが、思いもかけず四年前に八十路の坂を越え、もうぼちぼち自分の生きて来た数え切れない経験と〝波乱万丈〟ともいえる足どりを自分のためだけではなく、その時々に支えてくれた多くの先輩・仲間、そしてそれを引き継いでくれている若い組合リーダーたちに継承する、つまり「語り部」としての役割を果たす責任があるのではないかと考えるようになりました。

私の座右の銘は「男の財は友なり」です。五十歳(一九八五年)の頃、直木賞作家の藤本義一氏から私宛に書いていただいた色紙の言葉です。

大好きな街小樽で石原裕次郎記念館を訪ねる。「激動の中で心を癒す」(2014年8月14日)

自分で言うのもおこがましいのですが、〝この道一筋、したたか労働運動〟での出会いの中で、人間としての絆や信頼、あるいは友情・人間愛などの尊さに数多く触れることができ、それは私の大きな財産であり宝物になりました。

その事をずばり言い当ててくれたのが故・藤本義一さんの一言「男の財は友なり」でした。

藤本義一さんは、当時、読売テレビ「11PM」という超人気番組の司会者としても有名タレントでした。

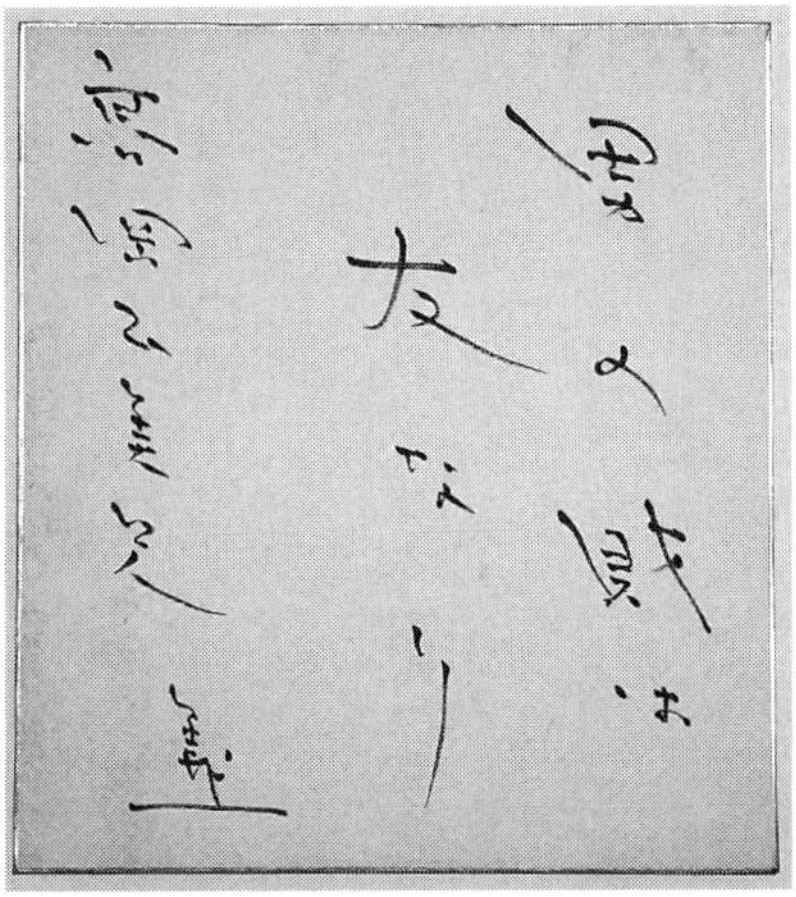

もちろん、その長い足どりや多くの出会いの中には、言葉にならない人間の弱さや苦悩、思いもかけない裏切りや敗北、挫折など苦い経験も嫌というほどありました。それを支えてくれたのは多くの〝友〟でした。まさに〝怒り、泣き、笑い〟の半世紀だったといえます。

本書の題字は、藤本義一さんに加えて、私が尊敬する組合幹部の一人、中越パルプ労組の森脇紘治元委員長が「髙岡さんの本の題字は〝怒り、泣き、笑い〟が相応しい」とプレゼントしてくれたものです。

こうしたかけがえのない経験や機会を与えて頂いた多くの皆さんへの感謝とご恩返しの気持ちをふくめ、自分の人生の足どりの一部を記録として残すことで、組織と若いこれからのリーダーに何かのヒントや教訓を伝える事が出来ればとの思いがあります。

同時に、本書発刊の目的は、単なる髙岡個人の〝組合運動六十年〟の節目としての「自分史」ではなく、激動の紙パ業界の中で、厳しさと困難を真正面から受け止め、したたかに「会社を守り、雇用を守る闘いの砦（とりで）」として労働組合が知恵と勇気をもって闘い、大きな力を発揮してきた一つひとつの足跡を残すことにあります。

直木賞作家・藤本義一さんから贈られた色紙
「男の財は友なり」（1985年2月22日）

今ひとつは、労働組合の役割と存在が問われ、一段と労働組合の存在感が薄くなっている現実です。「組合なんか必要ないのでは？」と組合員の「組合離れ」を目の当たりにするにつけ、どんな小さな組合であっても、いや、小さな組合こそが会社を支えている例が少なくない事を、事実でもって少しでも知ってもらいたいと考えたからです。そして今の組合と労使関係があるのは、これまでの長い歴史の積み重ねのなかで築かれた財産であることを、改めて感じて欲しいと思ったからです。

組合は組合員だけのものではありません。組合は全社員のものであり、組合は社員と共に会社を支え、改善していく礎であることを、このささやかな闘いの記録から知ってもらいたいと、切に願っています。

日本の労働組合の現況は、六千六百万人と言われる就業労働者数のうち組織された労働者数九百九十八万一千人（二〇一七年現在）で、二年前に一〇〇〇万人を割り、組織率は一七・一％、八割以上が未組織労働者です。

しかも、組織されている労働者のうち、全体の八割を大手企業や官公労などの正規労働者が占め、二割が中小企業の労働者という状況で、中小企業の組織率はわずか〇・八％にしか過ぎません。

私たち紙パの中でも、一部の組合で、「組合は何をやっているかわからない」「組合費を下げろ」と言う声があがり、それも数年前まで大きな問題で苦労をした組合で、オープンショップを理由に組合を脱退する動きが出るなど、信じられないほど労働組合の役割と存在意義の低下が見られます。

その反面、わずか三十名そこそこの小さな組合が、会社存続と雇用を守るために立ち上がり、大企業、親会社を動かし、企業を存続させ雇用を守る闘いで大きな成果を得た実例があります。

それは、私が顧問として長年指導、支援をしているハリマ製紙（ハリマペーパーテック）のつい最近の闘いです。

私たち、紙パ連合や関北地連の中には「労使関係は平和で特に問題がない」これが当たり前と思っている組合が結構多くあります。

地連の組合や私が顧問をしているところでは、組合に対して会社は、人事や経営問題で重要なことは、必ず組合、委員長に事前に報告をし、組合活動の保障、たとえば就業時間中の組合活動に対する賃金保障などの便宜供与も、理解をもって対応してくれる会社も多く見られます。

そこでは、組合員、執行部もそれが「当たり前」のように思われていますが、これらは、過去の多くの労使の対立や経営危機などでの葛藤の中で、組合の先輩たちが努力して積み上げてきた貴重な宝物であることを知らない組合員が増えており、既得権も徐々に剥奪されつつあるのが実態です。

私が歩んだ、六十年のうち少なくとも後半四十年近くの運動理念は、「労働組合の存在が、会社の経営をただし、会社を守り存続させるために大きな役割を果たすべきだ」であり、この運動理念を一貫して追求してきました。

紙パ労連関西地本の書記長時代から始めた産業別労使懇談会（トップセミナー）で、経営トップの皆さんに「労働組合のレベルアップは、会社を守りよくする上でも役に立つのだ」と主張し、「組合が会社にとって嫌な存在であるとすれば、それは、会社にも責任がある」と本音で訴え反響をよびました。

これは、言い過ぎだったかも知れませんが、その当時は、会社も前向きに受け止め精一杯協力をしてくれたと思っています。

こうした運動理念や労使関係のあり方、考え方は、関北地連の一部組合から強い批判を一時は受けたこともありました。

しかし、長年の実績と行動の積み重ねのなかで大勢としては、多くの組合幹部や活動家からの信頼に繋がり、また経営側からも「信頼」とまではいかないまでも〝一目おかれるような存在〟として、影響力を発揮できる原動力になったのだと思います。

本書を、私が生涯の活動基盤としてきた、紙パ労連・紙パ連合（日本紙パルプ紙加工産業労働組合連合）関北地連（関西北信越地連）、そして、その前身である、紙パ労連関西地本、紙パ北陸地本の運動の歴史書として活用され、その記録と闘いの歴史を後に続く世代に継承していくための運動史の一端として、ほんの少しでも役立てて頂ければ幸いです。

『財は友なり』

――労働運動と会社再建闘争一筋〝怒り、泣き、笑い〟の半世紀――

目次

■第六章　労働戦線統一と関北地連結成！

序章　数多くの倒産、閉鎖から再生への道を模索

1 カジノでつまずいた井川家のルーツと私

・前代未聞の不祥事

最近、といってももう数年前の話になりますがびっくり仰天のニュースが飛び込んできました。

紙パの大手企業で、家庭紙（ティッシュペーパー）のトップメーカーとなったエリエールで有名な大王製紙の井川意高（もとたか）会長が関連会社の金を五十億円あまり無担保で借り出し、百億円以上もの大金をカジノでギャンブルにつぎ込むという前代未聞の不祥事をおこした件です。（二〇一一年九月十六日）

私の長い労働運動の中で、特に大王製紙とは関連子会社を含めて深い関わりがあっただけに、とても信じられず大きな衝撃を受けたのです。

私は、大王製紙の関連子会社の倒産や経営危機、地域公害、深刻な労使紛争や組合の分裂問題などの解決、労使一体での会社再建の取り組みなど、その数は数え切れないほど多く経験してきました。特に深く長かった企業をあげると、大津板紙・京都製紙・兵庫パルプ・高知パルプ・兵庫製紙・ハリマ製紙などがあります。

その間、大王製紙の創業家の井川家一族との関係は、創業者の伊勢吉氏をはじめ、兄弟の井川達二、井川和一、井川清（伊勢吉氏の兄弟）、伊勢吉氏の長男の井川高雄、次男の井川尚武の各氏であり、各氏それぞれ桁外れに個性的で経営トップとして優れた資質をもっていました。

私は、各氏が関係各社の社長当時、交渉相手として面識（それぞれつきあい度の濃淡はありますが）があっただけに、そうした優れた一族の中でも特に厳しい環境の中で育った高雄氏は、飛びぬけて激しい性格であり、子育てでも長男の意高氏にはとりわけ厳格だったと聞いていました。しかも、英才教育を受けていた意高氏のこうした不祥事は信じられない驚きでした。

この事件発生で一番に心配をしたのは子会社のハリマペーパーテックでした。大王製紙の関係企業のなかでも、ハリマペーパーテック（旧・ハリマ製紙）は、一九七六年（昭和四十一年）に倒産し、私は会社更生法の申請から自力再建闘争に関わり、今日に至るまでの四十年間にわたって大王製紙系列のもとで労働組合としての企業存続と再建闘争に関与してきました。

この経験は、私の長い労働運動の中でも大変貴重なもので、詳しくは後述しますが、そんな大王製紙の経営トップの信じがたい不祥事だけに、本当に驚きました。

・井川家のルーツと社長との出会い

事件よりかなり以前の話ですが、その渦中の人、井川意高氏に会ったことがあります。

当時私は、紙パ労連本部の機関紙『月刊紙パ』の編集部を担当していて、各社の社長に登場願い、当該社長に巻頭言を書いてもらうという企画を編集部で決め、日本製紙の宮下武四郎社長、次いで王子製紙の千葉一男社長、（いずれも当時）などを皮切りに各社を訪問し、取材と原稿執筆を依頼したのですが、この企画は大変評判が良かったのです。

労働組合の月刊誌のトップに各社の社長を登場させることなど当時は奇抜な発想で、当初は批判もありました。しかし私は、編集を担当し、組合幹部や学者だけではインパクトが弱いと考え、マンネリを打破するため紙パ労連関係の会社の経営トップを紙面に取り上げることを決断、編集部に了解を取り付けやり始めたのです。

最初は、大手・中堅企業から、そして中小企業は、顔見知りの関西の各社長にお願いしたのです。そのなかで、大王製紙の系列子会社の社長になった井川意高氏に取材に行くことになりそれが初めての出会いでした。

意高氏は、大王製紙の創業者・井川伊勢吉の直系の孫で三代目。筑波大付属高校から東大法学部卒とエリートコースを歩いて来た人です。

そうしたことから、私なりに勝手なイメージを頭に描いて会いに行ったのですが、会って話をして驚きました。意高氏は大変腰の低い、人間味豊かで、その上経営センスのあるとても素晴らしい人だったと感じたのです。それまで私の抱いていた東大卒のエリートという勝手な思い込みをことごとく覆されました。

大王製紙の創業者、井川伊勢吉は、十九歳の時、四国でリヤカーを引いて古紙を集めて製紙会社に卸す仕事を始め、そこから一代を築いた立志伝中の人物として有名です。

一九四三年（昭和十八年）に大王製紙を設立。段ボール原紙と新聞用紙を二本柱に据え、会社の規模を拡大し、一九六〇年には東証一部上場を果たし、四国でトップの企業、国内でも王子製紙、日本製紙に次ぐ大企業に育てあげた人物です。

ところが、六二年五月に大王製紙は倒産、会社更生法の申請に追い込まれたのです。その年に慶応大学を卒業し、大王製紙に入社したのが二代目、井川伊勢吉の長男、高雄氏。

今回、問題を起こした意高氏の父です。高雄氏は会社倒産から会社再建の試練の中で経営者として育ったわけです。

一般的に会社更生法を申請し倒産した会社では、その時の経営者は失脚して残ることは考えられません。経営に失敗したわけだから創業家の社長だからといっても、そのまま残ることは一〇〇%ありえないのです。

ところが、奇跡的に伊勢吉氏はそのまま社長に残ったのです。それには、労働組合が大きな役割を果たしたと言われたのです。

当時、大王製紙の労働組合で組合長だった大西菊市氏は、大変な実力者で、会社再建にあたって管財人や特に銀行や商社など大口債権者の言う事を聞かず、「井川伊勢吉社長でないと組合は再建に協力しない」と断固たる姿勢をとったのです。

大西組合長とは高知パルプの大争議のとき以来の知り合いで、大王製紙の地元三島・川之江地区の製紙労働組合のドンとして影響力を発揮し、私とは老舗の料亭などに度々呼ばれご馳走になるなど懇意にして頂き、会社再建で井川伊勢吉社長との話も結構聞かされたものです。

現に大西組合長が亡くなった時、私も葬儀に参列しましたが雨が降りしきる中、小柄な伊勢吉社長が最後まで参列されていた姿をみて、二人の絆の強かった事を改めて感じたのです。

そんな伊勢吉社長が、組合、従業員だけでなく地元の財界からも全面支援をうけて社長に返り咲いたのは驚きでした。一度は会社を倒産させたけれども、大王製紙再建には井川伊勢吉でないとだめだという結論がだされたのです。

・倒産からスタートした二代目社長の高雄氏

当時、二代目の高雄氏（伊勢吉社長の長男）は大学を出て二十四〜二十五歳、倒産から再建の試練の中で経営者として育ったわけですが、氏の側近、ブレーンだったのが、大津板紙で専務をしていた大沢保氏です。

この人はその後、大王製紙の社長も務めた人です。倒産からスタートした高雄氏は、父親の経営方針を改めたことでも有名です。

父、伊勢吉氏は「王子製紙を越える会社にしたい」と大王製紙と名付けて、頑張って会社を大きくしてきました。

しかし、新聞紙や印刷用紙では、業界一位の王子製紙や二位の日本製紙と闘っても勝てないと考えた高雄社長は、庶民の生活に密着した家庭紙に目を付けたのです。高雄社長は、ティッシュペーパーのエリエールや紙オムツを発売、それが成功して今や家庭紙では日本一の会社に育てあげた功労者だといえます。

そんな父親に厳しく育てられた意高氏だけに、出会った当時はさすがだと感じたのですが、今回の不祥事を聞いて唖然としました。

会社のお金を百億以上も借り出して、こともあろうに、ギャンブルに注ぎ込んだとは、今も信じられません。また事件発覚後、会社と創業家が事態の収拾を巡って泥沼の対立になってしまいました。

マスコミの報道等をみると、意高氏が社長に就いたのは四十二歳の若さでした。ライバルの製紙会社の幹部の話として「理詰めで業界や会社のことを考える合理的な経営者だった」(日経新聞十二年二月十三日)といわれています。

同紙によると「父の高雄は社内で灰皿を投げたり、不出来の社員の首を飛ばしたり、他人に厳しかった。だけど出来のいい意高だけは自慢の息子だった」そうです。

「意高は父とは違い、社員のボトムアップで物事を決める普通の会社を目指していた。誰よりも早く出社し、社員の話に耳を傾けた。が、結果が伴わなかった。意高が社長を務めた〇七年から十一年、大王の業績は振るわず、リーマンショック後の十年度には百八十二億円の最終赤字を計上。そのもどかしさから、ギャンブルにのめりこんだのかもしれない」と、日経新聞は報じています。

意高氏は経営トップとしても、また父親としても厳しく、気性の激しい父にギャンブルによる損失とは言えず、先物取引等での損失とウソの報告をし、負けを取り戻そうとカジノの深みにはまっていったようです。

「国内の紙・板紙市場は内需が厳しくて大変。暗いし、やっていても面白くないんだよね」。こんな風に十一年春、社長から会長に代わることが決まった意高氏は、肩の荷を下ろしたように語ったとも報じられています。

既にこの時、私生活ではカジノにのめり込んでいたのです。自分は特別な人間だと自覚し肩に力が入り過ぎ、常に期待をかけられことに疲れ果てていたのかもしれないとも報じられています。

二〇一一年十月に事件発覚後、意高会長が首を切られたのは当然ですが、顧問だった高雄氏も解任。さらに大王製紙の新しい経営陣は創業家の持つ大王製紙の株も譲れと申し入れました。

これに高雄氏が怒った。「事件を起こした意高は確かに悪い。が、意高が社長の時に専務で支えた佐光氏が社長として残り、当時の管理職が誰一人責任も取らず、その上、創業家の持つ株を譲れとは何事か」と大王製紙の経営陣にかみついたのです。そこから会社と創業家の泥沼の争いになってしまったのは知られる通りです。

・大王製紙、子会社の苦悩

長々と事件の経緯について述べてきたのは、他でもありません。製紙会社はオーナー企業が多く、傘下にいわゆる子会社を多く持っているからです。

そんなワンマン体質のオーナー企業の功罪と、その系列子会社の経営とその会社の組合がどんなに大変なのか、考えていただきたかったからです。

大王製紙の子会社は、三十七社ありました。親会社がこういう不祥事を起こすと、親会社の社員も大変ですが、子会社はもっと大変です。自分の会社の責任でも何でもないのに、会社の存続が危うくなってしまうからです。

例えば、私が関係していたハリマペーパーテックは大王製紙の子会社ですが、独自の営業部門は持っていません。自社の主力製品は「ハリマカラー」の名称のダンボール原紙です。

販売は「大王製紙ブランド」として大王がすべて販売しています。だから、ハリマは大王と手を切られると、会社を閉めなければならならなくなるわけです。

同じく、滋賀県にある兄弟会社、段ボール原紙のライナーを抄いている大津板紙も、今回のカジノへの百数十億円の不祥事で、大王製紙子会社から切り離す対象とされた事が十二月に決定されたのです。

私は、当時のハリマペーパーテック労働組合の江籠平委員長と清水書記長だけに相談し、万が一の事態が発生する前に大王製紙及びそれと対立して醜い争いをしている創業家（井川一族）を相手に、雇用保障協定などを武器に、①ハリマの経営に責任を持つこと、②組合と事前協議する事、③いかなる状況の中でも、会社存続と雇用を守るための裁判をいつでも起せるよう決意し準備に入ったのです。

こんな時、組合はどうすべきなのか？　自分の会社とだけでなく、親会社の経営者とも交渉する必要が出てきます。

私は最悪の事態を考え、僅か三十四名の組合でしたが、大王製紙と創業家の井川一族を相手に裁判を起すことを決意したのです。その事がどれだけ大変なことか、そんな生々しい話も含めて、本書では、こうした私の体験を洗いざらいお話ししたいと思います。

第一章　活動の原点は幼少時代の貧困と飢餓

1 貧困生活の子ども時代

・親父が癌で亡くなってどん底の生活に

私はこれまで、「なんでそこまで労働運動一本、その道一筋で行くんや」「半世紀以上もそれ一本で歩くことが出来たわけは何なんか……」と、よく訊かれたものです。

考えてみると、自分の活動の原点には、子ども時代の貧困と飢餓の生活があると思います。食べることに困って、辛くてしんどい思いをしたハングリーな、厳しい時代があったからではないか、そしてもう一つは生まれつきの負けず嫌いがあったからと思うのです。

韓国・ソウル(京城)で父母たちと記念写真。左から著者(5歳)、兄・勇(8歳)、父母と前列右から妹・博美(3歳)。

終戦前後は誰もが苦しい生活を強いられましたが、そのなかでも生きるか死ぬかという厳しい幼年時代の貧困生活について、「なぜそんなにどん底の貧乏生活だったのか」と考えるのです。

私の記憶を辿ると、十歳(一九四四年・昭和十九年)で小学四年生の時、父親が癌で亡くなったのがきっかけだったと思います。

父がなくなって直ぐに、口減らしのため丁稚奉公に出されました。まさしく昔の徒弟制度で、金網とかザルを作って売る小さなお店に住み込みで働くことが条件で、学校に行かせてもらいました。

学校に行きたいという理由は、勉強が好きだから、と言うよりも、近所の友達が朝になったらみんな学校へ行くという姿を見て、自分も一緒に行きたいという素朴な気持ちからでした。

私は、父が亡くなるまでは、それほど学校の成績は良くなかったし、評判のやんちゃ坊主だったそうです。ところが、父が寝込んだ頃から急に勉強をやりはじめました。成績が良いと授業料を補助してもらえるという目的もどこかにあったらしいのです。

この頃の記憶が、ちょっと曖昧なのですが、担任の先生がたびたび家に来て励ましてくれた事もあり、頑張って勉強しだしたらすこし面白くなって、五年生にはクラスの級長（学級委員長）にも選ばれました。当時の学校は成績で級長が選ばれたのです。

父が亡くなってしばらくして、父が経営していた事業が潰れたこともあり、家も差し押さえを受け追い出されました。そこで、京都の伏見稲荷のすぐそばにある観月橋に近い民家の一部屋を間借りし、三つ上の兄と私、二つ下の妹、六つ下と七つ下の弟の五人が、六～八畳ぐらいの部屋で暮らす事になったのです。

・芋と野菜が主食の生活

なぜ兄妹だけだったかというと、母親は好きな人が出来ていたようで家にあまり帰ってこない。好きな人の仕事が長靴など履物の修繕や様々なものを売る行商をやっていたようで、その人について、年中日本中を旅しているような状況でした。

たまには、仕送りがあったと思いますが、その程度では兄妹五人の食費を賄うには全然足らないわけです。

学費がタダになっても学校に行けない、なによりも毎日の食費がない。私も弟も栄養失調になるし、兄は腸チフスにかかって働けなくなるなどアクシデントが続きました。

当時、米・麦など主食は「配給制度」でした。その配給米を買いに行くにもお金がないのです。仕方がないのでお金を作るため、毎日寝ている布団を質に入れました。当時はボロ布団でも質屋さんはお金を貸してくれたのです。

まずそのお金で配給米を買いましたが、その米を食べたら一週間も持たないので、その配給米を〝闇米〟として売って、そのお金で他の安い食料品、イモや野菜をいっぱい買って食いつなぐ生活の繰り返しでした。

だから、毎日の主食はサツマイモと野菜です。水菜が一番安かったので、水菜を焚いて食べました。サツマイモは、まだいい方で野菜ばかり。

しかも野菜は味付けの醤油も買えず塩味。ひもじいから食べるけどなかなか喉に通らず、特に一番下の弟は食べると吐いてしまうなどたまらなかったですね。

高校時代に、「芋の飯」と題して、貧困と飢餓状態の当時の生活をそのまま生徒会新聞に投稿したことがありました。「毎日野菜を食べた事」「好物のサツマイモはもともと大好きだったが、毎日毎日食べていやになった。胸が焼けて芋と相性が合わなくなった……」など、当時の兄妹たちと過ごした貧困生活の事を書くと、同級生たちの間で話題になり、先生に声をかけられました。今となったら何ともいえない辛いみじめな想い出話です。

悲しく、辛かったといえば、妹が家で使う燃料として、近くの鋳物工場で捨てられる真っ赤に焼けたコークスの殻を拾いに行って顔に大やけどをした時のことです。

妹は、痛い痛いと泣き叫びましたが医院に行く金が無く、一晩我慢させましたが、どうしても辛抱できずお金の事は考えず近くの医院に飛び込みました。

医者に「お金がなくても、直ぐに連れてくればよかったのに」と叱られ「お金はいつでも出来た時でいいから……」と優しく言われました。妹の顔の傷は大きくなるまで、シミとして残り女の子だけに辛い思いをさせた自分が情けなく思いました。

もう一つは闇米を買いに行って、兄が警察に捕まったことがありました。「芋の飯」時代から少し後のことです。

私はもう中学生ぐらいの歳になっており、東寺のそばの家に住んでいた頃です。母方の祖母にお金を借りて、それを懐に入れて、近鉄電車に乗って大久保駅まで行き、そこから二時間近く歩いて、木津川を渡ったところのお百姓さんの家で、ジャガイモやお米や麦などを買って近所や知り合いに売るという闇の買出しをしました。

ところが、たまたま兄が行った時、駅で張り込んでいた警察官に尋問され、闇米が見つかって、お米もジャガイモも没収されてしまいました。お米の没収はつらかったのですが、幸いなことに、兄がまだ子どもということで警察はすぐに放免してくれました。

・やっと家族揃っての生活

私は、一九三四年（昭和九年）八月石川県の小松市で生まれました。戸籍は、京都になっていますが、父が仕事で小松に滞在をしていた時に生まれたと聞いています。

未熟児で生まれつき身体が弱く、生まれてすぐに肺炎になり「もう駄目か」と母たちは思ったそうですが、京都の小さなお医者様（名前は忘れました）のお陰で助かったと何度となく聞かされました。

一九三九年、私が五歳の時に父が仕事の関係で、ソウル（当時・朝鮮の京城市）に単身赴任していたので、母が兄と私と妹を連れてソウルへ転居しました。

それで私は、一九四一年ソウルの承慶小学校という日本人学校に一年生として入学しました。

日中戦争が始まり叔父（米作）が出兵兵士として戦場へ。
最前列右側、祖母に抱かれる著者（3歳）（1937年2月）

しかし、その年に太平洋戦争が始まって、日本海は敵の機雷だらけで危ない、うかうかしていたら日本へ帰れなくなるといわれ、一九四二年にみんなで日本へ帰って来て、京都駅のすぐ近くに住み、山王小学校（国民学校）に転校したのです。

戦争が激しくなり、父も間もなく日本に帰ってきて、やっと家族そろっての生活ができるようになりました。

私は小学校三年生になって〝ラッパ隊〟に入り、夢中で練習しました。私は乳児の時の肺炎で気管が弱かったことから、母がラッパ隊にいれて鍛えようとしたのだと祖母が教えてくれました。このラッパの練習に熱中しましたが、教育勅語も毎日繰り返して復唱、まさに軍国少年でした。

・ショックを受けた玉音放送

一九四五年八月十五日の終戦の日の玉音放送のことを鮮明に覚えています。

私は当時、京都の山科の大石神社のすぐそばに疎開をしていました。学童疎開ではなく、個人的な疎開というか、祖父が材木屋をやっていた時に、買ってあった粗末な茅葺の家を借りて、母方の祖母と一緒に暮らしていたのです。

家に水道も井戸も無く、毎日、近くの小さな山から湧き出る飲み水を汲みに行ったりして、暮らしていました。

そこはあまり快適な住まいではなく、ノミがいてあちこちかまれ、痒くて床に布団を敷いて寝ることが出来ず、竹で作った粗末な長椅子をベッドがわりにして寝ていたことは忘れられません。

毎週一回は京都の家へ、峠を越えて二時間近く歩いて帰っていました。八月十五日も、峠を越えて一人で寂しい山道を、てくてくと歩いていると、前からやって来た人が、今日、天皇陛下の玉音放送があって、「日本は戦争に負けたよ」と教えてくれたのです。

それを聞いて、ひどくショックを受けたのを覚えています。前述のように私はいっぱしの軍国少年で、日本が戦争に負けるはずがないと信じていましたから、それでひどいショックを受けたのでしょう。毎年、八月十五日になると、そのことが思い出されます。

・貧乏でも兄妹五人で一緒に暮らしたい

子ども時代のこうした貧乏ながら、家族そろっての平和な生活は、長くは続きませんでした。

私が小学四年の時、父が癌で突然亡くなったのです。経済的な柱を失い蓄えもなかったことから、一家は生活に困り働くことになりました。

私は、さしあたり何とか丁稚奉公しながら学校へ通っていたのですが、家族が住んでいた京都の南口の家も追い出され、伏見稲荷の近くで兄妹五人の間借り生活になってしまい、そうなると満足に食べられません。

仕方がないので、私は学校をやめて兄と一緒に、京都東山東福寺のそばにあった中澤製綿所という紡績工場に働きに出ました。当時は毛糸などがあまりなかったので、フェルトを混ぜた繊維でセーターとかを編むのですが、その糸を作っていました。

職場環境は最悪で、仕事が終わり遅くなるとそこで寝るのですが、朝起きたら鼻の穴は綿くずだらけというほど衛生状態が悪かったのです。

そこでは、一生懸命に働きましたが、とても生活できず、妹や弟も学校に通えない。そこで私が暇を見つけて、弟妹に勉強を教えましたが、短気な性格でスパルタ式教育（覚えが悪いと、物差しや本などで頭をたたくなどひどいスパルタ教育）だったものですから評判は悪かった。

私たち兄妹の生活状況を見ていたのか、近くの民生委員の人が来て、それではいけないと、妹と弟二人は園部（現在の京都府南丹市園部町）の施設に預けることになりました。貧乏でも一緒に暮らしたかったのですが、泣く泣く弟妹たちとは離れ離れの生活がはじまりました。

・兄と一緒に麻雀パイ作り

その時、私は十三歳で、もう中学校に通う年齢になっていましたが、やはり学校には一日も行けず働きました。良くまじめに働くと評判も良く、近所の方の紹介で職場を変わりました。

竹田出橋（いでばし）の近くにあった清水工業所という小さな街工場で、兄と一緒に麻雀パイを作る仕事を始めたのです。

当時の麻雀パイは、竹と牛骨を材料にしたすべて手作りの作業です。今では麻雀パイはプラスチックですが、昔は天然の素材で作っていたのです。

兄は手先が器用で彫刻が出来たので、牛骨に「東・南・西・北」の文字や絵模様の手彫りの彫刻をし、私が電動カッターやグラインダーを使って加工するのです。

それを清水工業所は、任天堂に納めていたのです。ゲーム機で世界トップメーカーの任天堂です。当時任天堂は、花札や株札を作る老舗メーカーでしたが、麻雀パイを日本で作るようになったのです。

兄の事業を手伝い、麻雀パイの彫刻をする著者。
（1951年6月、夜間高校生時代）

・兄が独立して販路拡大

清水工業所は、紡績会社に比べてうんと給料がよくなりました。食事も出してくれたし、倉庫があって、そこで寝泊まりしていました。たくさん竹があって、主に孟宗竹（もうそうちく）です。

ただ、麻雀パイの材料となる牛の骨が天井に届くほど積み上げられていて臭いことこの上ない。この臭気にはたまらず辛い地獄の毎日でした。

一、二年して、兄が清水工業所の了解を得て独立しました。京都の奈良電鉄（現在、近鉄）の伏見駅の近くに、小さな家を借りて内職のような形で始めていたのです。

それもつかの間、音と臭いの苦情から、東山にある三十三間堂の近く、知り合いの家の倉庫を借りて、本格的にグラインダーやら機械を据えて麻雀パイを作って、すぐ側にある任天堂に卸すことになりました。

そのうち任天堂だけでなく、少しでも高く買ってくれる会社を探すべく、関東や東海地方を回って販路を拡大、商売は順調に拡大し、ようやく最低生活ができる状況になったのです。

2 ある一言でいきなり高校受験に挑戦！

・学校へ行きたい気持ちを持ち続けて

私は自分と家族の生活のために、仕事にすべてをかけ、小学校も六年生になってすぐ中退して働き、結局中学も一日も行かずに働き続けましたが、学校へ行きたいと言う気持ちをずっと持ち続けていたので、いつも口癖のように「学校へ行きたい、学校へ行きたい」と言っていたようです。

そんな頃、近くの伏見に夜間中学が出来るとの話を耳にしたのです。経済的理由で中学校へ通うことができず働いている子供が、働きながら学べる夜間中学です。

そこで妹の通っていた中学の担任で長沢という先生に相談すると、手続きを含め全部やってくれることになりました。

・長沢先生の一言で猛特訓

ところが、教育委員会（だと思う）から、このたびの夜間中学校は、今年小学校を卒業した生徒だけが対象で、私は高校へ行く年齢だからダメと言われ、もう学校は諦めるしかないのかと涙がでました。

そうしたら長沢先生が、「そんなに学校へ行きたかったら、ちょっと頑張って高校入試に挑戦したらどうや……」と勧めてくれました。

中学校へ一日も行ってない、そんな人間に高校を受験してみろというのです。聞いたときは、とても無理と思いましたが、「ダメでもともとや」と兄にけしかけられたこともあり、挑戦することにしました。

しかし、にわか勉強であり、自分一人では出来ません。たまたま兄の友人で、マハタギ電波という電気屋さんで山田という名前だったと思いますが、洛南高校に行っていた息子さんに勉強を教えてもらうことになったのです。

仕事が終わったらその人の家に行って、英語や数学など、毎日二、三時間、つきっきりで教えてくれました。実に頭の下がる恩人との出会いでした。妹が使っていた古い中学の教科書や、洛南高校の古い教科書も使っての特訓でした。

勉強といっても私は、比較的記憶力が良かったので丸暗記がほとんどでしたが、古本屋で買った模擬試験などをやったところ「何とかなりそう……」と、山田さんが言ってくれるまで頑張ったのです。

・大検に挑戦！

そこで、高校受験に必要な、中学校を卒業したのと同等の資格をとる大検（大学入試資格検定試験）に挑戦したのです。

大検は、高校入試を受ける資格があるかどうかをみる登竜門だそうで、そんな制度すら知らなかったのです。とはいえ自分ではあまり自信がなかったのですが、思いがけなく合格しました。

洛南高校の先輩だった山田さんの紹介もあり、真言宗東寺が経営する東寺高校（真言宗東寺が運営し東寺高校だったが、一九六〇年代前半に夜間部は洛南高校に改称）に夜間部があって、東寺夜間高校の入学

高校入学後、やっと制服・帽子を買ってもらう。
後列左から著者と妹・博美。前列左から弟の明と實。

試験を受けて合格したのです。

入学式はいまでも忘れられません。本当に嬉しかった。入学式の晴れ姿としては、当然みんな詰襟の学生服です。

ところが、私は学生服なんか持ってない。買うお金もない。母が、近所の中学生がいる家に頼み「一日だけ貸して」と言ってくれたのですが駄目でした。

・古着の背広で入学式へ

そこで、私の唯一の普段着の「背広？」を着て行きました。生徒が背広なんか可笑しいと思われるでしょうが、この背広は、弟たちが園部の養護施設に預かってもらったとき、外国（アメリカなど）からの寄付（古着）でもらったもので、それが私の普段着でした。

来る日も来る日も着ていた服ですから、「酷く汚れてる」といって、前日に母が洗ってくれたのですが、それが完全に乾いてなくて、入学式の後ろから見ていたら湯気がポッポッと上がっていたようで「クスクス笑い声」が聞こえ、恥ずかしい思いをしました。

夜間高校の校長（教頭兼任）は川原先生と言いましたが、入学式の挨拶で、「入学おめでとう。働きながら学ぶことは大変なことだ。半端な気持ちで勉強しても続かない……」と厳しい話をされ、「今日の新入生の中に中学に一日も行ってない生徒がいる。だから、努力してやれば出来る、頑張りなさい」、とみんなを励ますような話をされました。

聴いていて、「ああ、私のことを言っているのだ」と思ったら、なんかジーンときて、涙がポロポロ出てきました。

・素晴らしい人に恵まれる

入学後、三ヵ月ほどたった頃、教頭先生に呼ばれました。いきなり「お前は人の三倍やらなあかん」と言われました。「やってるがな」と思わず心の中で反発しましたが、「夜間学生の勉強は、修行であり、〝恋愛はご法度だぞ〟」とも言われました。

なぜこんな話をするのかと考えていたら、先生は「宮本武蔵は二刀流を使えたが、武蔵は超天才やったからな」といいます。

要するに、「お前は天才やないんだから二刀流は無理や、頑張ってひたすら勉強に専念しなさい」と、気遣って諭してくれたのでしょう。私はこんな風に、節目節目で素晴らしい人に恵まれたのです。教頭先生は、今でも大恩人だと有り難く思っています。

高校3年生当時。

・主治医で恩師の本出先生

高校では、すぐに新聞部に入りました。特にジャーナリズムに興味があってとかではなく、ともかく読む事、書く事が好き（それにしては字は今でも下手ですが）で、新聞部の先生が非常に優しいし、尊敬できる人でもあったからです。

家に遊びに呼んでもらったりして、色々と影響を受けました。新聞部の活動は学校の勉強とはまた違って、自分自身をつくることに役立ったように思います。

ある時、幾何・数学の先生で大好きな本出真三先生から「髙岡君、将来何になりたいんや?」って聞かれ、「弁護士です」と答えたら、笑われましたが、何でも話せる先生でした。

当時の本出先生は、京都大学医学部の学生で、すでに教員免許を持っていて、東寺夜間高校で教鞭をとられた後、医学博士号まで取られた学者ですが、庶民派の医師として大阪の天神橋近くで「本出診療所」を開業されました。身体の弱かった私の主治医としても長年にわたりお世話になった恩師です。

・憧れの弁護士さん

私がその時、「将来は弁護士になりたい」と答えたのは、単なる思い付きではなかったのです。

父がまだ生きているとき、終戦間際か、戦後すぐだったかに、公安警察に捕まりました。多分思想犯だと思うのですが、まだ、小さかったので何をして捕まったのかよく分かりませんでした。

父親が刑事に殴られ手錠をはめられて連れて(逮捕)行かれた姿を目撃し、強いショックを受け、いつまでも忘れられません。

その時に世話になった弁護士さんの励ましに、心からの優しさと思いやりにふれて「弁護士さんて凄いな」と思ったのです。

名前は忘れましたが、たしか黒川という弁護士さんでした。

背は低く、いつもよれよれの背広にネクタイをしていて、父に面会に行ったときに同行してくれたのですが、最初はとても弁護士には見えず、「どこのおっさんや」と思っていたら、母

大学受験失敗。
予備校時代、リーゼントの著者。

に「弁護士さんやで……」と言われたのです。

弁護料もまともに取らずに親切にしてくれて、弁護士さんってすごい、「大きくなったら弁護士になりたいなあ」って、勝手に物凄く憧れたのです。

3 夢は弁護士さん！　苦労の末に大学合格

・見事に受験失敗

夜間高校は、四年制が一般的ですが、東寺夜間高校は学校の方針で、三年で単位を取って卒業できるカリキュラムでした。お蔭で何とか頑張って高校は三年で卒業しました。

理由は分かりませんが、生まれて初めての卒業証書を手にして、最初に父の仏壇に供え線香を上げました。感謝の気持ちとこれからも頑張るとの思いだったのだと思います。

勿論「弁護士になりたい」の夢もつよくなり、高校に入ってからは「なんとしても大学へ行きたい」と精一杯頑張ったと思います。

しかし大学と言っても私学には行くお金がない。国公立は難しいと悩んでいたところ、先生に「頑張れば国公立の大学へ行ける」といって激励され、入試の推薦もしてくれたので、張り切って受験したら、みんな落ちてしまいました。

学校が受験させてくれたのは、大阪市立大学・神戸大学・京都工芸繊維大学でしたが、大きなショックでした。

それでも夢はどうしても捨てきれず、一年浪人して再挑戦すると腹を決め、そのために東山二条にある京都予備校へ通いました。予備校も入学試験があったのですが、これはなんとか受かりました。

今から考えると浪人生活は、苦しい自分との闘いでしたが、何とか踏ん張り、次の年も再挑戦しました。勿論、選んだ大学は授業料の安い国公立で、同じく神戸大や大阪市立大等を受けたのですが、またも見事に全部ダメでした。

・なんとか立命大に合格

これ以上浪人はできないので、どうするか悩んだのですが、先生や親友、兄からの勧めもあり立命館大学法学部の二次試験を受けることにしました。二次試験は国公立を落ちた学生がいっぱい来るから難しい、と言われていたのですが、なんとか合格し大喜びでした。

関西の私学、関・関・同・立の中で立命館を選んだのは、格段に授業料が安かったから、それだけです。

入学金は兄に世話になった上に義理の父親にもお金を借りました。大学入試について兄が応援し背中を押してくれて、今でも感謝しています。兄も、大学へ行きたかったはずで、弟の私をなんとしても大学へと考えバックアップしてくれたのでしょう。

立命館大学入学２回生
（1956年22歳、東福寺にて）

立命大がどんな大学か入学するまでは全く知りませんでした。しかし、入学式で末川博総長の挨拶を聴いて感銘を受け、立命館大学の素晴らしさを知り、限りない愛着と誇りを持つようになりました。

終戦後、アメリカ占領軍の幹部が、平和主義者であり、リベラルな学者といわれた末川先生と面談した際、先生に、占領軍の幹部は「日本人は、恐ろしい武士道を信奉しており、徹底した天皇制のもとでやってきた軍国主義の国だ。そんな軍国主義のしみ付いた日本を平和の国に変えたいから協力してほしい」と言ったそうです。

・大好きになった末川先生

末川先生は、「日本の国民は、どこの国より平和を愛している。国民はみんな戦争を嫌ってたんや」「皆さん、日本人が住んでいる家を見て下さい。アメリカや西洋はどこへ行っても、鉄筋や石で作った鉄筋コンクリートの家に住んでいる。日本人は〝木筋壁クリート〟の家に住んでいるんです。戦争したらすぐに火事になって焼けてしまう家に住んでいる。そんな日本の国民が戦争を好んでいるはずがない。必ず日本は平和の国になる」と、入学式の挨拶で話をされたのです。

何も知らなかった私は、この話を聞いて〝木筋壁クリート〟と言う新語にもふきだして笑いましたが、「素晴らしい人がいてるもんや」と、末川博先生が大好きになったのです。

末川先生は、入学式の結びの言葉として「未来を信じ未来に生きる、それが若者の使命である」「その輝かしい未来と尊い命を守って、二十一世紀につながるこれからの歴史を展開してゆくのは、若い人たちである」といわれたことを、当時の日記に書いています。

先生から色紙に書いて頂いた言葉には、「激動のなかで社会悪とたたかい、時代の逆流とたたかいながら平和憲法とお互いの人権をまもり二十一世紀のすばらしい歴史の道をひらこう」と記されてあり、今でも宝物のひとつとして机の前に掲げています。

・他校からも末川先生の講義を聴講

入学した頃の立命館大学は、法学部・経済学部が京都御所の東の河原町広小路にあり、電車道を隔てた東側に文学部がありました。少し離れた金閣寺近くの衣笠に理工学部がありました。

法学部の講義は、殆どが存心館一階の木製で三人がけの机のある薄暗い教室で行われました。

そこで、細野武男先生の「社会学」、浅井清信先生の「労働法」、大西芳雄先生の「憲法」、佐伯千仭先生の「刑法」など錚々たる先生の授業を受けたのです。

しかし、末川博総長の講義「法学」は、大教室のある存心館でした。月に一〜二回の特別な末川講義は特に人気があり、大教室でもいつも学生が廊下にあふれていたのです。聞いてみると、他の学部の学生にくわえ、府立医大・京大からも聴講に来ていると言うので驚きました。

確かに、末川先生の講義はわかりやすい言葉で話され、講義というよりはまさに講演を聴いているようでした。「きょうは末川先生の講義があるから」と、バイトをさぼり学校へ来ると掲示板に「休講」の紙が貼り出されており、度々がっかりさせられたものでした。

先生の講義の中で「法学が何のためにあるか、人類の幸福と平和を守るためにある」ともいわれ、そうした理念の根底に立って勉強することが大切だ、と繰り返し言われていた事も心に残っています。

・学友会の役員に立候補

入学後しばらくして、私はひょんなことから学友会（立命館大学の学生自治会）の役員になりました。

いきさつはこうです。入学してすぐ、大学の奨学金で「学内貸与」という制度があったので、手続きに行くと、二部の学生は働いているから対象外だといわれました。

これは不公平ではないかと学校へ文句を言いに行きました。さらに、学友会にも投書しました。すると、先輩がやって来て、「お前、学友会の委員にならないか」と誘われたので、あまりよく考えず同意したのです。ところが、学友会の役員は立候補制度であり、立会演説に出て自分の主張や抱負を訴える事が必要だと言われてびっくり。人前でしゃべった経験もない私にはとても無理だと思案したのですが、先輩から背中を押され思い切って出る事にしたのです。

初めての経験だし、何をしゃべったらいいのか分からず、本番では震えながら「学内貸与が二部学生に当たらないのはおかしい、差別だ。立命館大学の建学の精神に反するのではないか？　自分たちは、好きで働いているのではない、貧乏でお金がないから働いているのだ。それなのに、二部学生に奨学金を与えないのは、許せない」。と無我夢中で思いっきりしゃべったら学友会の委員に当選してしまいました。

そういうわけで、私は学生運動という思いもかけない道に入る事になったのです。

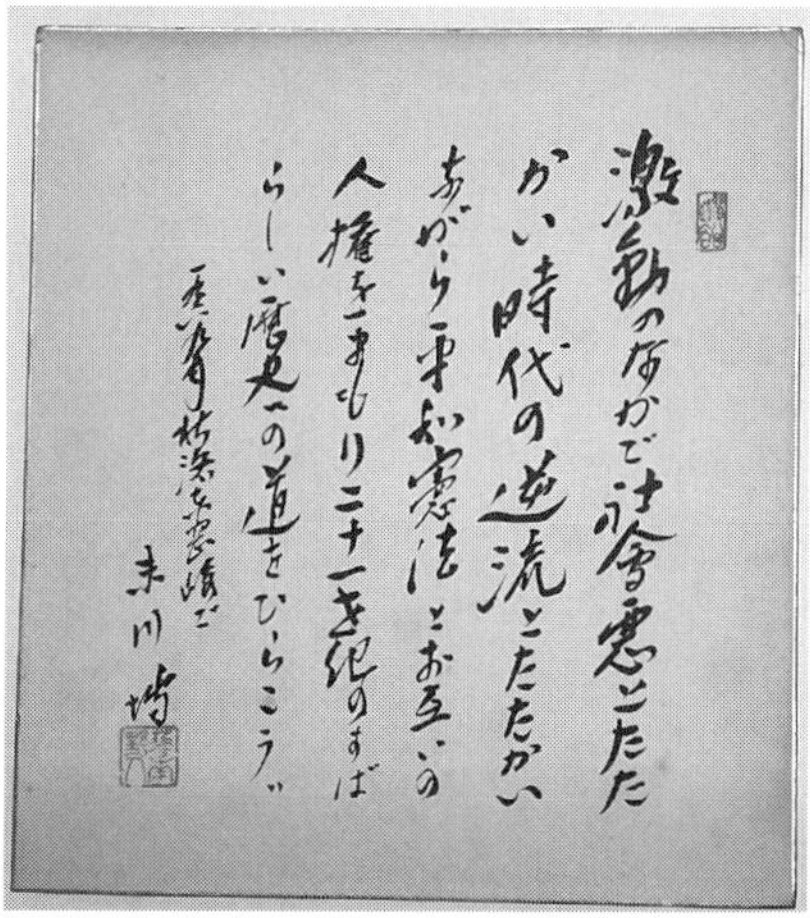

末川先生から頂いた色紙。

第二章　学生運動から激動の労働運動へ

1　全学連リーダーとの出会いと末川博総長の特訓

・在校生代表で送辞を読む

立命館大学の学友会委員になったのが、一九五五年でした。当時の学生運動は民主的な教育や平和運動が中心で、ゲバ学生なんてまだ居なかった時代です。

一九五六年、第三回原水爆禁止世界大会があり、立命館大代表で広島に行く機会があり平和運動の大切さを初めて実感しました。

学生運動の中心は、すべての学生が公平に教育を受けることに加え、世界で唯一の被爆国日本が原爆をなくし平和を守る運動の中心になるという二本柱でした。

そんななか二回生の途中で、石井という学友会の委員長が突然辞めてしまったのです。学友会予算をめぐり、委員長が体育会系の学生から暴行傷害を受け、辞任してしまったので、急遽、私に委員長をやれといわれ問答無用で就任することになったのです。

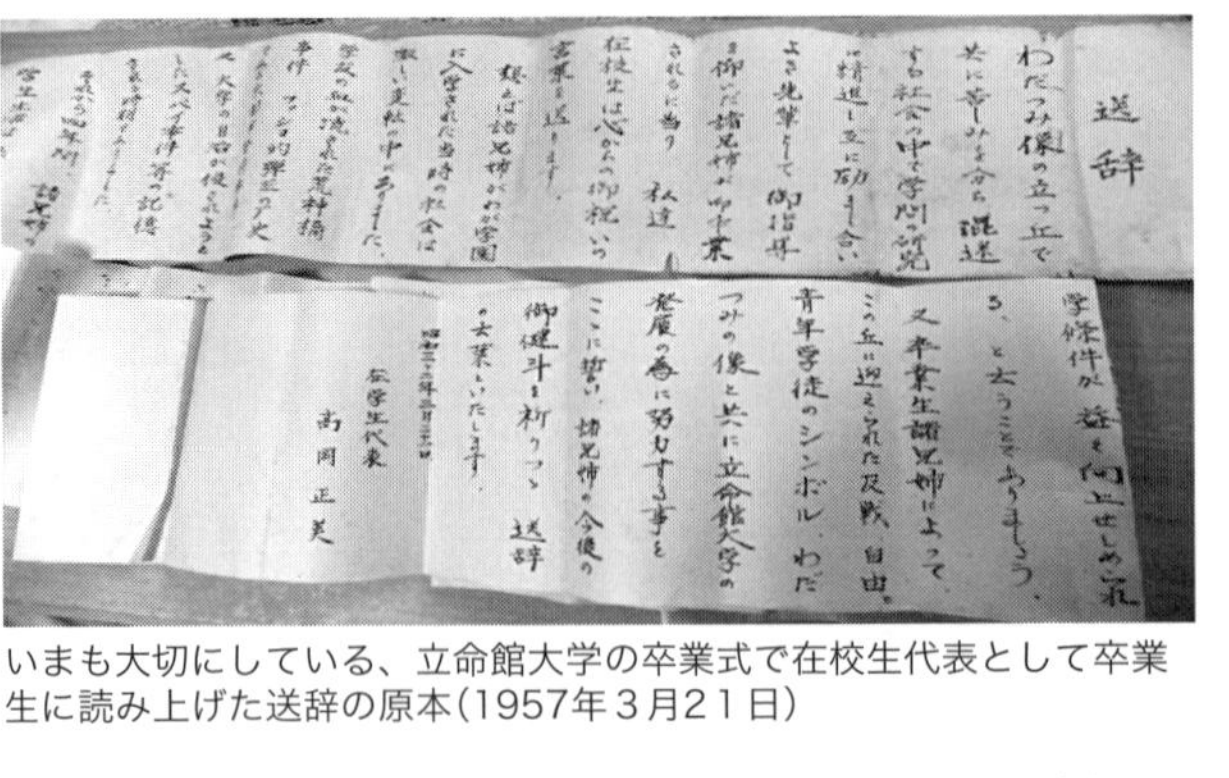
送辞

いまも大切にしている、立命館大学の卒業式で在校生代表として卒業生に読み上げた送辞の原本（1957年３月21日）

・全学連の秀才から特訓

そんなわけで、いきなりその年の卒業式では、在校生を代表して送辞を読むという大役を与えられまず驚き、次は緊張と感激で一杯でした。今でもその送辞の原本を大切に持っています。

また、立命館大学は全学連（全日本学生自治会総連合）に加盟していたので、京都府学連の組織の会合や、東京で開催された全学連の中央委員会にも出るようになりました。

まだ新幹線のない時代です。夜行列車で東京通いです。向こうで二、三泊するのですが、お金がないから、東大の駒場にあった学生寮（駒場寮）に泊めてもらう。京都から行った府学連の連中といつも泊まっていました。

全学連の役員は凄い連中が集まっていました。

当時の委員長は香山健一氏で東大の文学部に入学、後に法学部に転入し、卒業後は学習院大学の法学部教授になり、政治学者としても活躍した大物です。

書記長の島成郎氏も東大教養学部で、後に医学部に転入して高名な医者になって活躍しました。私は、そんな秀才たちにとりかこまれ特訓を受けたのです。

全学連大会出席後の帰り、山梨県の叔父を訪ねる。（1958年頃）

東大駒場寮に泊まって一晩中話を聞いたりしましたが、私の知らない世界がいっぱいで、凄い奴ら（先輩）だなあと感心ばかりしていました。彼らは、殆ど授業に出ていないはずなのですが、どこでいつ勉強していたのかみんな優秀でした。全学連主催で模擬裁判をやった時など、彼らは裁判官を務めたりして、法律の知識はプロ顔負けでした。

・人間味ある関西学連から刺激

全学連の地方組織として、関西学連という組織もあり、そこでは京大は勿論、関大や関学などの連中とも付き合いましたが、彼らの多くも秀才で人間味もあり大変刺激を受けました。

当時、原水禁運動が始まったばかりで、学生も運動の中心になり京都の繁華街、新京極など街頭で学生を動員し、熱心に署名集めやカンパ活動をしました。そのカンパで得たお金で広島で開かれる原水禁世界大会にも代表を多数送ったのです。

立命館大学の学生運動は、戦争反対・平和のシンボルとして名高い「わだつみの像」を立命館に建立した際の荒神橋事件で有名になりました。京都府学連の委員長は、京大生でその後、映画監督で有名になった大島渚氏でした。

平和のシンボル「わだつみの像」を東大に設置しようとしたが拒否され、それを残念に思った末川先生が立命館に置くことを承諾し、私が入学する二～三年前に大学のキャンパスに建立されたのです。

もう少し詳しく言うと、全国の戦没学生が残した手記を集めて編集した『きけわだつみのこえ』が一九四九年に刊行されました。

それをきっかけに翌年、日本戦没学生記念会（わだつみ会）が結成されたのです。その刊行収入を基金として戦没学生記念像「わだつみの像」を制作しました。

わだつみ会はその像を、事務局を置いていた東大に寄付すると申し出たのですが、大学当局が拒否したため、像が宙に浮いてしまったのです。

・民青と社青同から誘われる

これを惜しんだ末川総長が、一九五三年に立命館大へ受け入れ、広小路キャンパスに建立することになったのです。その際、立命館でのわだつみ像歓迎集会に合流しようとしていた京大の学生デモ隊が、京都の荒神橋上で警察の機動隊と衝突し、大勢の学生が鴨川に転落するなど負傷しました。これが、荒神橋事件です。

私の大学入学前にこういう事件がありましたが、われわれ当時の学生運動は、教育の機会均等を掲げての活動、そして平和運動が活動の中心でした。

つまり、私のような貧乏学生が勉強できるように、自分自身の体験もあって、教育や試験が限られた人しか受けられない、貧乏人はダメだという現状はおかしい、憲法で保障された教育の機会均等に反する。学生が経済的問題で困っていても学校へ行けるように、もっと国や学校が何とかするべきだという、そんな運動が中心でした。

また、これら平和運動の中核となって活動していた民青（日本民主青年同盟）や社青同（日本社会主義青年同盟）という組織があり、その両方から何度も誘われましたが、どちらにも入らず、〝ノンポリ〟で通しました。

政治意識が低かった事もあるでしょうが、それだけではなく心のどこかに、政治的に偏るのはあんまりよくないな、という思いがあったからだと思います。

・自覚と自主性を大切にした末川先生

末川博先生には随分お世話になりました。先生は滝川事件で京大を追われて立命館に来られた事は有名です。

末川先生は総長に就任後、総長選挙の選挙権を学生に与える等、大学運営に学生の意見を反映させるいわゆる立命館方式を採用（民主的な学園運営、自主的学習を尊重した立命館民主主義）、また多数の進歩的な学者を大学に招聘、立命館大学の校風を一八〇度転換させることに成功させ、新しい校風・理念の立命館大学を築いた学者です。

その総長選挙に私は、貴重な一票を入れさせていただいたことは、忘れられない思い出です。

私が、ちょうど色紙を頂いた頃でしたが、定期的に学友会の学生の代表たちと懇談会を開かれていました。この懇談会は、団体交渉とかではなくて、学校の運営の仕方や教育のあり方、学生の扱いの問題等々を、月に一回ぐらいのペースで開いていていました。

中でも問題になっている学生たちの指導について、いくら教授たちが頑張ってもダメだと。中学や高校なら教師が家庭訪問して、親とも話したりするが大学生なんだから自主性が大事だとおっしゃっていました。

あるとき、大学の入学式で話されたことですが、「馬に水を飲まそうとして川に連れて行くことは容易いが、馬が水を飲む気がなかったら、何人かかっても、馬は絶対に水を飲まない。いくら優れた教授だろうが、先生が勧めても、本人自身にやる気、勉強する気がなかったら、無理やりやってもダメだ」と言われました。

学友会との懇談会では、そういう学生（やる気のない学生）は、「君たち学生が支えるべきではないか。それが君

立命館大学総長末川先生の碑文。
（下がその内容）

碑　文

未来を信じ未来に生きる。そこに青年の生命がある。その貴い未来と生命を聖戦という美名のもとに奪い去られた青年學徒のなげきと怒りともだえを象徴するのがこの像である。（碑・本郷新の制作）
なげけるか　いかれるか　はたもだせるかきけ　はてしなきわだつみのこえこの戦歿学生記念像は廣く世にわだつみの像として知られている。

１９５３年１２月８日
立命館大学総長末川博　記す

たち学友会の仕事ではないのか」と、あくまで学生自らの自覚と自主性の大切さを言われました。

また、三ヵ月に一回ぐらい、食事会も開いていただいたと思います。家へも一度招かれましたが、そんな偉い先生なのに、質素な家に住んでおられてびっくりでした。食事も手作りの家庭料理でしたがみんな大感激でした。

・全学連の幹部は勉強も熱心

全学連の幹部は、勉強も熱心でした。「学生活動をやるリーダーは勉強もしないと駄目だ」と厳しくいわれたものです。

先にも触れましたが、弁護士や裁判官を目指す学生を集めて、模擬法廷をやりました。全学連の委員長が裁判長となり、被告人の弁護団も学生で、模擬裁判です。

香山健一委員長が裁判長で、弁護士とのやり取りからシナリオ無しでやるのですが、裁判長が物凄く法律に詳しいのにびっくりしました。その知識たるや、今の一流の裁判官以上の学者みたいで感心しました。

私は、立命館大学代表の一人として全学連の中央委員になり、学校での試験の成績をチェックされました。中央委員は最低でも成績は平均七十点以上でないとダメ。勉強しない学生は、中央委員になってはいけないという不文律のようなものがあったようで、成績を上げておかないと学生運動のリーダーをやれませんでした。「運動もやるが勉強もきちんとやれ」ということです。

学生運動の一方で、二回生頃から本腰をいれて司法試験を受ける準備を始めました。受験準備に役立つゼミに入って勉強も始めました。

このゼミからは、毎年多くの司法試験合格者を出していました。ゼミに入るのが一苦労でしたが、頑張ってそのゼミに入れたのです。

一方でバイトも忙しい。大学の先輩に声を掛けられて、京都の松尾大社の近くにあった日本加工製紙にアルバイトで通うことになったのもこの時期だったと思います。

ここは、夜に働いたり、昼に働いたりの三交代勤務だったのです。当時、立命館大学の授業は昼に受けても夜に受けても良く有り難い学校でした。それで、アルバイトのシフトに合わせて大学へ行っていました。

2 働きながら学ぶ！ 組合書記から映画のエキストラまで多様なアルバイト

・夜勤、損紙担ぎアルバイト

日本加工製紙では、収入（日当）が良かった事もあり主に夜勤で損紙担ぎをしました。

製紙会社での損紙担ぎというのは、紙を抄きはじめの工程（抄きだしと言う）で大量の損紙（くず紙）が出ます。

特に、休日には機械を止め、次に機械を回して運転を再開した時に、二〜三時間（昔は五〜六時間）はまともな紙は出ず、損紙が大量にでるのです。（厚みとか紙の地合などの調整をするために）。

運転中でも、トラブルで基準の紙が出ないとか、紙切れで機械を止めることがあり、その際、大量の損紙がでます。

そんな事で、紙の損紙（くず紙）が出たらそれを集めて、再生するポーチャーに運ぶ仕事を「損紙かつぎ」といいます。損紙を原料にもどし、紙に再生できるから、製紙会社は、抄きだしの回数をできるだけ少なくするために、機械を八時間で止めずに三組三交替制で二十四時間フル運転し、中小企業では一週間に一度止めることを原則としていたようです。

大手企業や中小でもある程度の企業では、正月以外は機械を止めない完全連続操業運転をしていました。ボイラー検査とか機械の定期検査や修理の時以外は、フル運転することで損紙を少なくし、歩留まりを良くするのです。

従って、製紙会社の勤務体制は、三組三交替から大手では、四組三交代制が基本で年間フル操業でした。

私がアルバイトをしていた頃は、製紙業界は大手企業でも八時間勤務ではなく、二組二交替制で十二時間労働が常態化（長時間労働）していたので、正規従業員は機械が正常に動いている間に、休憩や仮眠を取っていました。

そのため、主として損紙を処理するために夜勤専門のアルバイト（昔は臨時工）が必要だったのです。

・食べるために様々なアルバイト

貧乏学生だった私は、大学に入ってからも、生活費を稼ぐため様々なアルバイトをしました。お金が無く苦しくなると、時には自分の血を売ったりしました。そのため試験の最中に貧血で倒れ、救急車で運ばれてみんなに迷惑をかけたことがあります。

そんな状況で勉強も大事ですが、少しでも時間を作りアルバイトに行くのです。それも給料のいい所を選びバイトに行くわけです。太秦にある東映京都撮影所でのエキストラなんか、いいお金になったのです。ちょんまげのカツラをかぶって、提灯を持って「御用・御用！」ってやりました。

当時弁当がついて、日当が七十円も出ました。ドーランを綺麗に塗って、きちんと衣装を着けて行くと、カメラの前で御用・御用をやらされる。

ところが、慣れた連中はドーランなんか塗らないで、適当にチョンマゲをかぶって、汚い格好で行くのです。そうすると、カメラには写らない後ろの方で使ってくれるので、力を抜いて適当にやっていればいい。その方が体力的にも楽だったのです。

何度も行くうちに、そういう要領も覚えていく。雨が降ったりするとロケが中止になります。中止になっても一日分の日当はくれます。

当時は、雨が降ったら良いのになあ、なんて思っていました。京都ですから日本三大祭りの一つ祇園祭の鉾の綱引きにも行きました。炎天下、重たい鉾を引いていると、物凄くしんどい。

しかし、大勢の見物客の目の前を引いて行くと、どこか誇らしく楽しくもありました。

一方で、学生運動もやる、弁護士目指して勉強もしなければならない、毎日大忙しでした。アルバイトも割のいいバイトが毎日あるわけではありません。

ところが、日本加工製紙は毎日仕事があるし、夜勤が主なので、昼は学校にも行ける好条件のバイトでした。

・アルバイトで組合の書記

そんなある時、日本加工製紙でのアルバイトを紹介してくれた先輩から、労働組合の書記をやってみないかという話がありました。

当時、日本加工製紙の組合から上部団体である紙パ労連関西地協の委員長（当時は会長）を出しており、日本加工製紙の組合に関西地協の事務局が置かれていました。

日本加工製紙の組合に書記さんは居たのですが、上部団体の関西地協には書記がいない。

そこで、「髙岡君、関西地協の事務局の書記をやってくれないか」という話から、一九五七年、二十三歳の年に、アルバイトで組合の書記になってしまったのです。

半日勤務で給料ももらえたし、「出来るだけべったり来てくれたら月給を出す。六千五百円や」というのです。その頃、公務員の高卒初任給が八千七百円、大卒の初任給が一万二千〜三千円程度です。というわけで、一日の半分は大学へ行って、半分は組合の書記をやることになったのです。

でも、まだ組合の会議なんかには時間もなくあまり出られません。組合ニュースなんかを作ったり、主として事務的な仕事をしていました。

だから、大学の授業は勿論、学生運動として原水禁の大会にも行くし、夜はもっぱら弁護士目指して勉強もやらないかんし、そのうえ紙パの組合書記の活動です。二足のワラジどころか三足のワラジをはいていたのです。

・無我夢中で応援要員

そうこうするうちに、王子製紙の大争議、三井三池炭鉱の大争議と大変な争議が次から次へと起き、その応援要員として訳も分からずに闘争の現地に派遣されました。

本当は組合員が行かなければならないのに、頭数なのでしょうが、組合員にくっついて行かされるのです。

今考えたら、強烈な生きた学習です。労働組合とは何か、突然、闘争の渦中に放り込まれて、ウソ偽りのない姿を目の当たりにし、ある意味無我夢中になってしまったのがこの世界に入った始まりです。

3 王子製紙、三井三池闘争など歴史的な闘いに遭遇

・組合辞めて会社に入れと誘われる

それは、王子製紙の争議がはじまる、その一〜二年前の話でした。

私は立命館大学の三回生の終わりぐらいでそろそろ卒業が近づいた頃に、日本加工製紙の会社から正式に大学卒業したら「当社に入社しないか……」と誘われました。

私を組合のアルバイトに誘った先輩が、すでに部長クラスになっていたので、「高岡は組合に詳しいし、情熱も持っている」と。

その頃、人事部の偉い人が定年退職でいなくなったし、私を総務課に入れて労務担当窓口にしようとしたのでしょう。

私は、卒業後の就職など考えてはおらず、頭には司法試験を受ける事だけしかなかったので、この話は断るつもりでした。

先輩や会社の人からは、「弁護士になるという夢も分かるが、もっと現実的に自分の人生を歩いてはどうか」とも言われていました。

返事を渋っていると、当時名古屋の春日井で義父と暮らしていた母に手をまわして、私を説得しようとしたのです。そんなやり方に〝カチン〟ときて、結局その話は断りました。

すると、その話をどこで聞いたのか、紙パ労連の池ノ谷吉春委員長から直々に「弁護士を目指すのは良いが、さし当たって組合の専従にならないか」と言われたのです。

これは、私の組合に対する思いもありました。私が会社からの就職の誘いをきっぱり断ったことで、池ノ谷さんらが高岡の就職に責任を持つという思いから、紙パ労連の専従にしようと声をかけられたのだと思います。

・労働運動のきっかけになった池ノ谷さん

池ノ谷さんは王子製紙出身で、東大経済学部を出て本社におられました。もし労働組合の役員になっていなければ、会社の専務や社長になるようなエリートでした。

紙パ労連委員長としても大変な指導力を発揮し、当時、労働界のトップである総評の太田薫議長や岩井章事務局長からも一目置かれており、王子製紙の大争議を産業別上部組織（紙パ労連）委員長として指導したリーダーです。

たまたま、池ノ谷さんの娘さんが弁護士を目指していて立命館大学法学部に入り、私のひとつ後輩でもあった事から、京都に度々来られていたので私のことを見ていたのでしょう。

信念を持ったエリートなのにそぶりも見せず、実に人間味のある素晴らしい委員長で、世間知らずで個性というか我（が）ばかりが強かった未熟な私を、最後まで何かとかばってくれた人です。

「昔陸軍、いま総評」といわれたこの時代、大きな力を持っていた総評の中で、一番小さい組織の紙パ労連が、一目置かれたのも池ノ谷委員長の存在があったからだと言われています。戦後の労働争議史でも特筆される王子製紙の大争議を指導した秀れた組合幹部でした。

この人との出会いも、私が紙パ労働運動にはまっていった、大きなきっかけを作った人だといえます。

・アルバイトの身でオルグへ

王子製紙の争議は一九五八年（昭和三十三年）に起こりました。翌年には三井三池の争議です。私は組合専従書記とはいえアルバイトの身。

その後、何もわからないまま、王子製紙の北海道苫小牧工場や愛知県の春日井工場へオルグに行かされたのも池ノ谷委員長の指示でした。どうも今から考えると池ノ谷さんは、私を組合プロに引き込もうとこの頃から考えていたのではないかと思うのです

先に述べたように、王子製紙の組合は、総評（日本労働組合総評議会）傘下の紙パ労連という産業別上部団体の中核組合でした。

大争議突入の発端となったのは、一九五八年二月に組合が春闘で賃金引上げを要求、それに対して会社は、「稼働率向上のため」として、連続十二日間操業を逆提案してきた事にあります。

会社の提案に反対した組合との交渉は〝問答無用〟の会社の強硬姿勢でこじれ、遂に決裂。組合は、四月に入ってストライキに入りました。すると、会社はすかさずロックアウトで対抗しました。

さらに六月になると、会社はユニオンショップ制（会社に採用されたら、労働組合への加入が義務付けられ、採用後に加入しない場合や、組合を脱退、もしくは除名されたら会社はその労働者を解雇する義務を負うという労使協定）を一方的に廃止するという、労働協約改定を申し入れてきたのです。要するに露骨な組合潰し、組合の弱体化を狙ってやってきたある意味で計画的な罠だったと思います。

組合は、総評・紙パ労連との共同闘争体制を確立して、七月十八日から無期限ストに突入しました。すると会社は、苫小牧工場や春日井工場で第二組合を作らせて対抗しました。そうすると二つの組合の組合員同士が激しく対立します。

さらには組合員の家族会（主婦連）も巻き込んで深刻な対立と混乱が起こり、最後は警察機動隊までを介入させるなど、大争議に発展していったのです。

会社は、王子製紙労組（第一組合又は王子労組という）の組合員をロックアウトで締め出し、第二組合（王子労組を脱退していった組合員が作った組合で、王子新労と言う）の組合員を工場に入れて生産を一部でも再開するという強硬手段で、争議を潰そうという攻撃に出ました。

それと同時に、労働協約を一方的に破棄した後、組合との団体交渉に一切応じないという不法・不当行動に出たのです。王子製紙の無期限ストは百四十五日にも及んだことから、百四十五日闘争とも呼ばれました。

・歴史的な大争議に関わる

私はそんな大争議の渦中にオルグとして放り込まれたのです。日本中から紙パ労連関係の労働組合の筋金入りの組合幹部が、多数応援に駆けつけました。

春日井工場でも会社の主要な門前にテントを張って、常時百人くらいが座り込んだり、泊まりこんだりして二十四時間ピケをはっていたのです。

紙パ労連は、王子製紙の第一組合支援のために、加盟組合に連帯ストを呼びかけ二波にわたり連帯ストが実施されました。

第一波（一九五八年十月二十一日十四時、十七組合一万五千六百四十一人）と第二波（十一月十四日あわせて二十九組合、組合員二万人が連帯ストに参加、ストに参加できない組合は一斉職場集会を実施し、全国四万人の紙パ労働者が連帯で行動したのですから、画期的な闘いでした。

この闘いに呼応して、北海道では、全道労協の組合員二十七万人が1時間の連帯職場大会を開く等、文字通りの大闘争に発展したのです。

王子製紙労組支援のために、全国の紙パ労連の組合からカンパが集められました。

その内訳は、生活資金カンパとして一人月五十円、さらに王子労組のストライキ一日につき一人四十円(中小は二十円)のカンパを実施したのです。当時の三十〜五十円は大変な金額です。

組合は一九五八年八月、会社のこうした分裂攻撃や支配介入、団体交渉拒否などは不当労働行為であるとして、東京・北海道・愛知の各地労委および中労委(中央労働委員会)に一斉に提訴しました。

また、各地の裁判所にも仮処分などを申請したところ、中労委が緊急公益委員会を開き調査に入る事を決定しました。

結局、王子製紙の闘争は、一九五八年十二月九日の中央労働委員会の斡旋で解決することになりました。

斡旋案は、組合勝利の内容でした。会社はこの斡旋案を即日受諾し、ロックアウトを解除しました。組合は闘争開始以来三百日、無期限スト百四十五日の大争議をやり抜き一応の勝利と評価できる内容で終結をしました。

しかし、組合が二つに分裂し多数の組合員が脱退し、王子新労に加入するという大きな痛手を負いました。

また、この勝利解決の後が問題でした。職場復帰後の「職場闘争」で三井三池炭鉱労組をモデルにした組合の闘い方(職場別に管理職をつるし上げるなど抗議行動)にも大きな問題がありました。

会社はそれを口実に、主要な第一組合員を狙い撃ちし、懲戒処分や役職はく奪、一方的な配置転換、争議中の組合幹部への辞職勧告、さらには解雇などを強行してきたのです。

さらには、第一組合員の子弟の採用拒否など、手段を選ばぬ執拗な分裂攻撃を続けました。この執拗な攻撃に対する反撃の闘いは足掛け三年に及びました。

これらの攻撃で、組合からの脱退者が続出し、第一組合は少数組合に転落してしまいました。

・強い衝撃を受けた労働運動

こんな歴史的な闘いを目の当たりにし、多くの有能な労働者の抵抗と生き様に、私は改めて労働組合は凄いなあと胸を打たれました。

この闘いを通じて組合員や家族、支援に来ている多くのオルグの人たちとのふれあいは、自分のこれまでの経験にはない熱意と正義感がみなぎっており、みんな英雄に見え「労働者は素晴らしいなあ、学生運動なんかまだまだ甘い！」と強い衝撃を受けたのです。

そんなことで、学生運動より労働運動の方にどんどんはまっていきました。何でも中途半端は出来ず凝る方だからストップが効かず、どんどんそっちへ引きずられて行ってしまったのでしょう。

第三章　心に残る会社再建・雇用確保の闘い（その1）

―王子製紙争議から第一製紙・立山製紙・ハリマ製紙ほか―

1　新米組合役員が中小組合の大量解雇闘争の渦中に

・次元が違う労働争議の渦中へ

このように私の労働組合運動は、一九五七年学生アルバイトとして紙パ労連関西地協の組合書記になったことに始まりますが、その組合活動の初っ端に王子製紙の大争議に遭遇したことが、その後の人生を決める出来事の第一歩だったと言えます。

王子製紙争議は、日本の労働運動史において、日鋼室蘭争議（一九五四年）、三池争議（一九六〇年）とともに戦後の労働争議史を代表する争議の一つでした。

それだけに、これらの労働者の闘いは、生きるか死ぬか、生活と人生をかけた真剣勝負でした。

また、その情熱と正義感は、私がそれまで経験したささやかな学生運動の世界とは、次元が異なる衝撃的な闘いであり、その渦のなかにぐいぐい引き込まれていきました。

若いばかりで世間知らずの私は、王子製紙の北海道の苫小牧工場、愛知の春日井工場に、支援オルグの一人として一週間～二週間も闘う組合員と家族のピケ小屋での生活が続きました。

そこでは、労働者の怒りと新鮮な闘いを肌身に感じ、大企業経営者の力ずくでの組合潰し攻撃や、警察官を動員した権力の容赦のない介入などを目の当たりにし、「到底許すことが出来ない」と、若い血が燃えに燃えました。

王子製紙争議が闘われたこの時期、一九五七年～一九五八年の〝なべ底景気〟を背景に、紙パの中小企業では会社倒産、工場閉鎖、全員解雇問題が多発し、その支援オルグにも派遣されました。

中小零細企業での経営危機や争議経験の無い私には、一段と深刻な気持ちを抱かせました。

大企業とは次元の異なる待ったなしの攻撃と泥臭い人間性丸出しの闘いを眼前に見て、また新たな衝撃を受け、ますますその中に埋没していく自分が、どうしようもなくなったことも事実です。

・初めて指導オルグとして派遣される

私は、好奇心というか正義感というか、行く先々で仲間としてすぐに溶け込んでいた事から結構評判も良かったようです。

紙パ労連本部から「お前が適任だ！」と否応なしに、あちこちの争議の支援オルグとして派遣され、そこで倒産、工場閉鎖による解雇、組合潰しなどの問題の矢面に立たされました。

しかし、その中で考え自然に感じ学んだことは、労使の力ずくの対決ばかりでよいのだろうか？　という疑問です。

闘いの中で組合としていかなる方法であっても、会社存続と雇用の確保に繋がる路がないのかと考え、常に意識し、闘いの指導支援に当たる必要性を感じるようになったのはこの頃からだったと思います。

一九五八年の九月の事でした。私は王子製紙支援オルグから離れ、中小企業の解雇問題で、富山県立山町の山奥に位置する立山製紙へ、今度は単なる応援部隊ではなく指導オルグとして派遣されたのです。

立山製紙では、三百四十名の組合員の三分の一にあたる百十一名の首切り合理化が提案されたことから、紙パ労連関西地協のオルグとして現地に急遽派遣され、闘争指導に当たる執行委員会への参加や会社との団体交渉にも加わるという、大きな経験をしたのですが、そこで新たなショックを受けました。

王子製紙のような大企業、大労組の陰に隠れて、組合員三百名そこそこの中小組合の闘争は、地味で支援者も少なく、会社にはとても歯が立ちそうにありません。

立山製紙がある富山県立山町五百石は、立山の登山口で、今でも片田舎の風情が残る小さな街ですが、立山製紙は稲の藁を主原料に紙を漉いていたのです。

当時のいわゆる〝馬糞紙〟と呼ばれるボール紙で、包装用紙として大量に使われていました。

ところがそのような馬糞紙は、高質の段ボール原紙の出現で市場を奪われ、さらに包装用紙の分野としてもプラスチックの進出で需要が急激に落ち込みました。

また、生産工程において発生する粉塵や強い臭気などで、地元では公害問題として批判もあり、工場閉鎖の声も挙がっていました。

組合は、工場存続と雇用確保のために、最小限の人員整理にとどめ、他の製品への転換と加工の機械の導入を要求し、会社を存続させることを条件に大幅に譲歩した執行部の提案を、大会で予想を上回る九二%の組合員の賛成で終結をしたのです。

私は、大勢がほぼ決した段階で現地入りし結果として多くの首切りを認めたことから、関西地本の富永委員長（当時、関西地協）に、電報で「マケマシタ、シカシリッパデシタ」との報告を打電したのを、今も強烈に覚えています。

余談ながら、立山製紙は新たな加工機械の導入もあって、今でも立派に存続しています。あの闘争が泥沼で長期化しておれば今の立山製紙はなかったでしょう。また組合も、紙パ関北地連中小の議長・事務局長を出すなど地連のリーダー組合として、立派に役割りを果たしてくれています。

・紙パ労連本部役員に選任

このような紙パ業界の激動と混乱が続くなか、紙パ労連の要請もあり、一九六〇年八月、紙パ労連関西地協の大会で、地協役員と同等の資格を持つ事務局長に私が選任され、紙パ労連本部籍になりました。

この時期は、一九五八年のなべ底不況から六一年の岩戸景気へ向かう経済情勢を背景にして中小企業の倒産、整理・統合による閉鎖・解雇問題が相次ぎました。

これに反対する組合に対して、経営側からの露骨な組合潰しが相次ぎ、深刻な労使の抗争が繰り広げられた時期でもありました。

あわせて、政治闘争として戦後最大の六〇年安保反対闘争が始まり、総評の主要単産や紙パ労連も政治ストライキで闘った激動の時期でもあったのです。

第一製紙の工場閉鎖反対運動。

私が事務局長に就任してすぐに直面した闘いは、兵庫県の洲本市にあった関西紙業洲本工場の閉鎖、解雇提案です。

そして、同じ兵庫県氷上郡にあった第一製紙の工場閉鎖、全員解雇の提案に反対する闘い。和歌山県新宮市の巴川製紙新宮工場の臨時工（育進労組）の全員解雇（百二十六名）下請け移行への反対闘争などでした。

第一製紙の闘いは、組合が春闘の要求を提出し、スト権を確立した途端、工場閉鎖、全員解雇という組合潰しを狙っての攻撃との闘いがスタートです。

私はその中でも紙パ中小労働運動、紙パ関北地連のキャッチフレーズである「中小企業の生活・雇用を守りしたたかに！」を指導の原点におき、無我夢中で取り組みました。

2 ヤクザを使った組合潰しに屈しなかった第一製紙の闘い

・裁判所に提訴、スト権をかけた闘い

兵庫県の山間部の氷上郡柏原町（かいばら）にあった第一製紙の闘いは、会社側が組合潰し攻撃のために工場閉鎖や時には暴力団も使うなど悪質な攻撃を繰りかえす、今日では考えられない厳しい闘いのひとつでした。

第一製紙の支援集会で。団結、ガンバロー！

第一製紙の親会社は、大手商社「日綿実業（現在の双日）」で、最終的にはこの親会社も含め裁判所に提訴、スト権をかけた厳しい闘いとなりました。きっかけは、第一製紙の関連会社の火災でした。

一九六〇年十一月二十八日に兵庫県にある第一製紙の関連会社、第一ターポリン企業組合新町工場から昼食時に出火し、ターポリン紙（ラミネート加工紙）、加工機械、巻き取り機、製品、建物等が全焼しました。

直接の火災原因は、溶解タンク中の加熱用の石油バーナーの火がアスファルトに引火したことでしたが、そもそもの要因は工場の人員不足や防火対策の不備にありました。

出火時の一ヵ月前に会社から二交代制の申し入れがあり、組合はその際、最低五名の要員が必要だと強く申し入れました。

工場の周りに訴えの横断幕と赤旗。

しかし会社は、組合の申し入れを無視して一方的に三名で強制就労させた直後の出来事だったのです。

当時、出火した工場内では一名が食事中で二名が作業をしていました。その時、紙が切れたのでそちらに手を取られ、溶解タンクや加熱用石油バーナーの火力の調節に手が回らなかったために引火したのです。さらに出火の際、消火器は三本しかなく、十本あれば消し止められたであろうと消防局の人は言っていました。

年中、火を扱う工場でしかも木造建築の工場であったため、厳重に防火対策はなされるべきで、この出火はあきらかに会社の重大な過失だったのです。

この工場は、第一製紙株式会社の所有物でしたが、運営は第一ターポリン企業組合によって行われ、従業員が出資者という形式をとっていました。

しかし、実際は第一製紙㈱の加工部門として位置づけられ、企業組合の理事長は第一製紙の専務（社長の息子）だったのです。

それで、会社も近いうちに企業組合を解散し、名実ともに第一製紙に統合することになっていたのですが、火災が起こり計画がくるいました。

会社は組合と団交を重ねるうちに、「企業組合と第一製紙は無関係だ」と言い出し、「第一製紙に金があっても、企業組合にはお金がないのだから、退職金は出せない」と言い張りました。

さらには、「企業組合は莫大な負債がある。君たちは出資者だから、一人十万円くらい負債の責任を負ってもらわなければならない」などと、脅しさえかけてきました。

会社のいう負債は第一製紙にあったもので、火災を口実にして、その責任を企業組合におっかぶせてきたのです。また、火災保険も第一製紙の名義だったので、企業組合には一銭も入ってきませんでした。

会社が再建するかどうか分からないと、ずっと言い続けていたのは、いくつかの思惑があったからです。それはまず、第一製紙の借金を企業組合に押し付けることでした。次に、再建までの休職者の賃金を払わないこと。あわよくば、退職金も払わないですませ、再建時には、安い賃金の労働者を使いたい。

さらには、これまでの春闘の勝利で強くなった組合員の半数を追い出し、残る者の組合意識をぶっ壊そうと。こんな魂胆があったのです。

・正義感と怒りがムラムラと燃え

当時の経営者の感覚というのは、こういうものも決して珍しくありませんでした。

特に、中小のギリギリの経営をしている企業では、出さないで済むのなら自分の舌でさえ出したくないという、ましてお金になると目の色を変える経営者が多くいました。

こんな事で経営者も厳しい経営を強いられていたのも事実でしたが……。さらに、こういう機会に出来れば組合を弱体化させ、あわよくば潰してしまおうと、組合を敵視する経営者も多かったのです。

そのような経営者を見るにつけ、私の正義感というか怒りがムラムラと燃えあがりました。

第一製紙の経営者にも、こういう露骨な下心が見え見えでした。

組合はこれに屈せず粘り強く闘い、会社側の一時休業と解雇の提案を撤回させ、会社再建と再雇用を勝

仲間から届いた第一製紙支援の寄せ書き。

ち取ったのです。

その結果、企業組合として経営していた工場は「第一製紙柏原工場」として再建されました。

しかし、喜びもつかの間、会社はその後も執拗に攻撃を続け、この後四年五ヵ月にわたって三回も、組合の賃上げ要求をきっかけに、工場の偽装閉鎖や組合の組織分裂を画策し、全員解雇の攻撃を繰り返してきました。

３　紙パ中小運動の原点となった第一製紙闘争の教訓

・常識では考えられない平和協定案

一九六四年（昭和三十九年）、またも会社は、柏原工場の閉鎖と全員解雇を通告してきました。

実は、年度末に会社は「平和協定を飲まなかったら、工場を閉鎖する」と組合へ通告してきていたのです。

そして、一九六四年二月になって、正式に平和協定を提案してきました。

その内容は、①会社再建のために向こう三年間労働争議は起こさない、②賃上げも要求しない、という約束（協定）をせよという、常識では考えられないひどい提案でした。

工場入口に訴えを貼り出す。

それに対して組合は、会社再建のための生産増強や設備合理化には全面的に協力するが、労働者の基本権である争議権はく奪の平和協定は結ばないと回答しました。

すると、会社は三月九日になって、赤字が累積し、八百万円の不渡りが出るので、会社は倒産、工場は閉鎖し、全員を解雇すると通告してきました。

すぐに組合は、手形の不渡りに至るまでの事情を会社に説明させ、工場閉鎖に備えて未払い分の賃金や退職金、立ち上がり資金等を確保するため、製品、半製品その他、担保物件に入っていないものについて組合に権利があることを認めさせたのです。

一方で会社側は、三月十七日に債権者委員会を開き、三月二十日付で全員解雇の通告を出し、四月二十日には株主総会を開いて、会社解散決議を行ないました。

この間、会社は債権者委員会と結託して労働組合を分裂させ、労働者を追い出すために裁判所や暴力団など、あらゆる手段を講じて、組合の闘いを潰そうとしてきました。

そこで私は、法廷闘争に踏み切るしかないと決断し、支援共闘会議を開いて方針を決めました。

第一製紙労組(会社側の組合分裂工作で第二組合が出来ていた)として当面、未払い賃金を確保するため、団体交渉の合意により差し押さえた製品を販売すると同時に、関西地本を通じて労働問題に対応できる東中法律事務所（現・関西合同法律事務所）の全面協力を得て、神戸地裁に「身分保全・賃金支払い」の仮処分を申請しました。

さらに、兵庫地労委には不当労働行為の救済申し立ての手続きをしたのです。

・地元、地域の支援で組織をあげて闘う

当時の私にとって、初めての法廷闘争であり、不安が一杯で東中法律事務所の弁護士宇賀神先生から付きっ切りでアドバイスを受けたことが忘れられません。

神戸地裁柏原支部の小さな法廷傍聴席はオルグで埋め尽くされた。

しかし、会社側の組合への分裂策動は一段と激しくなり、柏原工場だけでなく、九州の鶴崎工場にも工場閉鎖、全員解雇の攻撃をかけてきました。

これに対し、組合は柏原工場の攻撃を反合理化闘争であり組合潰しの攻撃だと位置づけ、紙パ関西地本と地域の組合などの支援をうけ組織をあげて闘いました。

現地には、私を含めて各支部から、連日一～二名の張り付きオルグを派遣して闘いました。

また、関西地本傘下の組合が一人十円カンパを実施し、裁判当日には大阪からバスを出して四十～五十名の傍聴動員をかけ支援しました。

神戸地裁と言っても柏原支部ですから、今のＪＲ福知山線で途中乗り換えて、大阪から三時間もかかって大変でしたが、各組合は最

後まで支援を続けました。

・生きた勉強を体験

大阪から兵庫県の柏原という、遠くの地まで他の会社の組合員の人たちに行ってもらうのは、勿論第一製紙の支援なのですが、それ以外に私にはもう一つ別の思惑があったのです。

他の会社の人は、自分の会社は平穏無事なんですが、こんなひどい目にあっている会社もあるのだと、実際に自分の目で見て体験してもらいたかったのです。生きた勉強です。

その経験を自分たちの労働組合に持って帰って、役立ててもらいたいという思いもあったわけです。

さらに、こんな閑静な田舎町に支援オルグで来て、毎回、傍聴席を埋め尽くすことで、裁判官への大きなアピールにもなりました。

ハリマの支援行動でもそうでしたが王子製紙闘争の例に習って、正門の前にテント（ピケ）を張って、毎日交代で組合員や本部の役員を常駐させました。

会社が突然変な行動をしないか？　製品の運び出しや不穏な動きをしないかを見張らせていたのです。

これらは、必ずしも必要なかったかもしれないのですが、会社というのはいざとなったら何でもするような卑劣な部分を持っている

親会社へも責任追及強まる。

ことを、体で知ってもらいたかったのです。

会社と債権者委員会及びその総元締めである日綿実業は、闘争が長期化すると見るや、九州の鶴崎工場を六月十日から九州製紙と看板を付け替え、日綿の重役や第一製紙の重役の手で勝手に操業を開始しました。

・町議会が会社存続要望を決議

組合は地方自治体や地域住民に理解と協力を呼びかけ、柏原工場再開を目指してビラまき、署名活動を展開しました。

柏原町では千七百四十九名の署名を集め、町議会に工場再開の請願もしました。

柏原町議会は、組合の申し入れを受け入れ決議し、議長名で要望書を日綿や関係会社に提出するなど地元からの支援も大きくなりました。

ところが会社側は、一時的に議会決議を尊重するポーズをとりましたが、工場現場では、組合のピケに対抗して、工場をバリケード封鎖して社員を追い出し、さらに会社と債権者委員会がなれ合いの上、和解を成立させ、翌一九六五年五月一日より柏原工場を大宏製紙柏原工場と名前を変えて再開したのです。

こうしてでっち上げた新会社から、第一製紙の労働者を全員締め出しました。

要望書

本議会は、第一製紙労働組合から賛成署名一七四九名を添えた工場再開についての請願書を受理しました。本町が工場誘致条例を持って地域産業の発展を策して来たことは、町発展の願望であり、従って既存工場、第一製紙株式会社の再開はなによりも緊急になされなければならないと考えます。労使間における困難な状態は理解することはできますが、速やかに全員復職できるよう円満解決をはかっていただきたく要望いたします。

昭和三十九年六月二十七日

兵庫県氷上郡柏原町議会
議長　永田　繁

その穴埋めとして四国から労働者を連れて来て、しかも原料倉庫を改装したタコ部屋のような社宅にそれらの社員と家族を閉じ込め、第一製紙の労働者との接触を断ち、二交代のきわめて劣悪な労働条件下で働かせ始めたのです。こんな酷いことを平気でやるのです。

会社側のこうした暴力団まがいの執拗・異常な攻撃に、第一製紙の労働者は、頑張りましたが失業保険も切れ、大阪・京都・神戸等関西全域への行商やアルバイトに追われ、残念なことに組合員はどんどん切り崩されていきました。

こういう経過の中で組合員は少数となり闘いの主力は、職場での闘いではなく裁判闘争中心になっていきました。

・熾烈な攻撃の中で闘いぬいた七人の侍

こうした状況を打開するために、一九六七年十月には、地本から西川委員長（高崎製紙）と事務局長である私の二人が現地へ張り付きオルグとして入り、大宏製紙の労働者へビラを配る等働きかけを強め、同時に会社への抗議活動を行いました。

さらに裁判闘争では、組合が譲渡を受けた製品の代金を巡る裁判を重点的に進め、会社、債権者への抗議行動を組織する等の方向性を明らかにしつつ取り組みました。

すると、会社と大宏製紙は、「組合事務所は大宏製紙の所有であり、第一製紙が倒産した以上、労働組合が使用することは不法占拠である」と、建物開け渡しの裁判を起こし、第一製紙の労働者を工場から追い出そうとしてきました。

翌一九六八年に入って裁判は大詰めを迎えました。二月二十二日の「製品売却代金引き渡し」裁判には、

第一製紙の工場屋根にも。

会社から渡辺社長が証人として出廷し、「倒産直後に組合に製品などを譲渡するという協定書」を巡って、自分たちに都合のいい証言を繰り返したのですが、組合側の代理人の反対尋問で、会社側の主張を大きく覆しました。

また三月十四日には、組合側の証人として私が関西地本の事務局長として「倒産直後の団交の内容と協定を結んだ主旨」などを証言して、事実関係を明確にし、会社側にもそれらを認めさせ、裁判を有利に進めることができました。

この間、何度も団体交渉が行なわれたのですが、結局、神戸地裁は両者に和解の勧告をし、六月二十七日、神戸地裁で和解が成立しました。

和解の内容は、全員解雇の撤回こそ勝ち取ったものの、組合員はその時点で円満退職する。債権者及び大宏製紙は、解決金として総額七十万円を組合に払うという二点を中心にしたもので、当初の要求や闘いの目標からすると、きわめて不満足な結果に終わりました。

これは闘いの中で厳しい攻撃をうけ、七人に減ってしまった組合員も最後には五人になってしまうという、苦しい現状の反映でもありましたが、組合員と家族は解決結果について全会一致で受け入れ、多くの支援行動に感謝をしてくれました。

・収穫は組合員の意識改革

しかし、この第一製紙の闘いは、その後の紙パ中小労働組合に大きな勇気と教訓を残してくれたと思います。

手段を選ばぬ会社の暴力的攻撃に対して僅か五十名足らずの組合（最後は五名）に、地元の支援や特に多くの紙パ労働者支援オルグの派遣や、裁判への傍聴支援などに参加した紙パの労働者は、少なく見ても五百名を下りません。

家族を招き餅つき大会で団結。

三年以上にわたり、毎月一人十円のカンパや署名活動も大手企業の組合を含めて協力し、現地オルグや裁判動員の費用や弁護士の費用などを支えるなど、大きな連帯意識に加え、第一製紙闘争への参加体験を通じて自分の会社や組合の事についても考える意識の改革が進んだ事も大きな収穫でした。

同じ時期に闘われた、関西紙業洲本工場の閉鎖反対闘争、巴川製紙新宮工場の臨時工組合である巴川育進労組の下請け化反対闘争、大淀製紙の淀川工場閉鎖反対闘争などで大きな成果を挙げる原動力になったのは、第一製紙闘争支援の闘いの教訓を生かせたからだと思います。

4 会社更生法下、組合主導で操業継続したハリマ製紙の闘い

・会社の存続と雇用確保めざし

私の無我夢中で取り組んだ中小労働運動が、組合主導で「会社の存続・雇用確保闘争」とし、本格的な闘いに踏み出したのは、一九七六年に倒産したハリマ製紙の闘いからだといえます。

一九七三年の第一次オイルショック後の高知パルプの閉鎖（七三年）、高野製紙の倒産（七四年）、広島製紙の閉鎖（七五年）など相次ぎましたが、会社存続に向けての闘いは、運動としてほとんど組織することができずに終わりました。

ハリマ製紙の場合は、設備投資の失敗と経営の不手際から、背景資本の商社から融資を打ち切られ倒産。一時は再建不可能と言われた企業を、労働組合が会社存続と再建を前面に掲げ更生計画を作り、地元の財界や県・市に働きかけ、時には管財人と交渉するなど苦難の果てに、会社存続を勝ち取った画期的な闘いでした。

ハリマ製紙は兵庫県加古川市にあって、創業は一九〇三年（明治三十六年）、ちり紙生産を始めた製紙企業でも老舗のオーナー企業ですが、一九七六年に倒産しました。

東(ひがし)社長は、七十代の高齢でありながら倒産前にレンゴー（当時、聯合紙器）がウルトラホーマーのマシンを据えるということで土地を買っていたのです。当時、住友商事の紹介でレンゴーのバックアップを得て、危機的状況だった会社再生をかけての計画をたてていました。

ところが、東社長と高橋専務の経営トップ二人の主張が対立し、計画がだらだらと延びてしまい、その

間にマシンが大阪製紙に流れてしまったのです。

今の大阪製紙のマシン（ウルトラホーマー）は、本来、ハリマ製紙に設置されるはずだったのです。

・渦中の社長が雲隠れ

そこで、やむなく東社長は、日本紙パルプ商事のバックアップで、脱墨設備（墨を抜く）をつけて新しいマシンを据え、古紙からライナー原紙（段ボール原紙）を作るという形で再建をめざしました。

しかし、ギリギリの予算で設備投資をせざるをえなくなってしまったため、排水設備の不備を招くことになり、公害対策の手抜きから「加古川で三回も魚が浮く」という大きな公害事件をひき起こして、折角の新設備を動かせなくなってしまったのです。

その結果、主力の二号マシン機の一時停止を余儀なくされ、ＪＰ・住商からの融資問題がこじれ、十一月に原料入荷がストップする事態となりました。

私は上部団体として組合とともに、企業存続に向けて会社との団体交渉や非公式協議に加え、親会社のＪＰ・住商とも交渉しました。

しかし、会社は打つ手が無いまま、一九七六年十一月に四千万円の不渡りを出し事実上倒産しました。

組合は、直ちに全員集会を開催し、会社存続のため十一月九日会社との団交を行ないましたが、この緊急事態の中で東社長は、十二月四日心筋梗塞で緊急入院してまともな交渉も出来ず、次いで総務担当重役も入院してしまい雲隠れしました。

・あらゆる組織へ支援要請

そこで急遽、十一月十二日に関西地本を中心に、ハリマ製紙労組支援共闘会議を結成し、会社存続、雇用確保の闘争支援を決定しました。

当該労組の組合員には、全員待機、操業再開を呼びかけ、翌十三日には紙パ労連の委員長会議に出席し、緊急支援体制を要請するなどの行動を起こしました。

ところが、会社の不渡り発生（事実上倒産）が生じたため、十一月分の賃金は未払いの事態となりました。

組合は、会社と製品・半製品・仕掛品・有体動産など譲渡書と組合活動の自由の協定書を取り交わし、組合員は二十四時間のピケ体制に入り、入出荷を拒否し譲渡品の保全と操業再開を目指しました。

こうした中で会社は、十二月六日、財産保全を理由に一方的に「会社更生法」を姫路地裁に申請しました。

十二月六日に開かれた大口債権者委員会には、関西地本の三役として私が組合委員長とともに未払い賃金や退職金など労働債権を有する債権者として出席、組合として企業再建に全力をあげるとの考え方を訴え、債権者委員会もこれを了承しました。

債権者委員会のお墨付きを得て、商社・銀行への申し入れや、商工会議所への支援要請などの行動をおこないました。

労働債権として、製品・半製品・仕掛品などの譲渡と組合活動自由の協定書に調印。

・地元財界の二人がバックアップ

当時、地元加古川市商工会議所の会長は、ハリマ化成の長谷川社長でした。副会長は、神戸製鉄の関連会社である滝川工業の滝川社長で、ともに地元財界の大物でした。

ハリマ化成は、製紙会社の薬品を作っており、多くの製紙会社と取引がありました。

そのハリマ化成の長谷川社長と、滝川工業の滝川社長に私は、直接話し合いを求め、組合及び紙パ労連関西地本として「会社再建協力」を申し入れました。

地元財界の実力者といわれたこの二人は、「ハリマ製紙の東社長には、昔大変世話になっているから、従業員がその気で再建する気なら、バックアップしましょう」と言ってくれたのです。

ハリマ製紙は、老舗企業であり、特に東社長は、地元では名士で信頼も厚く、加古川市や商工会議所へ会社を残したいと陳情に行ったときにも、「東さんはこの地域では経営者として功労者で世話になった会社も多い。この人は経営者としての宝なんだ」と言われ「会社再建の方向で具体案を立てる」との約束をしてくれました。

その結果、ストップしていた原料も入り何とか操業再開にこぎつける事ができました。

十二月三十日には、滝川工業社長や労働金庫を交えて、年末を前にした組合員の生活資金を支給するようにトップ交渉を行い、一時金の仮支給の約束を取り付け、当日の組合員餅つき大会に花を添えました。

・簡単には事が運ばない会社再建

会社をどのように存続、操業を継続するかについては簡単ではなく見通しが立ちませんでした。

新しいマシンを動かすと公害問題で駄目だし、かと言って折角の新しいマシンを動かさないと業績は上がらないとのジレンマを抱えていたのです。

その上、仕上げの工程に連結しているから、マシンを動かせないとなると、女子組合員の二十数名は仕事が無くなり辞めなければなりません。

会社として八方塞がりの状態でしたが、一号機の一番古いマシンを中心に操業して存続させることを決め、八十四名の従業員のうち五十二名を残してあとは辞めてもらうという事態になりました。

つまり会社は三十二名の解雇を前提にした再建計画を立て、組合に申し入れてきたのです。組合がそれを認めれば、長谷川ハリマ化成社長が裏書きをして新しい機械を入れ、会社を存続させるというのです。

地元の有力企業も再建に協力を訴えた横断幕。

さらに、この時点で会社から、会社存続の絶対条件であった、加工部門の閉鎖、縮小に伴い四割の人員整理や賃金カットの提案を受けたのです。

組合は全員大会を開いたのですが大激論となりました。私と執行部は「倒産は絶対避けたい。規模は小さくなっても、会社存続を優先させよう」と説得をしました。

闘いが長引き、ハリマの社長が病気を口実に雲隠れし、会社との団交相手は、やる気の無い高橋専務が相手で一向に先が見えず組合員の動揺が表面化しました。

とくに、労働組合の中での意思統一や上部団体としてどう支援するかの話し合いに多くの時間をとられ、気が付いたら半年以上が経っていました。失業保険の受給期間中に再建の目処を建てたいと考えていたのですが、簡単にはことが運びませんでした。

組合員の中には「会社はもう駄目だ、こんな会社にしがみついているより、少しでもたくさん退職金をもらいたい」という人も多かったのです。

全員集会ですから、話し合いが熱くなって、議事が紛糾してくると、再建より目先の退職金や解決金等が欲しい反対派からは「髙岡、出ていけ」などとも言われました。

要するに、「解雇されるのは俺たちなんだ」。「あんたが首切られるわけやない。首切られるのは私らや。あんたは、明日から失業保険もらう立場やない。そんなわしらの気持ちが分かるか」。そう言われた時はショックでした。

昨日まで「神様・仏様・髙岡様……」と言われていたのに、ちょっと状況が悪くなると、ガラッと変わるのです。困難に直面すればするほど、「目先の利害関係で変わる」という、人間の醜さや弱さをあちこちで経験してきましたが、会社存続のためここまで力を入れてきたハリマでもそう言われたのです。

・会社更生法で再建スタート

私も簡単には引き下がらず粘り強く説得しました。そんなことで、ようやく組合員の大多数の人に納得してもらい、やっと会社存続の決議をすることが出来ました。

決議は無記名投票としました。四割の人が首を切られる。

特に仕上げの女子職場は全員残れないので執行部は否決されるのでは、とビビッていましたが、結果的に反対票は、八十二票のうち僅か七票でした。

こうした苦渋の決断をしてからも、労働組合として会社更生計画を作成し、管財人と交渉するなど、企業再建闘争は苦難の連続でした。

地元の財界・企業や行政の協力を得るために兵庫県や加古川市へも行って、「加古川から出る古紙は全部ハリマ製紙で責任を持ちますから、唯一地場産業であるハリマ製紙を残して下さい」と、申し入れるなど、組合や上部団体あげて必死に頑張りました。

しかし事態は遅々として進まず苦闘の毎日でしたが、倒産から六ヵ月後の一九七七年五月やっと会社更生手続き開始決定にこぎつけ、会社存続の再スタートを切ったのです。

倒産し六ヵ月間も会社更生法申請が認められず、その間自力で会社を守り操業をし、もう駄目だろうと言われた中小企業の製紙会社を、地元有力経営者の協力と組合、従業員の必死の取り組みで会社更生法手続き開始決定によって再建した例は、今までほとんどなくハリマ製紙が初めてではないかと評価されました。

この六ヵ月間、上部組織である紙パ労連は、関西地本を中心に一時期には毎日三〜五名のオルグ団を現地に派遣し、延べ人数は二百四十名にのぼりました。

5　上部団体脱退の強要を跳ねのけた決断

・大王が経営方針を大転換

ハリマ製紙は、存続はしたもののその後の自主再建の道のりは、甘くなく困難の連続でした。こうした中、突然、会社買収の話が水面下で出てきたのです。

一九八三年、買収に乗り出したのはあの大王製紙です。「家庭紙をやることを前提に、ハリマ製紙を買

雇用と労働再建確保の協定書

ハリマ製紙株式会社（以下会社という）と紙パ労連ハリマ製紙労働組合（以下組合という）は次のとおり協定する。

記

一、会社は、組合員及び非組合員の将来の労働債権(退職金・賃金・解雇予告手当・一時金等）を確保するため、組合に対し会社所有財産を次に定める方法で担保提供する。

二、会社は、兵庫県加古川市別府町西脇2丁目34番地所在のハリマ製紙株式会社名義の土地・工場建物・並びに工場抵当法により、これと一体の財団とされる付属設備及び兵庫県加古郡播磨町古田所在のハリマ製紙株式会社名義の土地・建物並びに工場抵当法によりこれと一体の財団とされる動産・付属設備について、金2億9千800万円也の根抵当権を設定する。

昭和51年11月14日

ハリマ製紙株式会社
代表取締役社長　東 政平
ハリマ製紙労働組合
執行委員長　中田 梅由

収しよう」という話です。ハリマ製紙は、倒産前に、段ボール原紙を大々的につくるため大型マシンを設置できる遊休土地と水利権を持っていたのです。

その土地は、兵庫県加古郡播磨町古田にあり、組合は、倒産の時に会社に対して万が一の際に「労働債権」として「根抵当権」を組合名義で設定している土地です。

大王製紙は、それが大きな目当てであり、ハリマにとって大王製紙の系列下に入れば、脆弱で不安定な経営のバックアップとなることは確実だとして誰もが大歓迎でした。

当時の大王製紙は、これまでの洋紙中心から家庭紙の分野に社運をかけて乗り出していたのです。

業界一、二の王子製紙や日本製紙と競争するのに、新聞紙や用紙ではうまくいかないことから中堅企業が生きる道は、家庭紙であるとして経営方針を転換したのです。

大王製紙がハリマ製紙に目を付けた理由は二つあって、一つは運賃コストでした。

当時、新聞紙や洋紙の輸入が増えていましたが、ティッシュの紙は海外からは運賃コストがかかるため入ってこなかったのです。上海から神戸港までの船の運賃と、神戸から名古屋までトラックで運ぶ運賃が、同じくらいでした。

現在、物流の費用は安くなっていますが、家庭紙を運ぶには空気を運ぶようで意外に費用がかかり、なかなか採算に合わないのです。

したがって、家庭紙の生産拠点は京阪神など大量消費地の近郊での工場が必要であり、大王製紙も探していたところでした。

しかもパルプから製紙、箱詰めまでの一貫の生産体制の設備が絶対条件であり、相応の広さの土地と大量の水を使用できる水利権が必要でした。

・上部団体の脱退を迫る

当時、家庭紙のティッシュ・トイレットペーパーなどは王子のネピア、十條キンバリーの二つが独占していました。

そこに割り込んだのが大王のエリエールでした。これを考え、大王として社運をかけて切り込んだのは、先にも触れた二代目井川高雄社長です。

大王製紙は、王子製紙や日本製紙に対抗し、家庭紙・ティッシュの製紙部門に進出を決断し、消費地の京阪神に近いハリマペーパーテック（当時、ハリマ製紙）に目をつけ、同社を事実上買収し系列子会社にしました。

ところが、系列化に際して大王製紙から組合に条件を付けて来たのです。その条件とは、上部団体の脱退です。大王製紙の組合は上部団体に入っていないから、ハリマの組合も上部団体（紙パ労連）を脱退して欲しいと言うのです。

その話は、大王製紙の元顧問であり愛媛県の元県会議長のＳ先生から私に来たのです。Ｓ先生とは、丸三製紙倒産の時に会社再建で世話になり、私と同じく丸三製紙の取締役にも就任して頂くなどの関係で個人的にも信頼しよく知っていました。

S先生を通じて「ハリマ製紙の再建に大王製紙が乗り出すが、総評・紙パ労連だけはやめてくれ。組合を残すのは認めるが、上部団体は困る。」とのことで「髙岡さん、何とか説得してくれないか」といわれました。

今、思い返しても、その時のハリマ製紙の組合は偉かったですね。当時の橘委員長は、「上部団体は脱退しない。これまで大変な世話になった。会社があるのは上部団体のお陰だ。そんなことで企業が存続できたとしても、先が思いやられるからそんな話には乗らない方がいい。きっぱり断ってくれ」と言うのです。

これはなかなか言い切れないことです。実際、苦労して企業を存続させてきた会社に、突然大口のスポンサーが入ってくる。しかも大きな設備投資をしようという計画があり、会社が存続できるのですから。普通なら、「会社存続のために上部団体は脱退してもいい」と言うのではないでしょうか。

私は、S先生など大王製紙関係者に組合が出した結論を伝えるとともに、「他の大王の子会社である大津板紙や兵庫製紙も紙パ労連に加盟し、私がその指導に当たっているが労使関係は良好であり、心配しないでくれ」と説得し、ハリマの組合の会社再建にかかわった経過や努力の内容を説明しました。

結果的には大王製紙はハリマ支援を決め、技術畑の真鍋氏が大王製紙から社長として派遣されました。

・大王の方針が突然変わる

ところが、その後大変な事態が起りました。当初の予定であったハリマ製紙に設備投資をしてティッシュペーパー、家庭紙をやっていくという大王製紙の方針が変わってしまったのです。

それは、ちょうどその時期に、大手商社の丸紅が経営していた、名古屋パルプの経営が行き詰まり、大王製紙に買ってくれと言う話が突然もちかけられ、かなり良い条件で買収できたからでした。

その結果、ハリマ製紙に新設する予定だった家庭紙のマシン設置計画は変更となり、名古屋パルプにすべてシフトして、ハリマに派遣されていた真鍋社長は、直ちに名古屋パルプに転勤となりました。同氏は、製紙技術者としては大王製紙のトップでした。大王の名古屋パルプの買収は成功し、現在、大王製紙可児工場（岐阜県）として家庭紙、ティッシュペーパー製造の主力工場になっています。

さて、こうなると大王としてはハリマは不要であり、今後どうするのかが大きな問題になったのです。それでなくても、ハリマの生産設備は、日産五百トンというマシンがちょろちょろと動いて、赤字の上に従業員が六十〜七十人いました。

私は、橘委員長とともに、「大王製紙は、ハリマの会社存続に責任を持って欲しい、そのために新たな事業、設備投資など今後の計画を明確にして欲しい」と要求しました。

今の設備のままでは、ジリ貧であり場合によっては、首切りや企業閉鎖などになりかねない。もしそんな無責任な事になれば、組合は黙っていないと社長にせまり、場合によっては大王製紙に団交を申し入れると迫りました。会社は意味が分かっていたかわかりませんが、いわゆる「親会社としての使用者責任」を追及したのです。

また、紙パ労連の「雇用保障に関する協定」の統一要求に基づきハリマの組合は、高いレベルでの協定を勝ち取っていました。

この協定は、完全とも言える事前協議制に加え、万が一の場合の労働債権を確保するため根抵当権の設定が明記された立派な内容であり、この協定が地元企業の協力による自主再建の時期においても大いに役に立ちました。

・根抵当権設定で会社存続

親会社の使用者責任と労使協定を武器に大王製紙との間で、①ハリマの経営に責任を持つこと、②組合と事前協議すること、③組合は再建に協力すること、④会社が倒産など「万が一の事態には、退職金など労働債権を優先して支払うこと。組合は労働債権を担保するため根抵当権を設定すること」という画期的な労働協約を結びました。

労働債権に関する協定に根抵当権を設定した例は、おそらく日本ではほとんど無いのではないかと思います。さらに組合は、会社存続のために協力をするがそのために大王製紙から新たな仕事を持ってくるようにと、強く会社に申し入れました。

これに対して会社は、組合との対決を避け、大王製紙の関連小会社でやっているコンピューター用紙の加工の事業をハリマに持ち込むなどしたものの、簡単には赤字は消えない状況が続きました。

その後、大王製紙は大王の子会社（ダイオーペーパープロダクト）とハリマを合併させ、ハリマの累積赤字を帳消しにし、関連会社の仕事の一部をハリマに持ち込むなど、大胆なテコ入れをやってくれたのです。

さらには、組合が繰り返し強く要求していた念願の大型設備投資をすることも決まりました。

今の色ライナーの抄けるマシンを、数十億円かけて設備投資をして、通称ハリマカラー（カラーライナー）の名で、大王製紙が販売に責任を持つことになったのです。

今、思い出しても組合もよく頑張ったし、大王もよくやってくれたと思います。それがなければ今日のハリマペーパーテックは存続していなかったと思います。

第四章　心に残る会社再建・雇用確保の闘い（その2）

―丸三製紙・平和製紙・オリエンタル製紙ほか―

1　経営参加型で会社再建した丸三製紙の闘い

・ハリマ製紙とは異なる闘い

私が、当初の「会社存続・支援・協力」の組合運動から、「経営参加型の組合運動」に本格的に取り組むことになったのは、一九七七年二月に倒産して会社更生法を申請した、丸三製紙の闘争からだったと思います。

丸三製紙再建で職場討議。

それは、その前段であるハリマ製紙存続の闘いを教訓にしましたが、四国の丸三製紙の再建闘争はハリマなどのケースとは異なるものでした。

丸三製紙は、倒産後も創業者のオーナーが権限をふるい、自らの保身と過信が大きな障害となり周りの企業や関係者からは再建は不可能だと言われていました。

しかし、その障害を取り除いたのは、裁判所から選任された管財人である浅野康弁護士他の方々の努力と決断でした。

なかでも裁判所の管理下で経営を担当する管財人代理に髙尾尚忠氏を指名したことが大きかったと誰もが認めています。私との出会いは、ここで始まり、私の組合運動の考え方を根本的に変える大きな原動力となり、かけがえのない恩師として多くを学ぶ契機なったのです。

丸三製紙は、会社更生法申請から更正法解除となるまで実に十二年間もかかりました。

この間、管財人と労働組合が一体となった取り組みは、言葉につくせない茨の道の毎日でしたが、私には貴重な経験、おおきな修行の時期であったと思います。

会社更生法が解除になり、一人前の会社として再出発するに当たって、浅野管財人などの強い意志により社長に髙尾尚忠氏が指名されました。

髙尾さんは、当初はある理由もあって固辞されましたが、社長受諾にあたって組合の協力と私自らが経営に責任を持つ会社役員（取締役）に就任することを絶対条件にされました。

私は、労働組合を指導する上部団体の役員が、会社の取締役を兼任するという常識では考えられない役割と責任を持つなど、受けられないと固辞したのですが、管財人の浅野弁護士や労働組合と組合員からも、説得をされたので受諾することにしました。

それ以来、取締役は一昨年に経営支援を名乗り出たスポンサーによる再建を選択した株主総会で辞任するまで、実に三十数年におよびました。

丸三製紙の存続と雇用を守る役割を与えられ、貴重な経験ができたこと、各組合幹部や一部の経営トップから評価されたことは私のささやかな誇りです。

・生きた実践教育の師匠

当時、上部組織の紙パ労連本部などで「組合幹部と取締役兼任は、利益相反行為であり違法ではないか？」の疑問の声が上がったのも当然でした。

私も疑心暗鬼でしたが、紙パ本部が専門家の違法性は無いとの証明を取り付け、取締役としての報酬は

日本各地の手漉き和紙の街を訪ねる、
丸三製紙再建にも貢献した高尾尚忠社長（左）。

辞退するという条件で就任するという異例の扱いでした。

この結果、数多くの生きた実践教育を受けるなど、私の組合運動にとって貴重な経験と「経営学から人間哲学」など多くを学びました。

さて、丸三製紙は従業員が六十人ぐらいの小さな会社で、書道半紙やふすま紙、ティッシュペーパーなどを作っていました。

社長はオーナーで森川常太郎という人でしたが、超ワンマンで放漫経営だったために、大株主の丸住製紙から見放され、関係金融機関もすべて手を引き、どうしようもなくなって一九七七年二月倒産したのです。

社長は会社更生法という法律を良く知らないまま、資産を保全し、経営を継続するために、勝手に会社更生法の申請を行ったのです。

・信頼と絆をバックに企業存続に取り組む

私が紙パ労連本部の専従役員（中央常任執行委員）に正式に就任したのは一九七五年七月でした。

当時、本部の常任中央役員は九人いましたが、大半は大手企業組合の出身で、私ひとり中小組合出身で異例の抜擢でした。

大手組合出身の役員は、会社が倒産したり、中小の経営危機や会社再建・雇用対策などの問題に対して経験も少なく、対応がなかなか難しいということもあり、私が中央役員に引っ張り出されたのはそういった経験のあるものが一人でも加わっていることが必要との理由からだと思います。

私は、高知パルプや三星紙業の企業閉鎖、手すき和紙の伊野町や愛媛県の川之江、三島地区の有名な紙漉きの街に紙パ労連本部役員として派遣され、企業倒産・閉鎖・解雇の相次ぐ中で、企業存続と雇用を守る闘いの指導にあたりました。

紙漉きの街、川之江には、当時、全国唯一の中小の合同労組、企業の枠を超えた中小組合集団（原則、個人加盟方式）の地域型労組集団「紙パ愛媛（紙パ愛媛地区労働組合）」があり、丸三製紙の組合は支部としてその上部組織に所属していました。

紙パ愛媛は、かつては大王製紙の組合を中心に、愛媛製紙労連として結成され、一九六八年に中小組合が企業の枠をこえ、紙パ愛媛地区労働組合（紙パ愛媛）の名称で結成されて紙パ労連に一括加盟し先進的な役割を果たしてきました。

個人加盟を原則とするこの組合は、一時期には集団交渉を実施するなど先進的な地域労働組合として活動をしてきました。

その後、地連結成のモデルとしても目標となり大きな役割を果たした伝統ある組合でした。私は、紙パ愛媛の要請を受け、丸三製紙の再建闘争の指導に当たったのですが、同組合の顧問としても長年指導・支援をしてきました。

私は、紙パ労連本部役員として西日本の中小担当としてその拠点である、関西地本の中小企業労組との交流のため、多数の紙パ愛媛各支部の幹部を招き、工場見学や関西各社の経営者を含めた懇談会を開催するなどしました。

また、中小共闘として春闘も高揚期でもあり、統一要求を基本とした闘いでは、関西や北陸が足並をそろえ力を発揮し、「関西・北陸のアパッチ共闘」とも評されるなど大手組合も一目を置くほどの実績を上げ、紙パ愛媛にも影響を与えていた時期でもありました。

丸三製紙闘争をめぐって、このような経緯がありその信頼と絆をバックにして、紙パ愛媛とともに「地場産業と中小企業を守り、企業存続で何とか労働者の雇用を守るために、行政として協力して欲しい」と、川之江市長や助役にも会い、商工会議所にも申し入れをしました。

丸三製紙の大株主だった丸住製紙にも行きました。メインバンクの広島銀行やナンバー2の伊予銀行にも行き、「何とか企業を存続し、再建をしたい」と、お百度を踏むようにしてあちこちへ行き頭を下げたのです。

・多数決で決めてはいけないことがある

しかし、一九七五年のオイルショックの影響もあり、当時、紙の街である川之江、三島地区では、丸三製紙と前後して、昭亜製紙・今竹紙業・大黒製紙などの中小名門企業が、再建どころかまともに退職金も支払われないまま相次いで倒産していった時期でした。

こうした厳しい状況の中で、「丸三製紙も再建は不可能だ」というのが、地元業界の一致した見方でした。

その上、同社オーナーの森川常太郎社長の評判も悪く、団体交渉で紙パ本部の青山書記長（当時）に杖で殴りかかるなど、社長としての資質を著しく欠く人物でしたから地元でも嫌われていたため、組合の訴えにもなかなか耳を貸してもらえませんでした。

丸三製紙の組合・支部も、会社の経営が怪しくなって慌てて組合を再結成して一年目で未熟であり、会社更生法のもとで会社の再建か、閉鎖を認めて退職金などを取るかと組合員の意見が大きく二つに分かれました。

そこで、組合員の意見を聴きアンケートを取りました。

すると、「こんな会社、再建してもすぐに潰れる。あのワンマン社長やあの親会社では、だめや……」という声が圧倒的で「残って、この会社で働きたい。私はここでやります」と、言ったのは十数名だけでした。

それでも私は、今までの経験からすると多い方だと思ったのです。

組合員のほとんどが高齢者で女性も多く、この会社が潰れて会社を辞めたら、この就職難の時代に、再就職は難しいと思われる人が大多数でしたが、みんな社長には愛想をつかして、辞めると言う人が大半で、会社存続の声は少数派でした。

上部組織の紙パ愛媛の松本岩男委員長も、まじめで熱血漢でしたが「髙岡さん、あんな社長だから会社再建より退職金一〇〇％とってくれればよいから」と言われたので、気持ちは楽ではありました。

しかし、そういう現実を前にして、私はどうしてもここで働きたいという人がどれほどいるのかを問題にしました。

私は「ここで頑張る」という人が、たとえ三人でも五人でもおれば、その要求は最後まで大事にするべきで、これを多数決で否定して閉鎖を認めるなど、労働組合としてやってはならないというのが私の基本理念です。

丸三製紙は、組合員が六十人近くいましたがそのうち、十数人しか「この工場を残したい」という人がいなかったのです。

そこで問題は、「会社を残したい」という人と、「閉鎖を認めて金を取りたい」という人を、どう団結させてどう闘うかです。

私はみんなを集めて、「じゃあ分かった。退職金を取りたいんやなぁ……。しかし、取るためには、会社を残してくれと言わないと、債権者がウンと言わないよ」と訴えました。

つまり、仮に退職金をより多く取るためにも、銀行や債権者に対しての説得力は「労働債権や退職金」要求ではなく、「会社を再建し雇用継続せよ」ということであって、このことは高知パルプ（七二年）・高野製紙（七四年）広島製紙（七五年）の企業閉鎖の経験で痛感したことでした。

そこで「会社を辞める人も、会社を再建したいとの要求で最後まで闘う」という全組合員の要求で一致する方針を決め、その方向でみんなの意見をまとめ闘いはスタートしたのです。

・組合の考えが変わる

さらに私は、これまでの経験からどんな困難があっても「一日たりとも機械を停めては駄目だ！」と組合員を説得しました。このことは後に高尾社長が高く評価してくれました。倒産直後、組合は社長のワンマン経営を批判し二十四時間ストを決行しましたが、私はストップをかけました。

その後、企業存続・再建の闘いが進む中で、組合員の考え方が変わって来たのです。「自分らが努力したらこの会社はやっていけるかもしれない、やってみよう！」という気持ちが芽生え、徐々に広がっていったのです。

当初は会社再建派が十二〜十三人でしたが、いつしか「企業を残せ！」という闘いに賛同する人が三十人になり、四十人になりました。

結局四年かかりましたが、組合主導で従業員を筆頭株主として経営参加するまでは大変苦労しました。ここまでの道筋をつけてくれ力を貸してくれたのが、前述の髙尾尚忠氏でした。

２　丸三製紙、会社更生法解除へ導いた髙尾尚忠氏の功績

・会社再建を可能にした管財人

丸三製紙再建の大きな問題の一つは、中小企業における会社更生法についてです。丸三製紙が倒産して会社更生法を申請したのが一九七七年です。

会社更生法というのは、「窮境にあるが、再建の見込みがある株式会社について、債権者や株主その他の利害関係人の利害を調整しつつ、その事業の維持更生を図ることを目的とする」、という法律ですが、大手企業においてのケースでしか成功した例がありません。

先にも触れましたが、丸三製紙が倒産した時、裁判所は管財人として浅野康という弁護士を選び、主として経営を担当する管財人代理に髙尾尚忠氏を選びました。浅野管財人は人間的にも優れた方でしたが、管財人代理の髙尾さんは学者風の方でした。

この二人を裁判所が選んだことが丸三の再建を可能にし、それでなければ再建は不可能だったと私は思います。

この中で髙尾さんは「会社が倒産して十ヵ月間が勝負だった」など、当時の会社や組合と私の再建闘争についての対応や経過を講演で次のように述べています。

※この稿は、一九九〇年十二月七日、紙パ連合北陸地本第六回産業別労使懇談会での講演内容を編集部がまとめ、最終的には髙尾社長が加筆し『月刊紙パ』に掲載された記事の一部です。

丸三製紙「再建か倒産か」労組に高飛車だった経営者

丸三製紙代表取締役社長　髙尾尚忠

1 会社更生法と労組の対応

丸三製紙の経営の蹉跌は、昭和五十二年二月十二日でした。〔同時に会社更生法の手続き開始の申立てを行った〕昭和五十二年十二月十六日、更生手続開始時の財務状況は　①負債総額　713、000千円、②債務超過107、000千円と破産状況でした。

会社更生法についての経営者の理解が不十分で、申し立て時点で再建が出来たような受け取りようであった。そのような事から、経営者の労組に対する態度は高飛車であり、組合に対しての言動は目に余るものが有り、ついに五十二年六月二十六日、倒産への怒りと夏季一時金交渉のもつれから、スト通告〔二十四時間全面スト決行〕となり、その時点で労組の上部組織としての高岡〔常任中執〕さんが介入することになりました。

高岡さんの考えは「企業再建の大切なときに、労使が対立するようでは、世間の笑いものになり、企業再建もおぼつかない」ということで、とにかく頑固な社長を譲歩させ、組合も説得してストライキを中止させたのであります。しかし、このストライキは、経営陣に大きな打撃を与えたようで、社長らは一転して弱さと焦りの経営姿勢となり、一時は更正法を取り下げ和議法による再建も考えたようです。

従業員も混乱状態の中「取るものを取って辞めよう」との空気がありましたが、それを抑えたのが高岡さんであり組合の上部の指導でした。昭和六十二年には、紙パ労連の土橋委員長や髙岡さん、そして紙パ愛媛の松本さんなどが、連名で川之江の市長や川之江商工会議所の会長で、元大株主の丸住製紙の社長に中小企業の経営危機、会社存続と雇用を守るための申し入れをされたのです。

また金融機関（広島銀行）、原材料業者や大口の一般債権者とも会って実情を訴え、文書で協力申し入れをしたのです。いつの時代も同じですが、中小の経営は厳しいものがあり、当時、特に丸三製紙は、四面楚歌、だれも動いてくれない状況で、むしろ足を引っ張るような動きもあり、極めて冷ややかな現実を土橋さんら組織の指導者は感じられたと思います。

そこで、髙岡さんらを中心に、「誰も協力してくれないなら労組の手で上部組織を巻き込み、オーナー無しの企業再建をやろうじゃないか」という気持ちをもたれたのではないかと思うのです。

会社が倒産して再建ができるか出来ないかというのは、再建の目安がつくまでの一日でも操業を停めてはいけないのですが、髙岡さんら上部の方は経営者を巻き込んで努力されたと聞いており、私にバトンタッチされるまでの十ヵ月間、よく持ちこたえたものだと思います。買うもの（仕入れ）は二〜三割高で前金であり、保証金がないと運送屋は運んでくれない状況など、とても旧経営者では出来ないことを、組合、上部組織、髙岡さんらのリーダーシップで一生懸命にやられたことを聞いて感心をした次第です。

当時、髙岡さんも「会社を存続するか？　組合を解散するか？」大変悩まれたようです。組合員も混乱状態にあり、「取るものを取って辞めよう」という考えが強かったようです。

私がバトンタッチした後でも、メインバンクの広島銀行は、組合との対応と同じでした。彼らの要求の内容は、①社長・専務など経営陣は、倒産に至った経営責任を痛感し、すべての私財を投げ出すこと。②丸三製紙の一切の資産、処分権限を放棄し銀行に渡すことでした。

これは、組合を侮ると、破産や工場のスクラップ化にもなりかねないと恐れたのです。一方、裁判所からは、「会社更生法の手続き開始が大幅に遅れるようであれば、破産の宣告をしなければならない」との警告もあり、大変厳しい瀬戸際でもありました。

こうした中で、労組が上部を含めて行動を起こし、自らが会社再建をやり抜くという決意で組織を挙げての積極的な姿勢は、更生手続き開始の呼び水になったことは間違いなく、管財人のお尻を押してくれたのでした。

しかも、われわれ管財人が、再建計画案の作成に多くの意見があり、手間取り修正案を出したり、銀行との協議やスポンサー、オーナー選びなど検討をする等苦労をしている中で、なんと、組合側が独自の「再建計画修正案」を裁判所に出されたのには大変驚きました。

中でもその計画案で、大口担保権者である銀行に対して、組合案では「経営指導と貸付責任がある」として、一切の債権を放棄する内容になっていた事から、これには、なにより銀行が一番驚いたのです。

このことが引き金になって、管財人が計画した更生計画が意外と大口債権者からも抵抗無く承認され認可決定と事が運んだのです。

昭和五十六年二月十七日、松山地裁西条支部で丸三製紙の更生計画案が承認・認可される日に、法廷で大口債権者の一人から、丸三製紙の再建案を誹謗する発言がありました。それは、「坪内（来島ドッグなど）式経営といわれる超合理化をやっていない」というのです。

坪内寿夫氏とは、倒産寸前の企業を数多く再建させた手腕から、一時はマスコミによって「再建王」、また船舶・造船・ドック会社を多数抱えたことから「船舶王」、四国を中心としたグループ形態から「四国の大将」とも称された再建の神様と言われた人物です。彼は、賃下げや首切りをしてでも会社を守る超リストラで再建に成功した事から、丸三製紙では賞与も出していると批判をしたのです。

これを受けて、管財人の浅野康先生の発言は、坪内氏の経営論を否定し「近代企業の経営理念を忘れたまま従業員にしわ寄せをして、会社を存続させて何になる」ときっぱりと言い切ったのであります。

この言葉と考えが、管財人グループと労組のあいだにお互いの理解と信頼を一段と深め、再建の基盤づくりの出発点になったのであります。

来年の四月には、更生手続きが終結しますが、再建の仕組みの中に、普通の更生会社には見られないいくつかの特徴があります。

四面礎歌！　よくぞ持ちこたえた十ヵ月

地域社会と会社との関係にしても金融機関の協力、債権者の協力、工業会や会議所、市行政の協力は全く得られず、丸三製紙は四面楚歌の状態でありました。地域社会や住民の状況は、むしろ企業再建の足を引っ張っているとも受け取られました。

ここまで追いつめられると、経営側も労組側も、上部団体にとっても、会社再建は引くに引けなくなったようでありました。髙岡さんも「だれもが協力してくれなければ、労組の手で上部団体を巻き込んでの再建、オーナーなしの企業再建をやろうじゃないか」と、この時に決心が付いたのではないかと思います。

２ 更生手続開始（昭和五十二年二月十二日〜十二月十六日）までの十ヵ月が勝負どころ

会社が倒産して再建できるかどうか、再建の目安がつくまで、操業を続けることが絶対条件であり、旧経営者も、労組にとっても同じ認識でありました。倒産以来はじめて労使一体の考えになったのであります。

丸三製紙再建の一番厳しい時期がこのころであり、企業のすべての人たちに忍耐と勇気が要求されました。このあたりにも髙岡さんのリーダシップがモノをいったのであります。私にバトンがタッチされるまでの十ヵ月間、良くぞ持ちこたえたと感心いたしました。

３ 銀行と労組が呉越同舟　金融機関と労組のやりとり

銀行側の本心は、「工場解体即破産」を最も恐れていたのではと思われました。労組側から銀行側におこなった公開設問は主に次の二点でした。

①経営陣は企業蹉跌の責任をとり、企業再建のため全ての私財を投げうって努力する事。
②丸三製紙㈱のスクラップ化と、破産処分には反対する。
以上の点は、銀行側と労組側の意見が全く一致し、この点については呉越同舟でありました。

裁判所からは「更生法の手続きの開始が大幅に遅れる場合、破産の宣告をせねばならない」と通告されるやら、経営陣は自信を失うやら、大変な事態が起こったのであります。

さて、一体誰が先頭に立って再建の旗振りをやるのか、銀行が乗り出すわけもないし、すべてが労組の決断にかかり、銀行へ再建協力を依頼した手前、後へも引けない立場に立たされました。

再建か破産かのキャスチング・ボートが労組の手にあったというより、丸三製紙の再建に意欲のあったのは労組のみで、労組の組織をあげての積極姿勢が、更生手続開始の呼び水となり、今日あるのも労組の支援体制によるものだと思われます。

ですから、会社更生手続きの終結を迎えるにあたり、労組の発言権に重みがあるのも当然の成り行きであります。

4 管財人は漬物石〝子は親の後ろ姿を見て育つ〟

(1) 会社更生手続の開始

昭和五十二年十二月十六日、丸三製紙の会社更生手続が開始されました。管財人は浅野康弁護士、管財人代理として髙尾が経営を引き受けることになりました。

私は常日頃から「会社更生における管財人の立場は、漬物石の存在である」と考えていました。働く人たちは中身の漬物であり、使用済みともなれば、漬物石は庭の片隅に置き忘れられる。それでも漬物の善し悪しは、石の軽重で決まるということであります。

更生会社を重病人にたとえると、瀕死の重病にあえぐ患者（企業）が、救急病院（裁判所）に担ぎ込まれた。すると、この病院でとりあえず応急の手当（保全命令）をする。

その上で、患者の心身の状況を調査（調査管財人）し、その患者の治療、手術に適当な医師（管財人）を選任し、その医師（管財人）によって、しばらくの間は大手術に耐えるだけの体力恢復措置（事業経営の改善）や疾病の現状、原因等の検査（会社の倒産原因、資産、負債の現状調査）をする。

そして、大手術のための準備が整ったところを見計らって、患部の切除を伴う大手術（更生計画の樹立）を行う。手術後はしばらくの間、再び体力の恢復と手術後の予備措置を取り、全快の状況を判断して、退院（更生手続きの終結）する、というわけです。

つまり「会社更生法は、働く人たちのためにあり、管財人は皆さんの味方ですよ」ということです。

当時の丸三製紙の人たちは、アメとムチの繰り返しに馴らされており、常に刺激を求めての行動でした。私は経営の手始めにまず社内人心の安定に取り組みました。

次に、お互いの信頼関係を作り出すことに努めました。それは、正しい人間関係を作り出すこと、行動で示すことで、「子は親の後ろ姿を見て育つ」の諺は、経営者と従業員の関係にもいえようかと思われます。

会社再建ということですから、社内の人たちの会社経営及び会社の運命に寄せる関心は最大であります。「管財人が、経営者が我々を守ってくれる。生活も安定するだろうという安心感」これが再建プロセスの始まりであり、近代マネージメントの基本であります。

北陸地本の産別労使懇談会の講演を終え、リラックスした食事会。（右から高尾丸三製紙社長、著者、森脇中越パルプ労組委員長）

（２）幕のうち弁当の美学、労組役員が取締役を兼任

私の丸三製紙の経営は、量から質の経営に徹しようと考えました。更生計画書を作成している頃、その当時の言葉に「幕のうち弁当の美学」というのがありました。重箱の中に山海の珍味を盛る、日本料理の代表的な一つです。小さく美しく作るのは私たち日本人の得意とするところです。経営自体を小

さく美しく再建しようと決心したのであります。

工場敷地は1／3に縮小せねばならないし、少量多品種に徹せねばならない。そのためには二台の抄紙機は三台に、それのための資金づくりを考えなければなりませんでした。

丸三製紙に再建の神風も吹きました。その一つは県道拡幅の保障金であり、円高による原料パルプの値下がりでありました。再建の決め手は、経営努力で生み出されたものではありませんでした。

再建に取りかかって六年目。赤字経営が二期ほど続き、旧経営者や定年後再就職者の人たち十三人が退職していったのであります。再建とは、上品にはいかないものだと痛感いたしました。

更生計画手続の終結頃には、損益分岐点も大幅に改善され、発行手形も借入金もなく、当座比率も一〇〇％を超え、自己資本比率も五〇％と、形だけではあるが「幕のうち弁当」の品ぞろえが出来上がったのであります。

丸三製紙再建の特色は、

①特定のオーナーがいない。

②従業員持株会が丸三製紙の筆頭株主として二五％の株を保有している。

③持株会の代表者としての労組支部長（委員長）が、また労組上部団体からは髙岡さんが取締役に選任されていることであります。

土橋昭富さん（当時の紙パ労連の委員長）の言葉によると、丸三製紙の経営は「日本的な労組の経営参加だろう」ということです。

企業再建を通じて一番大切にしたことは、「人間的使命の解決を忘れないように」ということでした。まったくオーソドックスな経営で筋をとおしてきたのであります。

経営者も働く人も、常にこの言葉の意味するところを、忘れないようにしたいものです。**（以下省略）**

3 経営の神様と言われた髙尾さんを口説いた浅野弁護士

・地元業界では優れた経営者との評価

髙尾さんは、㈱トーヨという地場の会社を経営していた社長さんでしたが、会社で酸欠事故が起きてしまい二人の従業員が亡くなるという痛ましい経験をされていました。髙尾さんはその責任を強く感じ、二十年以上も経営トップだったトーヨの社長を辞任されたのです。

氏はトーヨの創業者で、地場の製紙会社では優れた経営者として有名でした。しかも、優れた経営理念・哲学を持ち、技術開発にも意欲的で、どちらかというと学者肌の経営者でした。

今一つは、仏教・仏道に対する哲学も持っておられました。それだけに重大災害発生に対してすべての責任は自分にあるとして社長を辞任、それだけでなく、「二度と私は経営者にも社長にもならない」という信念を貫き続けて来られた経営者でした。いかに大きな災害を起こしても、創業者でありオーナーである経営トップが責任を取ってきっぱり辞めた例が他にあるでしょうか。氏は、会社の経営のすべてを他人に譲って、亡くなった従業員への念仏をあげ、供養に専念されていたのです。

・会社の信用となった髙尾さん

そんな髙尾さんを口説いたのは、管財人の浅野康弁護士でした。浅野先生は、薬害訴訟問題などで活躍している地元では高名な弁護士で、髙尾さんと親しく、難しい丸三製紙の経営の現状と人間関係を見抜いて、髙尾さん以外に適任者はないと決断し粘り強く説得されたと聞いています。

高尾氏の就任により、これをバックアップする株主や地元財界の有力社長のM氏、愛媛県議会に影響力を持つS議員などが、株を持ち非常勤役員として顔を並べ最後まで協力をしてくれたのです。このことは会社の信用と大きな支えとなりました。

私たちの組合も、そのような高尾管財人代理と一体になって、会社存続と会社再建へ向け、ひたすらやってきたわけです。

そんな中で、会社の資金繰りに困って行き詰った時には、管財人の要請で組合が労働金庫からお金を借りて原料を仕入れたり、未払いの電気料金の問題で四国電力に組合が保証人として、一札を入れるなどの協力もしました。

・他に例を見ない労使一体の再建

そうした、他に例を見ない労使一体による会社再建でしたが、色んな困難を乗り越えて、銀行や債権者の信頼を回復しました。

また、従業員の血の出るような努力の積み重ねもあり、何とか数年かけて、業績改善、黒字転換をし、債権者に対しても五〇数%の債務を返済、会社更生法解除にこぎつけ一人前の会社として再出発できるまでになったのです。

丸住製紙はじめ大株主や仕入れ先は、会社が苦しい時や赤字を出している時は、冷たく知らん顔をしていましたが、みんなの必死の努力で、会社が黒字に転換し会社の状態が目に見えて良くなってくると、途端に態度が変わってきました。

以前の株主や大口の債権者で原料を入れている会社などが、設備投資の金を出すとか、会社更生法解除後の社長を引き受けてもいいよとかの話がでてきました。

そんな見え見えの経営者にお任せするわけにはいかないと、私たちは髙尾さんに、更正法解除後も社長をお願いし自主再建の道を選択したのです。

その時、管財人の浅野弁護士も、髙尾さん本人と奥様を説得してくれました。髙尾さんは、「二度と会社経営はやらない」と、奥様に約束されていたのです。しかし、会社更生法解除になった丸三製紙の再建のために、なんとか社長を引き受けて欲しいとお願いしたのです。

その時、社長を引き受ける条件として、倒産以降全面的な協力をしてきた労働組合支部がさらにレベルアップした協力（経営参加）をして欲しいと言われたのです。

・組合は経営に責任をもつべきだ

具体的には、従業員持ち株会を発足し、株主になって経営参加をすること。さらに、組合支部長と私が会社の役員に就任することを提示されたのです。

要するに私を人質に、氏の理想とする「労働組合の経営参加」を丸三製紙で実現しようとされたわけです。

そこまで言われたら、逃げるわけにはいかなくなって、腹をくくってその条件を受け入れざるを得ないと覚悟しました。

しかし、上部団体の紙パ労連でそれが問題になったのは先に述べたとおりです。

その結果、会社再建のために髙岡の取締役就任は認めるが、役員報酬をもらわないという条件で決着がつきました。

そこでまず、従業員持ち株会（若水会）を組合が主導して結成し、会社の株を二五％取得（その後二七％に）して筆頭株主になり、労働組合の委員長（支部長）が取締役工場長となって、その後ずっと工場長を兼任しています。

私は、企業の経営について、随分色々と髙尾さんから学んだのですが、出会った当初から良好な関係にあったわけではないのです。

髙尾さんは、丸三の再建闘争における組合の頑張りは、最初から理解を示してくれたのですが、持論として「組合は経営に責任を持つべきだ」と考えておられました。若くして欧州を視察し、企業経営の在り方や経営参加型の労使関係を学び日本でも取り入れるべきだと提唱されていました。

これは、子どもの頃お父様が当時の労働者の集まりであった川之江地区の製紙職工連合会（会長）の争議における警察の介入や嫌がらせ、特高刑事による逮捕等、組合活動の厳しさを近くで見て、肌で感じていたからこその考え方だったのでしょう。

私などは、組合が経営者と交渉しても、どっぷりと付き合って心を許してはならない、と警戒観を強く植え付けられてきていました。

事実、それまで私が出会った経営者は、何とかして組合幹部を懐柔してやろうと、誘惑の手を伸ばしてくる人が多かったからです。

また、当時の総評・紙パ労連などでは、経営参加は労使協調主義であり、御用組合のやることだとの批判が強くありました。

そんなわけで、私も出会った当初は、髙尾さんの考え方の真意が分からず、色々と反発もして、激論を交わしたのも一度や二度ではありません。

しかし、何度も苦しい再建の取り組みの中で、腹を割って話しているうちに、この人は本心から組合の大切さや、会社の経営を組合が経営者と共に担うべきだと信じているのだと、心底思うようになったのです。

・漬物の良し悪しは漬物石で決まる

思い返してみると髙尾さんは、丸三製紙の従業員との最初の出会いで、「会社更生法は、働く人たちのためにあり、管財人は皆さん方の味方ですよ」と言われました。

前述のように氏の口癖は、「会社再建における管財人の立場は、漬物石の存在である」でした。それは、働く人たちは中身の漬物であって、漬物石は使用済みともなれば、庭の片隅に置き忘れられる、というのです。また、漬物の良し悪しは、漬物石の軽重で決まるとも力説しています。

だから髙尾さんは、まず社内の人心をつかむことに心を配られたのです。

当時、丸三製紙の人たちは、これまでの管理職からアメとムチの繰り返しにならされていることを見抜き、お互いの信頼関係をどのように作っていくかに気を使われました。

信頼関係の基は、正しい人間関係にある、そのためには自分の行動で示すしかないと後に説明されました。子は親の後姿を見て育つ、という諺は、経営者と従業員の関係でも同じだと述べています。

当時は、会社の再建時でしたから、社内の人々が会社の経営や先行きに凄く敏感になっていました。経営者が、つまり管財人が自分たちを本当に守ってくれるのだ。これで、生活も安定するんだという安心感、これが再建プロセスの始まりで、近代マネージメントの基本なんだと、髙尾さんはそう言いきり、実践されたのです。

そういう髙尾さんの丸三製紙の経営においては、労働組合の経営に対する役割や責任は重くなりました。労使協議会の内容にしても、一般的な団交の前段交渉とは大きく異なります。専門的知識とともに企業の全体像把握の重要性をたびたび口にされました。

だから、組合の支部長は財務諸表の見方について、勉強をして一定の意見や提言など出来るように特訓を受けていました。丸三製紙の労使協議は、まず取締役会・役員会と並行して行われました。

丸三製紙再建をめぐる経過の中では、以下に述べるお粗末な経験もあります。まだ、丸三製紙が再建途上にあった頃の話です。

当時、工場でミスがよく起こり、製品ロスが多く出ました。出荷前にちょっと気を付ければ防げることに気が付かないで、届け先でクレームがついて製品が戻って来る。そんなことが何回もあったのです。

私は、「どうして得意先まで行って、そこから戻ってくることになるんや。出荷前に見つけたら運賃コスト、これだけでも得するやないか。それだけやない、行った先の信用も落す、これはえらいマイナス。どうして、出荷前に社内でチェックできないのか」と、厳しく注意しました。

そういうミスは同じところで起こっており、やる人も決まっていたのです。私は、「そういう人は、よその余裕のある会社だったら別だが、うちは再建途上にあるのだから、会社を辞めてもらおうと思う」と、管財人代理の髙尾さんに話をしたのです。

そうすると、髙尾さんから「髙岡さん、それはダメですよ」と、叱られました。「ダメな人を辞めさせて、新しい人に取り換えるのは誰でもできるし、簡単かもしれない。しかし、経営者はそれでは失格。そのような人でも、一人ひとりを教育して育てて、変えていくのが経営者なんだよ」と、たしなめられました。

人の上に立とうと思うと、人を見抜く目も大事です。この従業員は、みんなから色々と馬鹿にされてはいる。欠点もあるけれども、こういう分野で働かせたらどうだろうと考える。そうすると、急に能力を発揮するときがあります。

今まで持て余していた人が、使う場所や使い方によって、また管理職の接し方によって生まれ変わったりします。上司の姿勢や人柄、人間性がいかに大切かなど多くのことを、高尾さんから学びました。

4 平和製紙の自己破産から、会社更生法申請・組合経営で会社存続

・ユニークで忘れがたい闘いの一つ

専従の組合役員に就任して二十年目ぐらいの時でした。それまで様々な闘争と向き合い、いろんな経験を通じて鍛えられてきた私にとって、忘れがたい闘いの一つに徳島の平和製紙の再建闘争があります。

会社がある日、突然「操業停止」「全員解雇」を通告、直後に徳島地裁に自己破産申請をしたまま社長は雲隠れするという非常事態の中で、組合が会社存続・雇用確保のため、会社経営に参画し水利権を組合が確保して、古紙パルプ再生の会社を立ち上げるという前代未聞の取り組みをしたのが、平和製紙の再建闘争です。

一九八〇年、当時の紙パ業界は長期の消費不況の中にあり、社長が従来型の放漫経営を続け、会社の経営状態が急速に悪化すると嫌気がさして経営を投げ出してしまったのです。

この年の十月三十日、会社は、三井物産から原料の納入を打ち切られたため、これ以上の操業は出来ないと工場閉鎖・全員解雇を通告してきました。

このような一方的な通告を受けて組合員は、「こんなバカなことがあるか、とうてい納得できない」「自

分たちで何とか出来ないものか、なんとしても会社を存続させ、再建しよう」と不安と怒りの中から立ち上がったのです。

平和製紙は一九三一年に設立され、五十年間にわたり徳島県の地場産業として操業を続け、半紙・ちり紙など機械すき和紙の老舗で、県下三大メーカーの一つに数えられていました。

一九七九年の第二次オイルショック以降、製品の需要が減退し、在庫が急増したことや、紙パ産業の再編成に基づく中小企業の切り捨てと主要取引先である三井物産の方針で、平和製紙が清算の対象となり、原料の納入停止が行われました。

会社が清算の対象になったのは、平和製紙の経営陣の対応のまずさや長年の放漫経営による業績不振でした。

・社長も重役も雲隠れ

組合は、通告と同時に二日間にわたる徹夜団交で、会社の機械設備、工具、資材、運搬器具などの「共同管理協定」を取りつけ、一方で徳島地裁と徳島地労委に「地位保全と不当労働行為（三井物産への団交申し入れ拒否）」の救済申し立てを行いました。

十二月になって、徳島地労委から会社に団交応諾の勧告が出されましたが、十二月二十六日の団交当日になっても会社側は誰一人姿を見せませんでした。

あろうことか、徳島地方裁判所に自己破産の申請をした上で、社長も重役もみんな雲隠れしてしまったのです。

組合員とその家族は、会社のやり方に大変ショックを受けました。そこで組合は、翌年一月二十一日に、紙パ労連に支援要請と加盟の申し込みをしてきました。

その時点で、前年二月、大阪府の労働委員会の委員に就任したばかりの私に話が持ち込まれたわけです。すぐに私は、紙パ本部の指示で現地に派遣され行動を開始しました。

私は現地に入り、まず紙パ労連を中心とする上部組織、徳島県総評を中心とする地域の労働組合、弁護団を加えた支援共闘会議を組織して、地域ぐるみの支援体制の確立に全力を挙げました。

それと同時に徳島地労委及び裁判所に、①地位保全と団交の応諾、②自己破産審理中止と自主操業を申し入れたのです。

・想像をはるかに超えるカンパ

一方では、三井物産や阿波銀行など主要債権者と直接交渉を行い、また債権者委員会にも労働債権者として出席し、企業の存続を要求しました。

また、裁判所に対しては破産管財人と交渉し、組合が工場・機械を賃貸契約し、自主操業するとの画期的な「協定書」を取り付けました。

何よりも感動し力強かったのは、組合が進めてきた「自分たちの力での自主操業を行う」資金として、徳島県評が組合員一人五千円カンパという大きな支援を決めてくれた事でした。その当時の五千円は想像をはるかに超える金額でした。

さらに組合は、二月に会社更生法の適用申請を行いました。

当時、組合が会社更生法を申請することは、「日本で初めてのことだ」と言われたものです。常識的にみて勝てる見込みのない組合の会社更生法申請には、一部弁護団からも反対がありましたが、会社の「破産申請」を安易に決定させないための対抗手段としての一面もあったのです。

私は、長年の付き合いである経営分析の専門家、松田立雄先生（中小企業問題研究所所長）を現地に招き、組合として独自の会社再建計画案を作り、会社更生法の申請に持ち込んだのです。

主要な交渉相手は、大口債権者である三井物産と阿波銀行でした。三月から四月にかけて、三井物産高松支店に抗議と団交を申し入れ、組合の会社再建案を説明し粘り強く交渉しました。

三井物産は、「雲隠れをした社長の息子さん（当時、同社専務）が後を継ぐのなら支援を考える」との譲歩を引き出したのですが、当の本人は「絶対やらない」と固辞したため、デッドロックに乗り上げたかに見えました。

それにもめげず、組合は粘り強く交渉を継続し、五月には工場の機械設備を使った自主操業の合意を取り付けました。

しかし、結果として一部得意先の協力が得られず、自主操業は断念せざるをえなくなりました。

それでも、十一月になって裁判所から和解勧告が出されたので、自主再建を求めて債権者と交渉に入りました。

その結果、翌一九八二年一月二十七日、土地四百六十坪弱の賃貸と機械・製品・半製品の一切を組合に譲渡され、約六千万円の解決金で和解することになったのです。

著者の企業再建闘争を、いつも説得力がある経営分析と再建計画づくりでバックアップしてもらった松田立雄先生。

・新会社を設立する

この間、私は会社をどのように存続させるべきかについて、ずっと考え悩んでいました。

現状の製紙会社として存続が無理であれば、あの土地や設備を利用する方法はないかについてです。

和解後すぐ、かねてから面識のあった四国パルプの薦田林太郎社長に相談を持ち掛けました。

すると社長は、「製紙会社としての再建は難しいが、水利権を利用して徳島で何とか古紙パルプを作る会社として存続できないものか、やるのなら自分も協力をしても良い」と約束してくれたのです。

氏は、高知の三星製紙の倒産のとき（一九八七年）、二年以上も賃貸契約で機械を動かすなど協力をしてくれた器の大きい異能の事業家です。

そこで私たちは、新会社として「新平和製紙有限会社」を発足させました。社長には労働組合の塚井義美委員長になってもらい、副社長には四国パルプの薦田社長にお願いしました。

その際、私にも役員就任を求められましたが、紙パ関西地本で書記次長だった井藤喜一氏を推薦し、非常勤の取締役になってもらいました。

新会社は当面、古紙の回収業(リサイクル)からスタートし古紙パルプの機械設備の設置を目指しました。

・古紙業界のしがらみ

ところが、古紙再生の会社を作るには、二つ大きな問題がありました。

一つは水利権の問題、もう一つは地元の古紙業界の古くからのしがらみで、やくざが利権に絡んでいたことです。

まず最初に、古紙原料の確保ということで、徳島県総評の全面協力を得て県の行政や大手企業の協力もいただき、古紙の回収をやりました。

古紙業界への新規参入は簡単ではなく、大変な厳しさがあります。地元ではやくざ（反社会的勢力）の縄張りも含めてまともな仕事が出来ないのです。

そこで、香川県に本社がある（株）正芳商会という、大きな古紙会社にも支援をお願いし、新平和製紙有限会社を同社の子会社にしてもらったのですが、予想通りにはいきませんでした。

（株）正芳商会は、以前朝日新聞社などを相手に大阪の藤田紙料という出入り業者の会社解散と全員解雇通告に対して、企業存続と雇用を守る闘いのなかで経営の立場から支援・協力をしてもらった会社です。新平和製紙の社長に就任した組合元委員長の塚井さんは、古紙販売を巡ってヤクザに睨まれ、追い回される羽目になって、毎日冷や汗ものだったと後に述懐しておられます。

新会社は、大変な苦労をしましたが今では徳島で1～2を争う回収量の古紙業者と言われるようになって存続しています。

とにもかくにも古紙回収など、一定量の原料が確保できるようになったから、今度は古紙パルプを作る設備を据え、そのための技術導入と設備投資が必要だと考え、再度四国パルプの協力を求めました。

実は、四国パルプの薦田林太郎社長はなかなかの事業家で技術者であり、アイディアマンとしても有名でした。

幸いなことに四国パルプは、日銀の大阪支店に集まる廃札（一万円札等）を処理する特別な技術を持っていたのです。

当時、廃札の処理は技術的にも難しく、焼却処分にするか、建材ボードの原料ぐらいにしかなりませんでした。

それを薦田社長は、日本銀行から出る廃札を古紙パルプに変える技術を開発したのです。普通のパルプとは原料が違うので、廃札を古紙パルプに変えるには特殊な技術が必要なのです。

薦田さんは、技術開発に成功し日銀から廃札を仕入れ、古紙パルプに加工する特許を持っていたのです。

新平和製紙は、日銀からの廃札と地場の古紙回収でかなりの原料を確保できるので、その古紙パルプ製造に取り組むことになりました。

・労働組合が水利権

平和製紙は、製紙部門を閉鎖しましたが、水利権を持っていたので何とかこれを引き継ごうとしました。そこで、労働組合が法人として徳島県に申請して、水利権を継続して確保することにしました。労働組合が水利権を持つなんて、これまで誰もやらなかったし、考えもしなかったことです。

その水利権を利用して古紙パルプ製造の工場を目指したわけです。

製紙会社の水利権は大変貴重なもので、新たに取得するのは非常に困難です。製紙会社は大量の水を使うので、企業は大きなお金を出して水利権を取得しています。

水利権を持つ会社は、日本中にたくさんありますが、事実上、労働組合が水利権を持ったのは、このケースだけでしょう。

以上紹介したように、同じ「企業の存続・再建闘争」でも色々と知恵を出し多くの取り組みに携わってきましたが、その中でも平和製紙の再建闘争は、ユニークで大変貴重な経験でした。

5 オリエンタル製紙再建断念も、破産食い止め破格の退職金獲得

・突然、工場閉鎖と全員解雇

平和製紙の闘いは、苦しい道のりでしたが、紆余曲折の末、会社の一方的な破産・解雇・工場閉鎖を食い止めなんとか再建にこぎつけました。

しかし、結果として会社再建が出来ず、倒産・閉鎖・解雇を認めざるを得なかった闘いは、数えきれないほどあります。ここでは、その事例をお話ししようと思います。

まず愛媛のオリエンタル製紙の闘いです。オリエンタル製紙の川之江工場は、長期にわたって赤字でしたが、会社は関連工場優先の経営政策を取っており、組合としても十分な対応をとらないまま、人減らし「合理化」など、会社のいわれるままに協力してきたところ、一九九〇年になって突然、工場閉鎖・全員解雇の提案がなされたというわけです。

もともとオリエンタル製紙は、一九四七年高知で創業した家庭紙企業の名門でした。月産五百二十トンのトイレット専抄(トイレット用紙を専門に漉く=抄く)を誇り、業界では有名な会社だったのです。

会社の入出荷を阻止するため、24時間門前ピケをはる。

しかし、市況の悪化と急激な企業の拡張政策の失敗から累積赤字を抱え、一九七八年以降、八一年、八五年と三度の希望退職を募ったほか、八五年には、松山工場の閉鎖を行うなどして場当たり的に危機をしのいできました。

そしてついに、会社は一九九〇年五月、突如として工場の全面閉鎖・解雇（組合員二十八名）を組合に提案してきたのです。

組合は、ただちに上部団体・地区労と連携し、企業の存続・操業継続、労働債権確保と根抵当権の設定を要求し、上部団体を含めた団体交渉を開いて追及しましたが進展しません。

紙パ連合からは、武田副委員長（日本製紙）が現地の責任者として指導していましたが、進展せず暗礁に乗り上げた状況でした。

会社は、追い打ちをかけるように「それなら破産する」と脅しをかけてきました。

そうした事態の中で、本部からの指示で私が現地に派遣され闘いの指導・支援に加わることになったのです。

・会社の陰謀が白日の下に

私はこう着状態だった団体交渉を打開するため、会社に対して破産申請書の内容の開示と過去五年間の財務諸表の開示を社長に対して強く申し入れました。他方、組合独自に会社の信用調査を行いました。

そこで明らかになったことは、一九六五年、兵庫県に設立した同系列企業（背景資本）の西日本衛材（株）とオリエンタルとの不自然な関係でした。

つまり、オリエンタル製紙に大きな赤字を押し付け、関連会社である西日本衛材を黒字にして存続させようとするカラクリです。

組合は、会社と関連企業との関係を明確にすることとオーナーとの直接交渉を強く要求し、最悪の事態を想定して無期限ストで工場占拠も覚悟して闘ったのです。

その一方、万一の事態を考え裁判所に地位保全の仮処分の準備と、破産ないし会社更生法の申し立てに対する、労働組合への事情聴取を求める上申書を提出しました。

さらに、愛媛県地方労働委員会へは、解雇無効の申し立てを行い、工場は組合員が二十四時間の出勤体制のピケによる占拠を実施しました。

これまで会社は、①十数年に及ぶ経営危機の中で、川之江工場は、閉鎖を前提に一切投資しなかった。②組合への閉鎖通告前に、得意先・原材料仕入れ先・主力銀行にはすべて閉鎖を伝えたなど、既成事実化がすすんでおり、これを元に戻すことは不可能に近い。③組合員の中には、長期にわたる慢性赤字が続く中で企業への愛着は薄れ、「退職金の一〇〇%を確保すれば辞める」という声が強くあった等から、破産はやむなしと繰り返し述べたのです。

私はこうした会社の主張に対し、過去の会社の財務内容を徹底的に調査する一方、前述の松田立雄先生を中心に経営分析と会社経営の流れを調査したのです。

加えて、同業他社や代理店などからも情報を集めた結果、オリエンタル製紙は計画的に閉鎖、破産するシナリオを進める一方、関連会社の西日本衛材を兵庫県竜野市に設立し事業を継続する陰謀が明らかになったのです。

直ちに組合は、会社に対しその内容を暴露して強く抗議し、西日本衛材をも相手に訴訟を起こし責任を取らせると追及したのです。

・破格の退職金を得て解決

会社の態度は、これを契機にがらりと変わりました。私が宿泊していた観音寺グランドホテルに経営トップのオーナーが突然現れ、何とか早期解決をして欲しいと、札束らしき袋を持参し頭を下げて頼みに来るというハプニングがありました。

会社側は、労働債権と立ち上がり資金について、上部団体の意向を最大限受け入れ、早期解決したいとの水面下の申し入れがあり、社長自らが前述の観音寺のホテルに私を訪ね、金で篭絡しようという行為に出たというわけです。

私は、「馬鹿にするな！」とこれを蹴り「金を出すなら、団体交渉の場で堂々と回答すべきで私をなめているのか！」と怒鳴って追い返しました。

そして直ちに、組合三役や紙パ愛媛の三好茂行委員長と緊急対策会議を開き、今が解決のチャンスである事を確認しました。

基本方針の「企業再建、工場存続」の旗は最後まで掲げる一方で、最悪、工場閉鎖をする場合は組合員の生活立ち上がり資金（慰謝料）と「退職金を規定の三倍」を要求し闘うとの方針を決め、全員大会で承認をうけました。

組合大会での方針決定を受けて、一九九〇年七月三十一日、二十二名の組合員が全員待機する中で三日間に及ぶ徹夜団交を行い、①「退職金・予告手当・夏期一時金・年休買い上げ」を含む解決金約一億二千万円と退職金の規定額の二一五％とプラス解決金（総額二億二千万円）を支給する。②就職斡旋については、最大限努力するとともに、万が一、企業を再開する場合は、組合員を最優先で雇用するなどの最終回答を引き出し全面的に決着しました。

余談ながら、私が宿泊しているホテルに持参した現金は四〜五百万円だったようですが、その後、紙パ愛媛に解決金として全額入金され組合員に分配した事を確認しています。

・上部団体へ感謝の決議

組合員の就職あっせんに関しては、仕上げの女子組合員の十名近くを隣接していた丸三製紙の髙尾社長が受け入れてくれることになり、再就職をさせたことなどが終結大会では高く評価され、指導・支援をしてくれた紙パ連合や紙パ愛媛など上部団体への感謝決議がなされ胸を打たれました。

今回の闘いの教訓を、紙パ連合中小労組全国学習集会資料で次のようにまとめています。

(1)困難な条件のもとで、会社の破産の脅迫を乗り越え、短期間で責任をとらせ解決できたのは、①当該組合が、最後まで企業再建を錦の御旗として団結し、全員参加・全員行動で闘い抜いたこと。②紙パ愛媛を中心に、紙パ連合の的確で敏速な指導、四国地本・地区労をふくむ強力な支援を行ったこと。③地労委・裁判所への提訴や、独自に徹底した財務内容の調査により、西日本衛材(背景資本)や伊予銀行などを巻き込んだ闘いに発展させたこと。④雇用保障協定を活用し法廷闘争を闘ったこと、などがあげられるでしょう。

(2)企業閉鎖・全員解雇は、一旦撤回させたのですが、結果として企業再建はできず解雇を認め、解決せざるを得なかったことは反省すべきであり、その主要な点は次の三点に絞られるでしょう。

①地震の前には前兆あり、といわれるが、松山工場の閉鎖の前から別組合があったこと、三回にわたる

人員整理や勤務体制の四―三制（四組三交替・八時間ごと）を三―三制への切り下げ、合理化攻撃に対して、無条件に協力し、経営に対する然るべき対応をとらなかったこと。

②閉鎖提案当時、会社の自己破産申請の脅迫におびえ、強力な闘いを組むことに不安があった。その間、会社は、着々と閉鎖・解雇を前提に、既成事実を積み上げ、得意先・原材料納入など修復できない事態にまで進めさせてしまったこと。

③組合員は、長期にわたる不況・万年赤字の中で、「闘いのなかで企業再建したとしても、いまの経営者や老朽化した生産設備では、またいつ倒産するかわからない！」の不安と不信が強く、全組合員が長期闘争で闘うことは困難であるとみられたこと。

オリエンタル製紙から丸三製紙に再雇用された仕上げ女子の組合員。

（３）その他の教訓として、企業が、破産申し立てしかないと言うような財務状態の中で、労働債権を退職金規定の二一五％と億単位の解決金を背景資本と経営者の個人資産から引き出したのは、労働組合の要求の柱が、労働債権確保ではなく、企業再建の旗を最後まで堅持し続けたこと。

私が紙パ連合本部の中小企業対策の役員に就任して、最初に取り組んだのは、これらの相次ぐ紙パ中小企業の倒産、閉鎖、全員解雇に対する多くの闘争指導の経験を特集として文書でまとめ、月刊紙パ（月刊誌）に掲載する事でした。

これを教科書として、中小企業労組全国学習集会を開催して歴史と経験を若い人たちにも学ぶように訴えました。

その際、総評・紙パ労連時代では経験できなかった、同盟系の仲間たちの経験も学ぶために講師には、全金同盟やゼンセン同盟等旧同盟系のプロ専従役員を招きました。

総評・同盟が相対立する時代には、われわれは過去に分裂させられたトラウマもあって御用組合と批判していましたが、彼らはヨーロッパ型の労働運動を取り入れ、組合役員も大企業出身に限定せず、有名大学からも多数プロ専従として雇い入れ活動していることを知りました。

こうした他産業の経験を学び、分散会で討論を行うなどしました。年一回開催するこの集会は評判が良く、参加者は全国から二百八十名にも及び、多い年には三百名を超える参加者がありました。

第五章　商社の系列企業で組合主導の会社再建闘争

――商社・銀行・親会社の勝手は許さない！――

1 チューエツの会社再建は、組合が経営責任を持つ独自の展開に

・会社の経営はどうあるべきか

一九七〇年代の後半になると、アメリカのドル防衛に端を発した円切り上げ不況が起こりました。当時の紙パルプ産業は生産過剰、原料難、自由化、公害問題という大きな困難に直面していました。

資本の側はこの困難を、公害を理由にした工場閉鎖や品種転換、原料確保のための海外進出や、国際競争力強化のための独占集中の産業再編成で乗り切ろうとしていました。

産業再編成下の合理化は、不況、公害の責任を労働者に転嫁して、人減らしや工場閉鎖、全員解雇という荒っぽくて大掛かりなものでした。

こうした環境の中で、私にとって忘れられない闘いは、一九七六年のハリマ製紙（現・ハリマペーパーテック）に続く、七七年の丸三製紙の倒産と会社再建闘争、同じ年の七七年に始まるチューエツ㈱の会社再建の闘いです。これら会社存続の闘いを取り組む中で、組合のあるべき姿について、①単なる賃上げや待遇改善を求めるだけの闘争から脱皮しなければダメだ、②会社の経営はどうあるべきか、経営者と共に考える組合を目指すべきではないか、とそれまでぼんやりと考えていたことが、徐々に確信に変わっていったのがこの時期です。

・組合が経営の主導権を握る

これら三つの闘いの中で、「そんなに（再建・再建）言うのなら、組合が経営をしてみろ」といわれ、「そ

チューエツ経営会議に初めて組合4役が出席。左から2人目小森社長、中野専務、西口工場長、永井副社長、著者カメラマン（1994年1月26日）

れならやったる」と事実上組合が経営権や人事権を握り、現職の組合三役など自らが会社の工場長や専務を務め、会社経営の実践をしたのはチューエツの闘いが初めてでした。

株式会社チューエツの前身は、中越印刷製紙であり、現在は王子製紙系列にある中越パルプ工業と兄弟会社です。

チューエツと中越パルプ工業の創業者は、岩川毅氏（当時・社長）で、氏との出会いは強烈な印象が残っています。

岩川毅氏は、中越パルプ工業の創業者であり、日本の製紙業界を築いた大昭和製紙の斉藤了英、大王製紙の井川伊勢吉と並んで三羽ガラスと称される大物経営者です。

氏の事業家としてのやり方は、流石オーナーだと感心する点も多々ありましたが、その反面創業者特有のワンマンで独善的な考え方で企業を私物化し、労働者や人間に対する自分本位な接し方は、晩年になっても変わらない個性派の経営者でした。

私が岩川社長に直接出会ったのは、意外と遅く一九八一年頃でした。ちょうどその頃は、一九七七年に始まったチューエツの企業再建の真っただ中で、筆頭株主として再建の中心にいた北陸銀行によって、氏は既にチューエツの社長職を追われていました。

それでもチューエツ傘下には十数社のグループ会社があって、岩川社長はそれらグループ各社の社長でした。

私は、紙パ関西地本書記長として傘下の中越段ボールや中越ポリコートの会社経営やその他系列会社の赤字問題、再建問題がこじれて、東京本社で直接交渉が行われていた時に初めて岩川毅社長と会いました。社長とのトップ交渉の後食事会をやることになり、馴染みのステーキの店に誘われたのですが、そこには私と毅社長の二人だけ。あとの各委員長や会社専務らは、近くの居酒屋だったらしく、待遇の違いにみんなはカンカンに怒っていましたが、最初から計画的だったようです。

これまでにも私は、多くのオーナー社長やワンマン社長と出会ってきましたが、岩川毅社長のワンマンぶりは別格でした。

・火災で工場閉鎖

そんな話し合いの最中に、大阪にある中越段ボールの工場が火事で、全焼に近い被害が出ました。幸い、新設のコルゲーターマシンは助かりましたが、経営危機をどう乗り切るかと労使で話し合っていた折だっただけに、大変なショックを受けました。

火事を受けて岩川社長は、「もう大阪は閉鎖して別のところでやる」と言い出したのです。

このままでは社長は工場閉鎖もやりかねないと考えて、組合と相談し、中越段ボールの会社存続と雇用を守るために、当時の会社の責任者西口専務と連日のように協議しました。

そして、労使経営改善委員会を設け、私も経営委員になって、労使一体で会社再建に取り組んだのです。組合役員や工場長、管理職が日曜も休日も返上して協議し、再建計画の具体的な青写真を作り、設備投資や機械の改造などについて、岩川社長に申し入れました。

・ストレスで過労死！

当時岩川社長は、胃がんで六時間もかかる大手術をした後だったそうですが、これまでも「大阪は賃金が高い。まずお前らが給料を四万円下げて人員削減もするなら設備投資をやってやる」と、組合に言ってきました。

組合の再建計画には「人件費を含むコストダウンも盛り込まれており、設備投資分は三年間で返済できるし、銀行を交えて計画を作っていますから」と、いくら説明しても社長はガンとして聞き入れませんでした。

そうこうするうち、社長の健康状態が良くないからと、社長の息子の熙(ひろむ)氏が副社長として会社に送り込まれてきました。息子は、父親には頭が上がりませんでしたが、組合参加の経営再建委員会に入り随分もまれて、日が経つにつれてしっかりとしてきました。

そんな中で大変なことが起こったのです。大阪の経営の柱の西口専務がゴルフ場で倒れ急死したのです。氏は、本社や組合との窓口の責任者であり、まだ五十代そこそこの若さでした。労使交渉をふくめ連日の激務でストレスも溜まっていたと思われ、いわゆる過労死事件でした。

2　組合幹部が経営陣の一角を担い経営に責任を持つ

・本格的なチューエツ再建

岩川社長の想い出話が先行してしまいましたが、話をもう一度、チューエツ本体の再建話に戻しましょう。

そもそもチューエツの再建話の発端は、グループ会社全体の経営に行き詰った岩川社長が、一九七一年グループ会社の中心であった中越パルプ工業を王子製紙に売却して、グループから切り離したことにあります。

その時に、中越印刷製紙という会社名を株式会社チューエツと変えて、再建を進めようとしたのです。しかし、一九七七年になって、八十三億円もの赤字を出してしまい、北陸銀行が再建に乗り出し、本格的なチューエツの再建が始まるわけです。

私はこの間、組合委員長の小森英政氏（愛称・コモさん）という型破りの個性派委員長と出会いがありました。彼は、岩川社長グループ会社十数社の組合をまとめ、その中心である中越印刷製紙労組委員長として、また十数社の中越グループ労組（全中労）の委員長として組合を統括しており、超ワンマンの岩川毅社長と互角に渡り合ってきた男です。私とは全く違うタイプの組合役員だといわれていました。

組合主導で会社再建で自ら社長に就任した小森英政氏（通称・コモさん）は著者と親友であり戦友であった。（右側）

私とコモさんは、一九七五年七月に紙パ労連本部の常任中央執行委員に同時に選出された同期生ですが、私は関西地本の書記長で、彼は北陸地本の委員長でした。

コモさんは、高度成長期特有の組合幹部の資質をもち、いわゆる武闘派中の武闘派というべき人物でした。彼はその後、チューエツの専務から社長にまで上り詰めた異色の組合幹部です。この間、多くの人間ドラマが展開し、組合運動では、発想の違う私との葛藤もありましたが、長い年月を経て彼とは絆が生まれました。彼は、そうした能力・資質を持ちあわせた優れたリーダーでした。

ここで話は横道にそれますが、コモさんの組合幹部としての独特の発想や豪快なエピソードに触れましょう。

・コモさんの豪快なエピソード

彼はある時、組合費を値上げすると言い出しました。それでなくても全中労関係の組合費は高いので少し驚き、なぜかと訊くと、委員長の交際費を捻出するためだと言うのです。そして、実際に組合費を上げてしまいました。

「いつもいつも、会社の管理職に奢られてばかりいたら、対等に話が出来ない。むしろ、組合が、会社の役員や管理職を味方にするために、金をこちらが出し懐柔するくらいでないとダメだ」と言うのです。

会社の幹部連中を引き連れて、その金を持って、飲み屋やスナック、時にはキャバレーへ連れて行く交際費が必要だと言うのです。今の組合の委員長の懐具合では、管理職の接待は出来ない、というのが組合費の値上げの理由でした。

最初この話を聞いたとき、唖然としました。今でも、こんなことが通用するか否か、賛否が分かれると思いますが、おそらく無理でしょう。でも、これが大事だと思ったら実行するのがコモさんなのです。

彼は、北陸地本の委員長当時、組合が資金を持つことは、会社への大きな圧力になるということから、組合費を基本給の三％以上にすることを提案しました。

私もこの提案には賛成で、関西地本でも主要組合が三％という組合費に値上げし、今でもそれを維持している組合が少なくありません。

組合が組合費を上げることは、当時でも難しい言われており、組合員の執行部に対する信頼と組合への高い評価がなければ出来ないことでした。

私は当時、コモさんの信頼を得て、一緒に組合の経営参加に基づく再建闘争を闘ったのです。

出会ってしばらくの間は、よく彼に苦言を呈しました。「コモさん、こんな組合活動をしていたら、会社はよくならないよ」とズバリ言いましたが、彼も正面から私の苦言を受け止めてくれる、そんな間柄でもありました。

当時の会社の現状と取り巻く環境や会社自身がまともな経営政策、経営改革がなかった状況を考えると、絶対に組合が変わらないと会社の経営は変わらないし、会社の幹部と管理職が変わらないとダメだと強く感じました。

チューエツの労使協議で全役員をバックに発言する小森社長。

北陸銀行が債権取立て中心の方針であるだけに、北陸銀行まかせの再建計画では会社が良くなるはずがないと、懸命に説得しました。

具体的に労働組合が、会社をどうするのかについて、自ら政策と計画を持つことだ。さらに、この会社の弱点はどこなのか、どこに赤字の根本原因があるのか、どこをどう改革すればいいのかをしっかりと考えるべきだろうと熱っぽく持論を語りました。

武闘派一本だった小森委員長も、それを早くから心の中で感じていたのでしょう。そこで私の「組合主導の企業再建闘争」の経験を、すこしでも取り入れようという考えがあったのだと思います。

当時、北陸銀行も岩川社長を追い出したい、そのために労働組合の力を借りたいという気持ちがあったと思います。

また、労働組合の存在が大きくなっていた時期でもありました。この頃になってようやく今までの「労使対立・対決」の状態から、組合主導で「労使一体で会社を守る」方向へ転換する取り組みが始まった時期だったのです。

・会社を労使一体で守る方向へ

それでも、まだ中途半端な状態だったため、一九七九年になって、また会社の経営状態が悪くなり、二十数億の赤字を出したのです。

先に述べた通り、一九七七年には累積赤字が八十三億になって、北陸銀行が再建に乗り出しました。資産の売却や経営改革を進めて、やっとよくなってきた矢先の七九年の赤字です。

その上、一九八一年にはさらに二十九億の赤字を出すという大変厳しい状況が続き、銀行の対応と経営側の打つ手がかみ合わず、経営陣は混乱状態に陥っていました。

経営悪化の根っ子には、北陸銀行の姿勢にもありました。銀行は会社の資金繰り改善のため資産の売却をしても、大半は自分たちの資金の回収に充て、資産売却のお金を活用して設備投資や生産性や品質向上、競争力強化のための投資をしようとはしませんでした。

労働組合は業を煮やして、北陸銀行に経営方針の転換を求め、頭取に面会を申し入れたところ、銀行はそんなに言うなら労働組合が経営してみろ、と言ってきました。

そして、銀行は会社から主な人を引き上げようとしたのです。銀行は「組合に会社の経営なんかできるはずがない。やれるものならやってみろ」と、匙を投げたわけです。

それに対して、われわれ組合は、そうしたケンカ腰ではなく、一緒になって会社を良くしたいのだと説得しました。組合の説得が奏功し、北陸銀行の頭取や幹部と話が出来るようになりました。これを契機に労働組合も大きく変わったと思います。

そうこうするうち、一九八二年にグループの六工場の統合と一部閉鎖の提案が出てきました。組合も腹をくって、一九八三年、労働組合で経営参加の方針を打ち出し、経営の主要な部門に組合役員を派遣するという形態になったのです。

それでも、翌年には二億六千万からの赤字が出ました。しかしその後は、組合も思いきった経営改善の提案を行ない、なんとか黒字に転換させることが出来ました。

会社再建のため組合が主導して六工場を閉鎖したことから、その直後、私が最も信頼している後輩の能登光範氏（組合書記長）らは、一九八五年の東京工場閉鎖の際、「組合が首切り認めて、工場閉鎖するとは何事や」と組合員から批判の矢面に立たされましたが、必死になって説得をするなど大変な苦労をしました。

また、組合は徹底して工場や事業所を回り、組合員や管理職を集め、会社を残すために一緒に考えようと訴えました。

私は、チューエツ再建の真っ只中、一九八二年頃、過去にさかのぼって会社の決算・財務内容を専門家に分析を依頼しました。

すると、ひどいもので、岩川社長当時の会社及びグループ企業の財務や経理は、説明しがたい操作がされていました。会社の財務内容が多少分かったのは一九七七年以降です。

その間、黒字だったのは一回だけで、十一年間は連続赤字で資産売却やなんかで赤字をごまかしていたようです。

・上場維持のために粉飾決算

それを岩川前社長に訊くと、上場を維持しないといけないからというのが理由でした。このまま継続していたら、北陸銀行から派遣され、社長を引き受けてくれていた高橋彦治氏が、粉飾決算で告訴されかねないという状態でした。

そういうことから、一九八三年からの決算は、ありのままの赤字で出したのです。

そうすると、マスコミがやって来て、会社は大丈夫かという質問がありました。それは組合から会社役員を出した最初の年で一九八四年に二億六千万の赤字を出した年だと思いますが、累積赤字が三十五億もありました。

それから二年間、必死の苦労を重ねて、やっと二年がかりで黒字転換をはたしたのです。

組合主導で一九八五年に東京工場の閉鎖など思い切ったリストラで、赤字部門を取り除いた後、一九八六年九月になって、神崎製紙が筆頭株主を引き受けてくれました。

そして北陸銀行とチューエツとの三社協定が成立し、神崎製紙から社長や専務クラスの役員も派遣され、労使一体となった信頼関係が進み、なんとか危機的状況を抜け出しました。

この三社合意はギリギリまでもめ、九月二十日に発表されたのですが、その前日の十九日に、中越印刷製紙労組の「結成四〇周年記念」の式典がありました。

・特別講師に大物招く

組合は経営側へのインパクトの意味も込めて、組合の記念大会の特別講師に大物を招くことにしたのです。そこで、私が大阪府の労働者委員だったコネを使い、野村克也さんを特別講師に招きましたが大好評でした。

野村さんは、王、長島のようなスター選手ではなく、南海ホークスの練習生から這い上がり、捕手で日本初の三冠王になるなど輝かしい成績を残し、南海ホークスの監督を経てヤクルトの監督に就任する前の時期でした。

講演では、厳しい環境とハングリーを乗り越え名選手になった経歴や自身の生き様を語り、ＩＤ野球を例に、力の無いやつは知恵とチームワークが大切だと、いかにもチューエッツにも当てはまるような話をしてくれました。

会場は、やんやの拍手で、私もそれ以来、野村克也の大ファンになり、巨人ファンから阪神タイガースファンに転向したのも、彼の生き様やプロ意識の凄さに惚れ込んだからです。

・三社協定の裏話

閑話休題、三社協定についての話に戻ります。

実は、これにも裏話があって、今だからいえますが、一九七七年に八十三億の赤字を出したことから会社再建に北陸銀行が乗り出してきた数年後の一九八一年に、またも二十九億の赤字をだしたことにまつわる話です。

組合が銀行に再建方針の転換を迫った時、「それなら組合が経営をやれよ」と、北陸銀行がチューエッツを投げ出そうとしたことは先に述べましたが、実はその時、会社に「組合主導ではとても難しい、王子製紙でも大王製紙でも、どこか大手企業の支援を得るか、系列下にしてくれないか」と要求したのです。

すると、昔からの関係で神崎製紙がチューエツの株を持ってくれることになったのです。

しかし、ホッとしたのもつかの間、神崎は株を持っただけで金は出さないし、支援もしないということです。

それまで神崎製紙は木津工場の紙が必要であり、無条件で購入してくれていたのに、株主になったら仕事を減らそうとさえしたのです。

それで仕方なく、組合も一大決心し腹をくくって、困難はあっても会社存続のため経営参加を決め、組合役員を会社の主要ポストに派遣することを決断したというわけです。

組合が会社経営陣の主要なメンバーになり、経営に責任を持つことは簡単でなく大きな賭けでした。まず、これまで手を付けられなかった不採算部門の思い切った改革として、東京の草加工場の閉鎖や希望退職の募集など血の出るようなリストラをやらざるを得なかったからです。

一方では、雇用の受け皿として子会社チューエツサービスを設立し、コモさん（当時専務）が同社の社長に就任し、関連子会社や営業部門など思い切った改革を行ったのです。

また、雇用の受け皿として、親会社にも協力を求め、神崎製紙の富岡工場（徳島）の加工部門に二十余名を出向という形で配転を行ないました。

ところで、会社は配転の人選を、高齢者や職場での問題児といわれていたような人を中心に行っていたのです。

組合はそのような人選は親会社から信用を失うとしてこれを拒否し、若い有能な人員を含めるように要求し、新婚早々の組合活動家（その後、組合委員長になって活躍）を含めて派遣をしたのです。配転に応じてくれた組合員の頑張りで、後日神崎製紙から、チューエツの人材は優秀だと評価されました。

・可愛い一面を見せたコモさん

コモさんがチューエツの社長になってから、私が組合の本部副委員長として、組合執行部と各地の工場・事業所にオルグに行くと、コモさんがいつも後について来るのです。

それで、現地の組合員や役員からよく「髙岡さん、社長と一緒に我々の声を聴きに来るのをやめてもらえませんか？」といわれました。

彼らは、社長が同席していない方が本音の話が出来るからと言うわけでした。実は私も組合の役員として組合員や管理職と対話をするためだから困るのです。

私は、彼に「一緒に行こう」と言ったことがないのについて来るのは、社長業は孤独で淋しかったからかも知れません。そんな可愛らしい一面があるのがコモさんでした。

コモさんは、専務から社長にまで昇進し、会社の業績改善に貢献をしました。私は組合の立場から、当時の組合三役の信頼を得て、コモさんを支える役割を果たしたと思います。

彼は社長としての権限が集中する中で、ワンマンになっていきました。彼のこれまでの言動から予測されていたかもしれません。

コモさんは温泉が好きで、いつも車の後ろに洗面用具を乗せていました。そして、度々私を富山県近辺の小さな湯治場に誘ってくれたものでした。

3　雇用保障協定を盾に会社存続！　銀行介入を排除した中越テック

・紙パから注目の闘い

つぎに、同じ岩川グループ会社、中越テック再建闘争を紹介します。結果として大阪工場の存続はならなかったものの、会社の社会的信用を重視し、労働協約をバックに、赤旗も揚げず、ストライキもせずのユニークな闘いで、会社再建のため政策重視で闘い企業を存続させたのです。

中越テックは、企業乗っ取りを企んだ政府系銀行である商工中金から派遣された役員の三人組を追放し、銀行の圧力で事実上解任されていた岩川熙（ひろむ）社長を復帰させ「閉鎖解雇・撤回」を勝ち取りました。

その上、多額の有利子負債を抱え、危機的状況にあったにもかかわらず、再生ファンド（ＲＣＭ社）の支援という、これまで経験のなかった未知の資本からのバックアップで、会社再建のスタートを切ることが出来たのは、驚くべきことでした。

製紙会社は、オーナー企業が多いのですが、オーナー企業は好調なときは、決めたらどんどん先へ行く。打つ手打つ手が早くてうまくいくのですが、間違った判断の時は、ブレーキが利かないという功罪相半ばする特徴があります。

また、同族経営は無駄が多いし、放漫経営になりやすい。社長の言うことは絶対であり、周りはおかしいと思っても抵抗できないのです。だから、社長が喜ぶことを考え、周りはイエスマンばかりになってしまいがちです。

そのオーナー企業の典型が、岩川社長の中越グループでした。この岩川社長の息子が、大阪を拠点とす

中越テック定期総会で発言する著者。

る中越テックの社長に就任しました。

彼は、若い頃のことですが親父の気に入らない女性と結婚した事から、長い間「勘当」されていたそうです。

だから、親に頭の上がらないボンボン社長だったのですが、年を重ねるごとに親父の社長に似てきました。短所が目立つオーナー社長になってしまったのです。

中越テックの闘いは、多くの紙パの仲間から注目されました。それは、大きな力を持って会社を支配していた銀行を追い出し、組合主導で外資系の投資ファンドの力を借りて工場閉鎖、全員解雇をストップさせ、会社の破産を回避させたことにあります。

会社再建に際してもファンドから資金や経営陣を送り込むなど全面的なバックアップをうけ、企業存続を勝ち取った闘いであったからでしょう。

しかし、その過程は波乱の連続でした。私たちが中越テックの会社を存続、雇用と生活を守る闘いをスタートさせた時点では、労使が協力して会社の存続計画が立てられ一定の成果を挙げ、安定の兆しが見えました。

・問題の発端となった粉飾決算

長年にわたるオーナー企業の放漫経営によって破綻の危機にあった状況で、会社そのものは存続させ、いわき工場（福島県）の閉鎖は撤回させたものの、資産売却をめぐり新たな問題が発覚したのです。

結果として中越テックは、運輸部門を中心に存続させたものの、主力である大阪の段ボール部門を残す事ができませんでした。

結局、組合員七十名、管理職とパートなど百五十名の雇用の場であった大阪工場を、閉鎖売却せざるを得ない事態となり、五十年の工場の歴史に終止符を打つことになりました。

問題の発端となったのは、二〇〇五年七月の中越テックの粉飾決算の発覚からでした。

私は、以前から岩川熙元社長の超ワンマンで放漫経営、慢性赤字体質の大阪工場の現状に疑問を持ち、組合としてしばしば会社に経営改善を申し入れていました。

その組合に、メインバンクの商工中金から派遣されていた役員から「銀行としてコンサルタントを入れて、経営の抜本的改革、改善の指導を受けたい」と協力要請がありました。

組合は、会社の協力要請を受け入れたのです。それは、二〇〇五年の春ごろのことでした。

ところが、七月になって組合委員長が秘密裏によばれ、会社から大阪工場の二年七ヵ月にわたっての膨大な粉飾決算が発覚したと、打ち明けられたのです。

・赤字転落の予兆

実は、予兆は数年前からありました。二〇〇二年十月、組合は会社のずさんな経営と資金繰りに疑問を持ち、労使協議会で岩川社長と側近幹部の姿勢に抗議し、責任者の処分を要求していたのです。

当時、会社の製造部門では赤字が続き、特に大阪工場では段ボール・紙器部門の慢性的な赤字に加えて、唯一黒字だったラミネート部門の赤字転落によって、工場の閉鎖問題が表面化しつつあったのです。

そこで組合は、法務局で会社の資産の閲覧や帝国バンクの調査を活用し、オール中越テックの財務部門の調査・分析を行いました。

その中で、会社の資金繰りについて、資産価値のない段ボール工場のコルゲーターに、リース会社の担保物件シールが貼られていることを指摘し、説明を求めたのですが、社長は経営権の侵害だと激昂し、まともに答えようとはしませんでした。

会社のメインバンクは池田銀行でしたが、ナンバー2の商工中金からも役員を派遣していました。その後、池田銀行は不祥事などで役員を引き上げたため、商工中金が主導となって、本社と大阪工場に役員を送り込み、経営及び工場支配を強めていました。

この時点では組合も、経営の抜本的改革のためには、金融機関の積極的な経営協力が必要だと歓迎していました。

ところが、問題の粉飾決算の発覚です。〇五年六月の大阪工場の粉飾問題は、一切マル秘情報扱いでした。何故なら、会社の売上高の六割を占めており、また唯一黒字の運輸部門の得意先が新聞社であり、(朝刊、夕刊を販売店に配送し、札幌・東京・名古屋・大阪・九州等全国展開しているため)労使紛争が表面化すると、会社の信用に傷がつくことが危惧されたからです。

・商工中金と銀行団の狙い

組合では、古川尚敬委員長と組合の顧問であった私だけの情報にとどめたのです。八月までに組合は、粉飾の具体的資料を手に入れ、会社の内部調査や工場再建計画策定の論議の推移を見守っていました。

このままでは大阪工場の大合理化は避けられないと判断して、九月から組合四役まで論議を広め、組合の定期大会(九月二十三日)には、おおまかな経過を報告し、組合員の結束を呼び掛けました。

組合は労使協議会を通じ質問書を提出しましたが、会社から明確な回答が得られなかったため、危機感を抱いた組合は、岩川社長との直接交渉を申し入れ、十月二十五日、東京本社へ組合三役と私で乗り込みトップ会談を行いました。

そこで分かったことは、十月十五日の取締役会で、商工中金が融資ストップという圧力をかけ、商工中金の意向で岩川社長は、事実上更迭され名目だけの社長になったというのです。

そして、新たに設立された、鶴谷専務を委員長とする経営革新委員会を立ち上げ、今後の会社の再建計画を作成する、との方針が決定されたことでした。

商工中金を中心とする銀行の狙いは、会社更生法や破産をせずに大阪工場を閉鎖して膨大な工場土地を売却して資金を確保し、運送などの黒字部門を存続させることだということが分かったのです。

・商工中金三人組、突然の辞任

組合は、法的にも労使関係の上においても、会社代表は岩川社長であることを確認し、労働協約や過去において結んだ労使協定等から、組合との事前協議や合意なしには、雇用や経営の重大な変更は認められないとして、雇用保障協定の再協定化などを、岩川社長に申し入れました。

さらに、交渉の議事録に岩川社長の署名を取って、今後は工場存続・雇用確保を基本に、組合との団交で誠実に話し合うことを約束させたのです。

その上で、十月二十七日に会社の機械を止めて緊急全員大会を開き、全組合員にこれまでの経緯や社長とのトップ交渉の内容も報告しました。

組合は大阪工場存続、雇用確保を基本に闘うこと、具体的な対応は執行委員会に一任することを確認しました。

会社と何度も団交や個別協議を粘り強く行いました。交渉の場では、政府系銀行である商工中金が、既定の路線を強行しようとするので組合は、労働協約を無視するという反社会的行為は許されないと会社の姿勢を追及しました。

さらには、会社存続と雇用確保に関わる重要な労働協約上の問題を交渉する権限が、事実上社長にはなく、経営改革委員会ないしは背景資本たる金融機関に経営権が移譲されているとするならば、親企業の使用者性を根拠に団体交渉応諾義務を果たすべきと主張したのです。

それでも、商工中金を中心とする経営陣は、自分たちが指名したコンサルタントである日本能率協会のF氏が立案した大阪工場売却を基軸に会社再建計画の遂行を諦めず、様々な手を打ってきました。

それに対して組合は、商工中金の理事長やみずほ銀行・池田銀行の頭取宛に団体交渉を、十一月二十八日付けで申し入れ、地労委、裁判など法廷闘争を含むあらゆる手段で闘うことを決意表明しました。

また、商工中金が折からの民営化が時間の問題になっていたので、東京八重洲口本店前の座り込みや他組合への支援要請等の態勢を用意して闘ったのです。

十二月三日の第四回団交で、改革委員会の委員長である鶴谷専務が突如辞任してしまいました。これは明らかに銀行からの更迭です。十二月十三日の第五回団交では、改革委員会から大阪工場の大量の解雇を前提とした再建案が一方的に示されました。

このような勝手な行動や申し出が続いたため、組合は商工中金の責任を追及するとともに、岡本室長の罷免を文書で要求しました。

すると、翌十四日には商工中金の三人組といわれる人物が突如辞表を提出し、商工中金は逃げ出したのです。

後日、商工中金本店は、岩川社長や組合に対して「一連の問題は本店に報告がなく、事情をよく知らなかった」と弁明しました。

その後、この間の大阪工場閉鎖を含む企業再建は、三人組の独断による個人的野望と利益を目的にした「会社乗っ取り劇」であることが判明したのです。

・商工中金からの懐柔

ある日のことですが、商工中金の本社から私と古川委員長に極秘で相談したいことがあると、東京へ呼び出され、銀座近くの料亭へ案内されました。

私は、彼らの話しのねらいを直観し、「料亭で会議とは何事か」と激昂して、「こんな所でマジメに話し合えるか！」と、商工中金の幹部らを怒鳴りつけて席を立ちました。

すると、古川委員長も私の後を追ってきました。普通なら委員長だけでも残って商工中金の幹部と話し合ってもいいのですが、人のいい古川委員長は、私に義理立てして席を立って来たのでした。

古川委員長は、腹を立てている私をなだめ、もう大阪に帰る列車もないから食事をしてカラオケでも行こうと優しく誘ってくれました。

そこで、浦和にいる私の妹を呼びつけ、古川委員長と三人でとあるスナックでカラオケをやり、気が付いたら午前三時なっていました。

若気の至りというか、気の短さがこんな行動になってしまい、後になって大いに反省した次第です。しかし、カラオケのお陰でその時の腹立ちやストレスは一気に解消してしまいました。

私のこうした行動は、決して「短気だから」「思い付きから」だけではありません。むしろ、商工中金本社からの誘いは明らかに組合を懐柔し金銭解決に持ち込みたいという下心がありありで、それを直観し応じられないと拒否をしたことは、今でも正しかったと信じていますが、実にやばい話しでした。

4　粉飾決算百十三億円の会社を「ハゲタカファンド?」が救世主に!

・ハゲタカファンド(RCM社)に猛反対

さて、商中三人組を追い出し大阪工場閉鎖を白紙に戻した途端、今度は岩川社長が何事もなかったかのように、またまた会社の采配を振るおうとし始めました。

驚いた組合は、岩川社長の経営では会社の存続は出来ないと伝え、新たな経営改革委員会を中心に組合もオブザーバーとなって労使一体で、企業の改革・再建計画を立てて、具体的な取り組みを進めることにしました。

こうして再建計画を具体的に練っている最中のことです。その年の暮れも押し詰まった二〇〇五年十二月三十日、岩川社長と会社の伊賀興一弁護士から突然、古川委員長と顧問の私と緊急に極秘会談をしたいと申し入れがありました。

「これは大変、いよいよ会社破綻か」と非常な危機感を持って伊賀興一法律事務所を訪ねたのです。

そこで示された内容はわれわれの予想を大きく超えたものでした。

法律事務所には、岩川社長のほかにルネッサンスキャピタルマネジメント社(以下、RCM社といいます)の松崎任男専務と奥総一郎常務が同席しており、伊賀興一弁護士から、以下のような提案が示されたのです。

「まず岩川社長が持っているすべての株をＲＣＭ社に譲渡する。その上で新たにＲＣＭ社が筆頭株主として会社再建のため、資金や経営の支援をする。そこで、これまでの組合の工場存続の努力と熱意に応え、最大限の支援をするつもりなので、組合としてもこれまで以上に全面的な協力をして欲しい」と。

伊賀興一弁護士は、会社側の岩川社長の顧問弁護士ですが、粉飾決算などで銀行から更迭されていた岩川社長を組合が復帰させた経過から、彼が社長として何をするか分からないので、監視をしてもらうために組合からお願いした弁護士です。

また、伊賀弁護士は私がチューエツ再建の際に、会社の顧問弁護士に就任して頂き組合の立場で役割を果たしてくれた優れた弁護士であり、わがままな岩川社長をチェックする上で適任だと推薦をしたのです。

しかし、信頼している伊賀弁護士の提案は、まさに寝耳に水で、組合としてもびっくり仰天、にわかには信用することができませんでした。

ＲＣＭ社は、フランス系のファンドだと言います。私はファンドと聞いて、潰れかけた会社を食い物にする、ハゲタカファンドを思い浮かべました。だから猛烈に反対しました。いくら経営が厳しいとはいえ会社を食い物にされてはたまらないと思いました。

・銀行の態度でＲＣＭ社を信用

私は、その場ではまともに返事をせず、その足で丸三製紙の御用納めの社員集会に呼ばれていたので先に帰ってしまったのです。

その日の夜、取り次いだ伊賀弁護士から、大丈夫だから信用してほしい旨の電話がありましたが、そこでは良い返事を返さず、新年早々に東京のＲＣＭ本社に行く事を約束したのです。

明けて一月六日、古川委員長と二人で東京のサンケイ本社ビルにあるＲＣＭ本社を訪ねて驚きました。ビルの広大なフロア二つに、目の色の違う社員が沢山いて、松崎専務、奥常務がわれわれを出迎え案内してくれたのですが、その規模の大きさや向こうの対応ぶりに度肝を抜かれました。

会社の構えだけでなく、よくよく話を聞いてみるとＲＣＭ社は、私がイメージしていたハゲタカファンドではなく、まじめに会社の再建に取り組もうとしていることが分かってきました。

また、話し合いの席に臨んでくれたＲＣＭ社の松崎専務は、マジメで誠実な人柄であることが理解でき、何度か話し合ってみると、私たちもこの人たちと手を携えていけるのではないか。ＲＣＭ社の力を借りて、この危機を乗り越え会社の再建に取り組んでいくしかないとの考えになり、好感をもって帰ってきたのです。

最終的にＲＣＭ社を信頼し「すべてを託しても良い」と考えるようになったのは、その後の銀行の態度です。

メインの池田銀行と商工中金は、百億からの貸付金をすべて引き上げると、返済を迫っていたのですが、ＲＣＭ社が筆頭株主となり経営をバックアップする事が決定すると、貸付金は引き上げずそのままで良いと口をそろえて言ってきたのです。

私は、銀行がそこまで信用するという事は、ＲＣＭ社は、大丈夫であるとそこでやっと心から信用したのです。

後日談ですが、松崎専務はその後も私の関係する多くの会社再建闘争に経営の立場から積極的に協力して頂き、いまでも尊敬し力になって頂いている優れた経営者です。

ＲＣＭ社は、古川委員長及び私たちとのトップ交渉の中で、会社の株を六七・四％取得して筆頭株主となり、〇六年三月までにＲＣＭ社よりスタッフを含め新社長を派遣し、岩川社長は退任、改革委員会は継続し、組合とは誠意をもって協議すると、明確に表明してくれました。

新しく社長になった古屋誠士氏は、ＲＣＭ社の意向を抑えてまでも工場存続・雇用優先で指揮を執り、組合との交渉を最大限尊重するなど、これまでの経営者とは対照的な姿勢で対応したことで、組合員や全社員の信頼も士気も大いに高まりました。

また私も、経営監視と指導の一端を担うために、ＲＣＭとのアドバイザリー業務契約を結び、会社再建・経営改革の指導に当たることになりました。

・会社の構造的体質が原因で大阪工場断念

大阪工場を中心に企業存続を労使一体で検討し努力しましたが、長年にわたる粉飾決算の後遺症や放漫経営による構造的な赤字体質などの傷跡からの脱却は容易ではありませんでした。

業績改善の経営計画遂行に当たっては、折からの消費不況で価格の低迷、段ボール原紙などの原材料費の値上げや二〇〇五年秋以降の信用不安による売り上げダウン等々の壁にぶつかりました。

全社を挙げた不眠不休の取り組みにもかかわらず、大阪での黒字転換計画策定は、組合も参加したものの、日が浅かったこともありなかなか結果にはむすびつきませんでした。

さらに、当面の資金繰りが予想以上に悪化し、東京目黒の本社の売却を緊急に行う一方、大阪工場では月次で数千万円の赤字軽減のため、工場長を含む嘱託身分の管理職やパート三十三名の解雇を行うなど、組合の合意の上で、工場存続のためあらゆる努力を行いました。

管理職や一部組合員からは、組合が首切りに手を貸すのかと、厳しい批判を受けながらの苦渋のリストラでした。

短期間での大阪工場の黒字転換は困難でした。決定的だったのは、大阪工場の売却をストップし、その代償として赤字、不採算が続くいわき工場の売却で資金を確保するという思惑がはずれたことでした。というのは、調査の結果、いわき工場の敷地に大量のアスベストが埋設していることが発覚し、底地売却が困難になったのです。

この結果、中越テックが存続するために、赤字体質から脱出できない大阪工場の土地を売却せざるを得ない状況になったのです。

組合は、一万坪近くある大阪工場の五〇～六〇％を売却し、事業を縮小してでも工場の存続を申し入れました。

しかし、大阪工場の業績改善や存続のための設備縮小、移転費用問題などを試算すると到底やっていけないとの結論に至ったのです。

このことにより、黒字の運輸部門は存続して、約六百人の雇用は確保出来たものの、主力である大阪工場存続は断念せざるを得なくなってしまったのです。

・涙の工場閉鎖でも全員が評価

組合はＲＣＭ社の松崎専務とのトップ交渉や、中越テックの古屋社長との協定を経て、二〇〇六年四月二日基本合意協定を締結し、四月五日に組合全員大会でこれらの経過を涙ながらに報告し、全員発言を求めました。また、組合員のアンケート調査も行いました。そして、四月二十八日に全員大会を開き、闘いの総括をしました。

そこでは、大阪工場の存続は、涙ながら断念したが、当初、商中などが決定していた①いわき工場の閉鎖を撤回し、いわき工場へラミネート部門の機械を移設して転勤者を受け入れる。②紙器部門のM&Aを推進し、雇用の受け皿を作る。③退職者の退職加算金（生活保障金）も、組合員平均で規定の一九六%、夏季一時金及び生産協力金等をプラスすると、平均で二一二%を獲得したことなど、組合・執行部の取り組みが評価され、この提案は、無記名投票の結果満票で承認されたのでした。

中越テック会社再建の努力をしたが、大阪工場の閉鎖を自分の責任だと涙ながら訴え報告する古屋社長。（右端）

退職者の再就職の取り組みも、しっかりとやりました。まず、リクルートの専門家を入れて支援指導し、各企業からのオファーも五十件を超えました。

組合の要求で退職者の再就職支援のため、会社は工場近くに組合事務所を借りて古川委員長と組合書記を中心に、最長九ヵ月間専従としての常駐体制を取ったのです。

古屋社長から「社長就任わずか三ヵ月で工場を存続できなかった責任は、すべて私にあり、深くお詫びする。労働組合の苦渋の決断と組合員の理解と協力が会社を救った。銀行や株主も高く評価しており、心から感謝している」と閉所式での謝罪の言葉があり、組合員・家族の心を打ちました。

古屋さんとは対照的に、何よりもこの事態を招いた責任者の岩川社長が形式的な謝罪をしたまま逃げ回り、保身と責任回避に終始している態度に組合員は改めて強い憤りを覚えたのです。

また、組合員に対して、闘いの経過を「すべてオープンにし、全員参加で闘い、工場再建で最後まで、組合（古川委員長）～会社（古屋社長）一体の努力が功を奏し、解雇・閉鎖を受け入れた大阪の組合員全員が（管理職やパートのおばちゃんも）「組合はよくやった！悔いは無い」と、全員一致で評価してくれたことは、悔しいけれどもすがすがしい思い出となりました。

実は、古川委員長は、この闘いの中で重度のC型肝炎にかかり闘病生活をしながら最後まで組合委員長としての責務を果たしました。会社や組合員にも一部しか知らせず、一時期緊急入院をして治療を受けた際にRCM社の松崎専務や奥常務もこのことを知り彼の根性に感服していました。営業マンの責任者として多くの得意先にも信頼される一方、組合では私を心から信頼してくれ二人三脚で闘えたことが結果に結びつき、心から感謝をしています。

やることやった！　工場を残せず残念だ！　無駄ではなかった再建の取り組み

> ※最終妥結前に実施した全組合員のアンケート調査より　（二〇〇六年四月実施）

大阪工場閉鎖を認め基本合意した直後に行なった組合員の「雇用を守る闘いと今後の進路に関するアンケート結果」の一部を紹介しましょう。

＊破産しかない会社の状況の中でやることはやった！　だが、大阪工場を残せなかったのは残念だ！

＊あれだけ頑張って出た結果だ、残念だが仕方ないとも思う。しかし、もう少し早い時期に手をうっていたら……と思う気持ちもある。
＊自分を含め、皆ひとりひとりが仕事に関して少し甘い考えがあったと思う。
＊結果がだめだったとしても、充分なことをしてくれたと本当に感謝している。
＊会社の前経営者の責任追及が足りない。組合の人たちを筆頭に、それぞれ最善を尽くしたと思う。
＊問題が起こる前に再建に力を入れていれば、違った結果になったかもしれない。
＊会社再建の取り組みは、無駄ではなかったと思う。結果的に黒字にできなかっただけ。
＊ＰＴの一員として、再建案の作成に携わったが、現状・環境が厳しく一気に黒転できず、赤字縮小を目指したが、株主の要望が〝黒転〟のみ。これに添えず悔しい。
＊もっと早くに古屋新社長が来られていれば、閉鎖になってなかったと思うと残念。
＊旧社長は私たち家族のことなど思っていないだろう。家族七人の生活を補償しろ！
＊怠慢経営。もっと早く手を打つべきだった。旧経営者に制裁を与えるべき。
＊旧経営者はあまりにもひどかった。前社長の謝罪は、全然誠意など感じなかった。正直、唖然とした。単なる言い訳であり許せない！
＊委員長を中心に執行部はがんばったと思う。最後まで皆んなで一緒に頑張りたい。
＊執行部、特に古川委員長らは身体をはっての闘争があったからこそ、整然としたソフトランディングや多くの成果を勝ち取れたと、ただただ感謝申し上げたい。
＊新社長・株主は、雇用を最優先に、従業員各自の頑張りを見出させようとし、会社主体でなく、個人を主体として実力を発揮させようとした。

5 小さな組合のしたたかな挑戦！　商社相手に大淀製紙の堂々たる闘い

・経営破錠して十年

次に大手総合商社を親会社に持ち、膨大な債務超過、経営危機の中で会社存続と雇用を守る「小さな組合のしたたかな挑戦」といわれた、大淀製紙の闘いを紹介します。

大淀製紙の闘いは、結果として企業閉鎖を認めて終結したのですが、経営が行き詰まりとっくに破産してもおかしくない企業を十数年にわたる組合の闘いによって存続させたことは、会社と雇用を守るもう一つの優れた闘いでもあったことを強調したいと思います。

二〇〇一年十一月、企業閉鎖提案時の会社の財務内容は、年商を上回る三十数億という債務超過でありながら、親会社であるニチメン（当時・日綿実業）と直接交渉を行い、①会社閉鎖と全員解雇は一旦白紙撤回し従業員に謝罪する。②改めて組合員には、規定の退職金プラス八〇％、計一八〇％を支払い解雇する。③退職後の就職斡旋は誠意を持って行い、組合には別途解決金を支給するという、画期的な解決条件を引き出したことが、何よりも特筆されるべきだと思います。

私が紙パ労連関西地本の事務局長に就任した二年目、二十代の後半だった一九六二年以来、関わりを続けてきた大淀製紙が四十年の歴史に幕を閉じたのは、二〇〇一年十一月のことです。

この間、私は一貫して親会社のニチメンの経営戦略と闘い、関連する北陸の三善製紙・福井セロファン・福井金津・九州の鶴崎パルプ等（いずれもニチメンのグループ会社）における相次ぐリストラ攻撃との闘いにも関与してきました。

中でも大淀製紙は、その典型でした。当時の大手商社は競って紙パルプ企業を支配下に置き、王子製紙は三井物産、レンゴーは住商、大王は伊藤忠・丸紅などと結びつき、これら商社は、原料仕入れ、製品販売で大きなマージンを得ていました。

しかし、当時の大淀製紙は、存続しているのが不思議といわれるほど企業業績が悪化していましたが、労働組合のしたたかな闘いによって、企業を存続させ、雇用と労働者の生活を守り抜いてきたのです。最後の十年近くは、想像を絶する債務超過という状況でした。

それでも労働組合が、安易に会社を閉めさせないと会社や親会社に要求し、組合としても会社を残すために賃金を下げたり、現場の人を減らしたりと、自らの身を削って協力してきました。

時には、組合の要求で会社の役員を辞めてもらったり、管理職を務めた人に守衛になってもらったこともありました。

そうして、若い人を管理職に登用するよう、組合から申し入れしたり、組合が経営に参加し企業再建のために発言し、あの手この手で何とか食いつないできたのです。

・ぬるま湯経営から脱却

大阪府の東南の羽曳野市に位置する一九五四年七月十六日創業の大淀製紙は、ニチメンのバックアップで段ボール原紙、中でも構造不況業種と言われる中芯原紙の製造を専門にやってきた会社です。

長年にわたり構造不況業種に指定され年中赤字が続き、先述のように累積赤字は年商を上回るという異常状態が続き、業界では企業閉鎖が予想される企業の筆頭に挙がっていました。

職場の労働者は、慢性赤字に慣れっこで、親企業から派遣された経営トップや側近も危機感は口先ばかりで、目先の対応に明け暮れ、その場限りの経営施策に終始していました。

誰にも抜本的な経営改善に向けて手を打とうという姿勢が見られず、ぬるま湯経営が続いていました。

そんな中、大淀製紙の労働組合が、地連上部組織の指導を受け企業に責任を持つ労働運動に本気で取り組んだのは、一九九四年からでした。

一九九八年十月十九日付日本経済新聞に「ニチメン中期経営計画を発表、関連企業三百十のうち不採算企業百社を整理統合し、有利子負債の軽減を目指す」との記事が掲載されました。

さらに、大淀製紙が整理企業の一番手という情報もあったので、組合は直ちに緊急の対策に着手しました。

会社は当初、そうした情報もあるが大丈夫であるといい、新聞発表当日にニチメンの主要役員が来社したのは、単なる偶然だと全面否定しました。

しかし、組合は直ちに上部組織の関北地連と連絡を取って協議しました。そして、このままでは企業閉鎖もありうると判断して、独自に会社の実態を把握すべく、帝国データーバンクや東京商工リサーチによる経営内容の調査や法務局に出向き、土地登記薄謄本を取得し経営分析を実施したのです。

また、原料搬入業者からの情報など企業の現状と実態、実力についても組合独自に調査したわけです。

・労使関係を変えた田中新社長

会社は、企業秘密として一切労働組合へ財務諸表を開示せず、社長は労働組合を敵視する一方で、業績は悪化の一途を辿っていました。

さらに赤字、経営危機を理由に長年の闘いで積み上げて来た社会保険料の負担割合（労三・使七）を折半に変更するなど、労働条件の切り下げや職場のリストラ提案を執拗に行ってきました。

しかし組合は、いかに赤字であっても、安易な妥協はしない。企業として本来の経営努力をするべきだとして、前述のように財務内容を調査して専門家に分析を依頼し、経営改善を提示するとともに、①親企業ニチメンとの話し合いと企業の将来展望をあきらかにすること。②労働組合との事前協議と雇用保障協定の締結、労使関係の確立。③万が一に備えての退職金その他労働債権に対する保証、などを要求し繰り返し粘り強い交渉を進めました。

それでも社長は、抽象的な経営ビジョンは示すものの、組合が指摘する経営の抜本的改善、例えば運賃コストや下請け工賃の見直し、役員管理職を含むリストラ等についても消極的で、相変わらず労働組合や上部団体を敵視する姿勢を変えようとしませんでした。

組合としては、このような社長のもとでは企業の存続はありえないと判断しつつ、一九九九年三月、専門家の協力のもと、組合独自の経営分析と企業再建計画を打ち出しました。

すると、同年四月、非公式で大株主のニチメンの担当責任者と私を加えた組合の間でトップ交渉が実現しました。

そこでは、社長以外の主要役員の更迭と経営改善の方向が示されました。

組合としては経営の抜本的改革と経営責任追及の視点から、あくまでも社長更迭を求めましたが、これだけは実現しませんでした。

それ以後も、労使一体での企業存続を目指して様々な提案をし、何度も交渉を繰り返したのですが、社長はこれらをかたくなに拒否し、財務内容も依然として開示しようとはしませんでした。

それでも、二〇〇〇年三月、組合は経営の参加は出来なくても、政策提言は出来ると考え、組合員全員に働きかけるとともに、プロパー役員や管理職にも協力を求め、あらゆる方面からコスト削減提案を募集し、それらをまとめ会社側へ提出しました。

会社側も「企業の生き残り」をかけての方針に基づき、協議会を何度も実施しました。

しかし、提言がほとんど実施されることなく膠着状態が続く中で、過去の経営責任の追及も含め、ついに社長更迭の動きが表面化してきました。

そして、とうとう二〇〇〇年四月、坂井社長は更迭され、ニチメン本体から非常勤役員として大淀製紙の役員会に出席していた田中稔昭氏が、ニチメンの直系社長として、企業の命運を託された形で新社長に就任したのです。

田中社長の就任は、労使関係を大きく変えるきっかけになったと思います。

6 大淀製紙社長交代で「雇用保障の基本合意協定」締結しニチメンとホットライン

・「基本合意協定」で意識が高まる

田中社長は就任にあたって「大淀を見極めるために就任した。最悪の場合は、六月をもって閉鎖もありうる。よって、企業を存続させるのかどうか、組合と本音で話し合っていきたいので、協力を願う」と述べ、組合三役には「財務内容や経営政策等をオープンにし、労使一体で取り組んでいきたい」、さらに、当面の課題として人件費を含むコスト削減等組合に全面的な協力を求めてきました。

組合は、無条件に協力するのではなく、企業の存続と将来展望につながる我慢と協力であるべき、またこれらの実現のために、経営側として必要な経営努力を全面的に行うことが前提であるとの考えを述べ、徹底的な話し合いを求めたのです。

田中社長とは団交だけでなく、組合委員長との会合をもつ一方、私は関西地本の書記長の立場からニチメン本社との非公式の協議を行い、会社の現状と再建について本音の話を行い、労使一体で取り組む事を水面下で合意しました。

その結果、前述したような合意協定（「企業存続発展のための労使合意覚書書」）を勝ち取ることができたのです。

この合意協定では、まず企業の経営責任を明らかにしました。また、企業再建に向けて労使一体の取り組みを進めるため、組合との事前協議と雇用保障、そして、万が一の事態に備えての労働債権確保について、ニチメンを含めこれを認めさせるという、組合にとって有利な協定でした。

この「基本合意協定」を契機に、自らの企業は自らで守るんだという意識が全社的に高まりました。

そこで、組合提言のコストダウンや生産の効率化が進み、二〇〇一年六月の半期決算では、十年ぶりの営業黒字を出すことができました。すると、これらの取り組みが評価され、任期半ばにも拘らずニチメンの半林社長の強い要請で、大淀製紙の田中社長が本社へ抜擢されることになったのです。

・急激な消費不況で終焉

喜びもつかの間、日本経済はバブル崩壊の後遺症、急激な消費不況のもとで、段ボール原紙の市況が悪化しました。

中でも、大淀製紙の主力である中芯原紙は、キロ当たり十九円台と半値近くに暴落し回復の兆しはまったくありませんでした。

その他の段ボール原紙、Kライナー、ジュートライナーもダンピングともいえる大手企業による過当競争が起り、製品価格が暴落したのです。

というわけで、大淀製紙は一転二〇〇一年九月以降、またも月次で三千五百万〜五千万円の赤字を出すことになってしまいました。

十年間にわたる累積赤字を乗り越えて、この六月にやっと黒字転換を勝ち取ったばかりの企業にとって、この試練はあまりにも残酷なものでした。

組合は、さらなるコストダウンやシフト替え等々、企業存続のために奮闘努力を重ねたのですが、終焉は意外に早くやってきました。

二〇〇一年十一月六日の労使協議会で、会社側は十一月末をもって操業を停止し、十二月一日付で全員解雇、会社を清算したいと提案してきました。

理由として、ニチメンに本年末までの二億円の緊急融資を申し入れたが、大淀から黒字転換の計画が出されない限り融資は出来ないと拒否され、本日緊急の役員会を開き、組合への申し入れとなったとのことでした。

会社は団体交渉で、①厳しい経営環境の中で、組合が全面的に協力してくれたことに感謝するが、予想もしない市況の悪化のもとで今後の計画が立たない。②組合との協定もあり破産状態にあるが規定の退職金は一〇〇%支給し、生活保障としてプラス分については最大限の努力をする。③一時金については、ゼロという訳にはいかないので、何らかの額を検討する。など説明をしました。

・組合の主張と社長の謝罪

これに対し組合の主張は次の通りでした。
①いかなる理由があっても、会社の整理清算と全員解雇は認められない。
②過去において、組合は企業存続のため、あらゆる協力をしてきた。これをどう評価するか。
③ここに至った経営側の責任は重大であり、そうした事態を長年にわたり放置してきたニチメンの責任は重い。
④今回のリストラやコスト削減への対応、営業政策については、テンポが遅くなまぬるいとたびたび指摘してきたが、会社は本気でやる気があったのか。
⑤ニチメンは黒字への再建案が出ない限り追加融資できないと通告したため社長が決断したと言うが、ニチメンが大淀を閉めよと言ったのと同じ事だ。
⑥十一月八日ニチメンへ組合代表が行くが、企業の閉鎖、解雇は認められない、あくまで存続する方向で責任を持つように要請する。

親会社ニチメンと直接交渉し、社長の責任追及と謝罪を求めた経過を大会で報告する著者。

など、団交で厳しく迫るとともに、①十一月七日組合として操業をストップし、全組合員による臨時大会を開催し方針を決定する。②十一月八日組合代表（土井委員長・松岡書記長・髙岡顧問）がニチメン本社に申し入れを行うことを執行委員会で確認しました。
その後、組合として何回も団交を繰り返したものの、市況の悪化、主力の中芯原紙の価格の大幅下落がつづく中では如何ともしがたく、大淀の致命傷は、段ボール原紙でも単価の安い中芯原紙しか抄けない設備であったことです。

組合は、緊急の組合大会を開催し、「会社存続は、これ以上は無理である。しかし、最終的には親会社ニチメンを含めて、退職金プラスプラスアルファー分の獲得を目指す」ことを確認しました。

実のところ私は、一九九九年、六十五歳で紙パ関北地連専従書記長を退任するとの予定にしていましたが、当時、新大阪板紙が突然倒産したことや、大淀製紙の業績悪化、企業整理の動きが出ていた事もあり、こんな状況のなかで辞めないで、との各組合からの強い慰留を受け、関北地連の専従書記長は退任し、地連の特別執行委員として残ると同時に、個人事務所（M&T総合企画）を立ち上げ地連傘下各組合の顧問に就任しました。

大淀製紙では二〇〇一年八月の大会で顧問就任が決定され、十月一日に顧問契約を結んだばかりでした。

大淀製紙労働組合の解散お別れ会。

十一月八日に組合の大会決議により、私と土井委員長、松岡書記長の三名がニチメン本社を訪問したところ、なんと経営トップの半林社長との面談が実現しました。

そこで、半林社長から組合に対して謝罪の言葉があり、「補償問題や就職あっせんについても、誠心誠意出来る限りのことをしたい」。また、これまで、組合が企業再建のために踏み込んだ努力をしてきたことや、閉鎖提案後も整然と機械を運転し、企業存続への意欲を見せていることを評価し、「そうした皆さんの努力に応えられず、責任を感じる」といった言葉をうけ、組合側交渉団全員が強く胸打たれたのでした。

・問題解決の裏にニチメンの経営戦略

しかし、その後に明らかになったのですが、当時の大淀問題の解決の裏にはニチメンの経営戦略上重要な転換を迫られる問題に直面していたことが分かりました。

日本経済は一九九〇年代末からは、バブル崩壊の後遺症、アジア経済危機などにより経営環境は悪化、グローバル・スタンダード時代の到来により、総合商社はこれまでの規模追求から効率性を重視する経営の時代となり、資産リストラを断行する一方で、他商社とのアライアンスを進めました。

特に、ニチメンは日商岩井との関係を強め、事業統合を視野に生き残りをかけた経営戦略を進めつつあり、大淀製紙を始めとする不採算の製紙部門を切り捨てることが至上命令とされていたのです。

その後、二〇〇三年、両社は経営統合しニチメン・日商岩井ホールディングスを設立。翌年には双日株式会社が発足しました。ニチメンが、早期解決を望んだ背景にはこうした事情が働いていたのです。

7　組合主導の会社再建案！　経営分析活動で松田立雄先生の功績

・もう一人の恩人

先にも述べたように、丸三製紙の髙尾社長は私を成長させてくれた恩人ですが、もう一人忘れられない人がいます。

二〇一七年一月に急逝した中小企業問題研究所所長の松田立雄先生です。松田さんは、一九六〇年代の後半に、全大阪金属産業労組の書記長となり、組合から経営を学ぶために会計事務所に派遣され、そこで勉強を重ねて組合の立場から会社の経営分析や政策作りを指導した有能でユニークなリーダーでしたから直ぐに仲良くなりました。

松田さんは、一九七二年の高知パルプの閉鎖反対闘争や七三年の広島製紙の閉鎖解雇反対闘争、七四年の東洋パルプ（現王子製紙呉工場）の倒産問題の際に、紙パ労連中執だった私から協力をお願いし、ともに現地に入り、会社再建案を組合として作る作業など、企業存続の闘いにおいて大きな役割を果たしてくれました。

以来四十年以上、私の関係する企業再建闘争の数々に専門家として協力をして頂きました。

そして、紙パ関北地連としての経営分析、会社経営改革についての政策づくりの指導や、学習集会の専属講師として年数回勉強会を開催するなど、「地連中小のしたたか運動」を進める上で無くてはならないリーダーでした。

氏は、中小企業の多い金属関係の組合書記長の経験を生かし、会社の経営分析の仕方から政策作りや経営計画の立案方法、労働組合の会社更生法の申請に至るまで協力してくれました。丸三製紙や平和製紙闘争での労働債権を楯に、組合が会社更生法を申請するというユニークな闘いも松田さんなしには出来なかったことでしょう。

会社更生法という法律は、大企業を支援する法律で中小企業には役に立たない法律でした。

つまり、大手の会社が潰れたら、系列会社・傘下の関係会社の連鎖倒産が起るのを食い止めるというのは名ばかりで、実際は、潰れかけた大企業を何とかしようという法律なわけです。

そこで、中小企業を支援するための法律として、民事再生法が成立（二〇〇〇年施行）しました。

丸三製紙が潰れかけた時に、社長が会社更生法とはなにかも知らないまま、申請したのですが、髙尾さんが十二年もかけて会社を更生させたわけです。

髙尾さんが社長に就任するまでは、会社の人たちはあんな社長に会社更生法で利用されたらかなわんから、組合で政策作りをしようとしたのが始まりです。

その結果、会社更生法の手続き開始決定で担保債権者の銀行や、大口債権者との関係で行き詰っていた管財人の再建計画案を決定する、大きな力になったのは前述したとおりです。

オリエンタルも平和製紙も会社の破産申請を引き伸ばし、ストップをかけるために労働債権をてこに労働組合が、会社更生法を申請、準備をしたのです。

初めから勝てる見込みがないものの、裁判所の破産決定を引き延ばし食い止めるなど闘いの戦術として活用しました。

・松田先生の薫陶

私は、経営計画とか経営分析などの勉強をしましたが、とても実践に役立つほどの能力はなく、松田先生に助けられたのです。

機会あるごとに、地連の会議に参加して頂き、会社の経営分析の方法と利用の仕方、会社のどこが問題なのか、労務費、固定費や変動費とは何かなど、懇切丁寧に教えていただきました。

東洋パルプ工業の倒産の時に作った、会社再建計画を誰よりも誉めてくれたのが、東洋パルプの専務だった児玉鎧氏でした。

児玉さんは、東洋パルプの役員の中でただ一人残り、王子製紙の取締役から専務にまでなりました。

その後、王子グループの傘下になったチューエツの社長にも就任しました。その彼が東洋パルプの専務時代に、労働組合が、こんな経営計画を立てるのは凄いなと、誉めてくれたのですが、それは松田先生の薫陶のお蔭だったのです。

・児玉鎧さんの本音

話がまた脱線しますが、児玉さんとはこんなエピソードがあります。児玉さんがチューエツの社長に就任するする前に、「高岡に単独で会いたい」との話が非公式にありました。神崎製紙から派遣されチューエツの専務だった中野氏から説得もありました。

私は組合の副委員長なので、最初は躊躇しましたがユニオンチューエツの委員長、書記長からの勧めもあり結局会うことにしました。

中野専務に案内され大阪キタ新地の高級料亭で児玉さんと会いました。児玉さんは、いきなりチューエツのこれからについて私の率直な意見を聞きたいということでした。そんなことを私に聞いてどうなるか、私に単独に会いたいという狙いは何か？　を考えつつ飲めないお酒を酌み交わし、一時間も相手していたのです。

私は、酒が弱いはずなのになかなか酔いが回りませんでしたが、酒の力を借りて王子製紙が児玉さんを社長に送り込んできたのは、チューエツを閉めるためではないかと単刀直入に訊いたのです。

初対面同然の相手への失礼な質問に対して、氏は「それも無いとはいえないが、組合・従業員がこの会社をどうしようと考えているのかによっては、残す選択肢はなくはない」と冷静な答えを返してきました。

本音のところは、会社を閉める公算は高いものの、その場合に私の存在が気になったというのが王子製紙、児玉さんの本音だったことを、その後会社で地位の高い某氏から聞きました。

第六章　労働戦線統一と関北地連結成！

―中小労組集団が自立し「したたか運動」つらぬく！―

1 総評紙パ労連と同盟紙パ総連合が「略称：紙パ連合」結成へ

・組織統一の機運が高まる

一九七〇年代後半頃から、総評・同盟・中立労連などナショナルセンターの枠を超え組織統一をしようという機運が高まってきました。紙パ産業の産別組織においても戦線統一をめぐって様々な議論が交わされていました。

政府の産業構造審議会で「二つの労働組合代表が別々の意見では影響力が弱い。一つになるべきだ」という意見が経営側からも出されました。

紙パ労連は、結成以来ずっと総評（日本労働組合総評議会）の傘下でしたが、労働戦線統一の流れの中で、同盟（全日本労働総同盟）と組織統一することは難しいとの心配がありました。

それは、過去に王子製紙の大争議による分裂攻撃との闘いで、骨肉の争いを繰り返してきただけに、その怨念や悪感情が年配の組合員には残っており、抵抗感や反対が根強くあったことです。

同盟の某幹部が紙パ労連と一緒になるのはいいが、それは大手組合に限ってのことであり、中小の組合などはあまり眼中にないと発言したとの噂がもっぱらでした。露骨には言わないまでも、中小組合はお荷物扱いのようなのです。

それを伝え聞いた紙パの中小組合は、労働戦線が統一されても、「そんな上部組織には加盟しない」と抵抗し反対する組合が少なくありませんでした。

同盟傘下の紙パ総連合は、大手組合が九割以上を占め中小組合は僅かでしたが、紙パ労連はその逆で、加盟組合の九割近くが中小組合で、大手といえば十条製紙（現・日本製紙）・大昭和製紙など数組合でした。紙パ総連合の組織統一の狙いは、十条製紙・大昭和製紙・巴川製紙・中越パルプ工業など大手の組合で、その他は要らないのでは、との声も根強くありました。

とはいえ、悩ましいのは大企業系列の中小組合が統一に反対し、親企業組合が紙パ労連から抜け新しい組織を作れば、会社は系列組合の主張にこれまで以上に耳を貸さなくなるし、組合の影響力が弱まることが懸念されることでした。

蚊帳の外から何を言っても、いわゆる負け犬の遠吠えにしかならないのではないか、まさに思案のしどころでした。

私は、いわゆる関西人です。いつも理屈や理論よりも実効性、損か得かを物差しに考える傾向がありました。上部団体の選択も蚊帳の外から何を言っても意味がない、むしろ中に入って大手組合を味方につけて、闘うことも大切ではないかと実利優先で考えていました。

これまでのように中小労組が大手組合へのぶら下がりや、甘えの構造で長年やり過ごしてきた紙パ労連時代は、もう終わったという自覚を持ち、自力更生、自前の力と運動を進めることが必要であり、困難は伴うがある意味で転換のチャンスだと思いました。

・雇用と生活を守る地連組織を作る

そこで私は、組合の地本（地方本部）とは別に、中小組合が企業の枠を越えて自立・結集し、共に闘う中小労組集団として、主要地域に地連組織を作ることが大切という紙パ労連の提案、中でも日本製紙労組の土居有臣委員長らの熱心な働きかけに賛同したのです。紙パ労連には、すでに川之江に紙パ愛媛労組があり、自前の専従を置いて闘ってきた先例がありました。

紙パ産業は、王子製紙・日本製紙を中心に新たな再編が強まっている状況にあり、紙パ中小企業を取り巻く環境も年々厳しくなり、中小労組自らが本気になって自前の闘いを展開するためにも、地連の結成が迫られるという切実な状況が背景にありました。

一九七八年頃は板紙構造不況で、生産は六割以下の操業になり、機械も半分止まっているという状況でした。板紙の価格は下落して、どこの工場も生産調整していました。

現場では四組三交代制を三組三交代制にし、定年制もせっかく六十歳にしたのを、五十五歳に戻さざるを得ない状況に追い込まれていました。その上、労働時間も延長されていました。

さらに職場の定員は、今までマシンに各直八人いたのですが省力化投資をしないまま、無条件で一名減らされたりしていました。こんなことが当たり前のようにやられたのです。組合も何も言えませんでした。

それは、小さな会社でも月次で一億単位の赤字を出すという状況にあったからです。

小さな組合が、自分たちだけで闘っても限界があります。組合が大同団結し、親会社や背景資本と対等に協議することを通じ、中小の労働者の雇用と生活を守ろうと、地連作りを進めたわけです。

そういう組織づくりを進めながら、紙パ労連の大手組合主導で統一を進め、中小組合にも責任を持つ体制が必要であることを、当時の土居委員長と確認し組織委員会で紙パ労連としての方針を決めてもらったのです。

・専従役員の経費問題で苦肉の策

こうした基本方針は、中小労組にとって理解できたとしても難問は資金の問題でした。地連を作って専従の役員を置くとなると、その経費を自前で捻出しなければなりません。

これまでは、地本の専従書記長であり紙パ本部の中央常任執行委員であった私が、中小の担当ということで紙パ本部から給料をもらっていました。

しかし、地連を立ち上げると、地連の書記長等の役員や書記の体制づくりが必要で、経費は地連が出さなければならないのです。

具体的には、中小の組合では上部団体費が月額四百九十五円だったのを、新たに地連会費として八百五十三円プラスして納めなければならないことになります。これは、大変な負担増でとても不可能でしょう。

そこで私は、少しでも負担を減らすために、自分が地連の書記長に就くよりも井藤書記次長を専従書記長にしようと考えたのです。そうすることで人件費を抑えることができ、地連の会費負担も軽くなると考えたのです。

しかし、中小労組の中心組合である大淀製紙の加藤委員長や大津板紙の権藤委員長など、主要組合幹部から強い反対があり、「高岡が新組織、関北地連の専従役員になる事が絶対条件だ！」「高岡は、逃げようとしている……」と言われたのです。

さらには、「自分は、上部組織の紙パ労連の役員のままで、自分の部下を地連の役員にして、地連結成の旗だけ振って、体よく泥を被らないようにぬくぬくとしている」と言われる始末です。私に対して、冗談半分とはいえ、こんなことを言われては黙ってはいられません。

もともと、紙パ労連時代から大手組合が高い会費を出し、自らが属する組合の活動を放っておいても中小労組の面倒を見てきた経過があり、地連結成でさらなる会費の負担増には、到底容認できないだろうという考えが根底にありました。

いいように解釈すると、長年の経験と実績がある高岡が専従になる事が、新組織結成と今後の活動の保障になるのだとの大義名分で、私を人質に取り込もうとしているのが見え見えでした。

しかし裏を返せば、それだけ私を評価し信頼してくれているのだとも考え、これを断ると地連結成は断念せざるを得ないと考えました。

そこで私は、紙パ本部を退職し、新組織紙パ関北地連の専従役員とし中小労働運動一本に生涯をかけることを決断し、関西・北陸の中小組合にこのことを伝えたのです。

そして、新組織の財政状況を考慮して新しく地連からの給料も、これまでの七割に下げることにしました。

このような決断を理解し支持してくれた、当時の紙パの土居委員長の配慮で、結果的には紙パ本部の常任中執も兼任することになったのです。

・紙パ連合に地連として一括加盟

こうした経緯で、一九七九年に紙パ労連関西地連を結成し、二十三組合三分会、千四百二十五名が一括して紙パ労連に加盟し、私は地連の専従書記長に就任したのです。

これに続いて、一九八三年には、私の出身組合であるユニオンチューエツの全面協力で紙パ北信越地連が十一組合千六百人で結成され、村岡修一委員長（チューエツ）が単組と地連の委員長を兼任し、半専従として活動することになりました。

一九八五年には、関西地連と北信越地連が組織統一し、紙パ関西北信越地方労働組合連合会【略称・紙パ関北地連】（三十一組合・二千二百名）を立ち上げ、紙パ労連に一括加盟し、私が紙パ関北地連の専従書記長になったのでした。

さらに、いよいよ労働戦線統一が本格化し一九八七年七月総評が解散、十一月には全民労連が結成されました。

こうした中で、翌一九八八年二月に総評紙パ労連と同盟紙パ総連合及び一部の中立無所属組合が組織統一し、「日本紙パルプ紙加工産業労働組合連合会（略称・紙パ連合）」が、百八組合、五万六百七名で結成されたのです。

「労働組合とは何か」の学習会を各ブロックで開催して、中小労組が結集し関北地連を結集しようと訴える著者。

関北地連は、紙パ連合結成にむけて、これまでの関北地連を横滑りさせ、新組織の紙パ関北地連（二十九組合・六分会・二千五十二名）を結成し、一括して紙パ連合に加盟しました。

紙パ関北地連は、紙パ連合百八組合のうち二十九組合で、組合員数は二千名強の組織ですが、旧関北地連の中小組合が一組合の脱落もなく加盟したことは大きな意義があり、関係者から高く評価されました。

実は、新地連結成に至るまでの過程では多くの苦難に直面しました。

これまで、上部団体には企業別単組として加盟していた旧関北地連から一度脱退を決議し、新関北地連として紙パ連合に加盟しようというのですから、それだけでも大変なうえに会費負担増なども含めて根強く反対する組合もいくつか出てきました。

そこで私は、可能な限りそれぞれの組合大会に出向いて、中小労組が自立してまとまることがいかに重要か、小さな組合一つでは限界がある。みんなでまとまって要求を通していこう。雇用と生活を守っていこうと村岡地連委員長とともに口を酸っぱくして説いて回ったのです。

・紙パ連合加盟反対から一転加盟へ

しかし、私が大会に出ることができなかった組合の中で、紙パ連合加盟反対を決議した組合が出てきました。その根底には路線問題がありました。

なかでも三善製紙と桜井の二つの組合が「同盟系の紙パ総連合と一緒になる紙パ連合は御用組合である」として、加盟に反対し組織を脱退することを組合大会で決議したのです。

また、組合が分裂をしていた聯合紙器労組は、組織内での意見が分かれ再分裂(京都支部が脱退)の危機に立つなど、深刻な事態が地連内で起ってしまいました。

私は、「地連加盟の全組合、一単組も漏れなく紙パ連合に結集する」という当初の方針をあくまで追求するため、一旦、決めた大会決議を変更するよう直接それぞれの組合へ足を運び、関北地連として全単組がまとまることの大切さを再度説いたのです。

桜井の組合は六十人ぐらいの組合員で、日本製紙の傘下でした。その組合員に、「上部の日本製紙の組合が加盟しているのに、自分たちだけが脱退してしまうと、何の力もなくなるよ。ともかく参加して、ダメだったらその時、地連として一体で抜ければいいではないか」と、とくとくと説得しました。

そうすると、組合で年配の元役員が、「よう分からんけど、組合結成の時から髙岡さんにはお世話になってきた。そのご恩があるやないか。その髙岡さんが言うのだから、信頼してこの際、言うことを聞こうやないか」と発言、その言葉でいっぺんに決議がひっくり返ったのです。

いったん決めた決議をひっくり返すというのは、普通ではありえないことですが忘れられない経験です。そして三善製紙でも、再度全員大会を招集してもらい、親会社との関係や地連として中小労組の結集の重要性を、切々と訴えました。

その中で、女子の組合員から「加工職場は別会社になり、現在、自分たちは出向社員になっており、雇用問題で何時も不安である。万が一、閉鎖や首を切られたら責任をもってくれるのか」という厳しい質問が出されるなど、長時間の大会となりましたが、最後は脱退する決議を変更し、地連として紙パ連合に結集する事を決めてくれたのです。

こうして当時の事を振り返ってみると「よくやったものだ」と感心し、改めて各組合の信頼と支えに感謝しているのです。

2　熾烈な分裂攻撃と差別との闘い、最後は聯労組合員一人で会社と団体交渉

・まれにみる組織的な運動

私にとって、関北地連傘下の聯合紙器労働組合（聯労）の闘いの歴史は、何よりも大きな誇りであり、日本の労働運動の歴史の中でも、特筆されるべき運動として高く評価できると胸を張って若い組合員に訴えたいと思います。

労働組合への分裂攻撃との闘いは、王子製紙闘争や三井三池闘争を例にとるまでもなく、日本の労働組

合運動の中でも多く経験してきたところです。とりわけ、会社の介入や画策による同一企業内における複数労組の存在が職場の同僚間で人間不信を生むという不幸を数多く目にしてきました。

その結果として、闘う労働組合の側が少数組合となり、影響力や存在感を失い消滅することが大半でした。私は大阪府の労働者委員として、数多くの事件を担当していたときにも、会社の差別と分裂攻撃の中での泥沼の闘いの数々を嫌というほど見て、紛争解決に悪戦苦闘を強いられた経験をしました。その中で、僅か十八名の少数組合であっても大阪工作所のように最後は親会社の商社相手に完全勝利を勝ち取った例が唯一ありましたが、厳しい試練に晒されながらギリギリまで追い詰められた闘いが大半でした。

そのような厳しい状況の中で、私が関わり、ともに闘ってきた紙パ労働運動のなかでも誇りであり自慢の一つに挙げられるのが前述した聯労の歴史的な闘いです。

・たった一人になった労働組合委員長

聯労は、二〇一四年七月、最後の組合員であり委員長でもある桑本昌和さんが、定年退職とともに労働組合を解散することを、前年十二月の第五十回定期大会で決議し、多くの仲間から称賛とエールを受けつつ、その半世紀におよぶ苦闘の歴史に幕を閉じました。

その最後の締めくくりも見事でした。社員四千人を超える大企業のなかで、数十名から最後はたった一人になった労働組合が、レンゴー（旧・聯合紙器）という、段ボール業界トップの企業を相手にして団体交渉を行ったことです。

組合側は組合員たった一人の委員長、会社側は主要役員が勢ぞろいし、その要求や主張に対して、最後まで精一杯の対応をしたことは、他に例を見ないことでした。

この組合解散を事前通知する最後の労使協議会（二〇一三年十一月二十日）には、桑本委員長に加えOBの片岡元委員長、伊津元書記長も出席しました。

その後、会社側主催の慰労懇親会が開かれ、前田副社長・三部常務をはじめ、人事担当役職者六名が勢ぞろいしました。

その中で前田副社長から、「聯労の存在は、こんにちの会社レンゴーにとっても大きな役割を果たしてくれた」と評価する旨の挨拶を受けたのです。

その陰には、聯労組合員の言葉に言い尽くせない闘いの歴史、信念を貫く人間のドラマがありました。

聯労紙器組合、分裂後の闘いを貼り出す。

・聯労組合員の不屈の闘いが勝利命令に結実

単一組合結成以来六十一年、上部団体・紙パ労連加盟問題から始まった分裂攻撃から四十七年間の歴史は、聯労組合員の厳しい試練の年月でした。

聯労の勇敢で粘り強い闘いが、大阪をはじめ各府県の労働委員会での勝利命令や各地方裁判所での勝利判決に結実したのです。

また、詳細は後述しますが、この事が二度にわたり国会の社会労働委員会や法務委員会でも取り上げられました。

聯労闘争をめぐっては、人権侵害と組合弾圧の実状が次々と明らかにされ、大きな社会問題となり、会社の責任が厳しく追及さ

大阪御堂筋にある、聯合紙器㈱本社の前に抗議の座り込みとビラ配布。

れ、最後は小さな組織が大きな会社を屈服させた歴史的な闘いになったことは、特筆大書されるべきだと思います。

熾烈な闘いの発端となったのは聯労の上部団体加盟問題であり、一九六七年、聯合紙器労働組合（聯労）が全国二十一支部三千数百人の組合員を擁する大単組として単一化を実現した際、組合として一段と飛躍するために、五月に臨時大会を開催し上部団体「総評・紙パ労連」に加盟を提案した結果、三分の二に僅か一票届かず否決されたことに始まります。

加盟否決を皮切りに、会社の猛烈な組合への攻撃と支配介入が公然と始まりました。会社の介入をバックに上部団体加盟阻止や聯労脱退の署名運動が水面下で進み、ついに一九六七年十一月、第二組合（聯合紙器新労働組合）が新労発表によると約八百人で結成されたのです。

組合は会社の分裂攻撃に抗議し、年末一時金闘争と関連して十一月から十二月にかけて断続的に六波にわたるストライキを決行するなど反撃しました。まさに十三年ぶりのストライキ決行でした。紙パ労連は、聯労の要請を受け支援のため、本部の土橋書記長が陣頭指揮を執り私も関西地本書記長としてこれを支え闘いました。

聯合紙器は大阪に本社があり、組合の聯労本部も同じく大阪の淀川工場にあったことから、支援の現地部隊は関西地本が中心でした。

九州小倉工場などでの暴力行為による、聯労への組織攻撃に対しては、福岡県総評・大阪総評・関西化労協・紙パ関西地本などの支援オルグ、大阪御堂筋にある聯合紙器の本社への抗議と座り込み、ビラまきや御堂筋のデモ行進など、延べ六百～八百人を超える動員で、会社の不当・不法行為に抗議する運動を展開しました。

私はその一方で、紙パ労連関西地本の書記長として聯労支援共闘会議を立ち上げ、紙パ本部から行動部隊の現地指導者の一人として任命され、聯労組合本部に連日足を運びました。

そしてその時、淀川支部の多くの若手組合員、活動家と徹底して話し合い、時には福島駅近くの飲み屋で杯を重ねながらの交流を持ちました。

・聯労のドン！　尾上委員長との出会い

それが縁で、組合トップで「聯労のドン！」といわれる、尾上重喜委員長（当時）と度々会うこととなり、自宅にまで誘われるなど特に親しくなりました。

尾上委員長は、戦時中満州で働いていて終戦後シベリヤに抑留されて大変な苦労を経験して帰国後、聯合紙器に入社ののち、労働組合が単一化された一九六二年に初代委員長に就任した筋金入りの名物委員長でした。

私より年上の委員長とは気が合ったのか気楽に話ができ、酒が飲めない私を誘い酒場で「尾上節」をしばしば聞かされたものです。

先輩で大労組の委員長に対して、労働組合のあり方論になると簡単に引き下がらない私に好感を持ってくれたのではないかと思います。

会社はこの時期、飛躍的に成長して全国に工場が広がり、労働組合支部が結成される中で、委員長は上部団体加盟なくして聯労の将来はない、という強い決意で語られ、この熱意に感動しました。

しかし私は、組合の闘い方や戦術について、賃上げや一時金闘争に加え組織攻撃などに対して、尾上委員長が指導する波状ストライキ決行など、力と力だけの戦術は会社の思う壺ではないかと、他の小さな段ボール会社の現状などを見ていた経験から、やんわりとボス委員長に進言したのです。

この時期、尾上委員長をはじめとする主要幹部の考えには、段ボール業界は、典型的な受注産業であり、企業競争が熾烈を極めている状況であったことから、一定期間の波状ストライキを続ければ得意先がなくなる危険がある。会社の方が必ずギブアップするとの考えが根強くあり自信を持っていたように思われました。

私はそこで生意気にも、「そう甘くない、社運をかけても会社は頑張るのではないか」と言ったところ、尾上委員長はけらけらと笑いながらたしなめたのです。その笑顔は、今でも脳裏に残っており、もし信頼関係がなければ怒鳴られ「絶交」されていてもおかしくない発言でした。

当時の日経連や経団連は、組合対策として立ち上げた日本生産性本部を司令部として、紙パでも紀州製紙労組や日本パルプ労組・北日本製紙労組など中堅組合が、紙パ労連を脱退するなどの組合つぶしと大きな分裂の動きがある最中でもありました。

聯合紙器の紛争にも、経営団体や生産性本部の強力なバックアップがあったはずです。

こうした中で尾上委員長は、勝負をかけました。聯労は、全国の支部にオルグ団を派遣し、組織強化と体制建て直しを行い、会社の妨害や介入を乗り越えて、一九六八年七月の臨時大会で紙パ労連加盟を決定して新たなスタートを切ったのです。

・会社の執拗な人権侵害と個人攻撃

しかし、それからが地獄でした。会社の組織攻撃、分裂と聯労脱退の個人攻撃、執拗な人権侵害は常軌を逸しており大きな社会的批判をうけました。

個人攻撃の内容の一例として、大阪工場では当時結婚したての片岡書記長のもとに支部長、副委員長をはじめ数百人の組合脱退届が連日届けられ、職場には「走れ」の大看板が掲げられました。

これが毎日新聞の記事として取り上げられると、会社の機密を漏洩したとして片岡支部長は十日間の出勤停止処分（その後、ことあるごとに出勤停止処分）となりました。

検査担当の技術者に「お前は明日からリフトを運転せよ」と配置転換して、さらに「お前は、リフト運転の素人だから……」と言って、背中に「見習い中」というゼッケンをつけて仕事をさせたりしました。

利根川工場では僅かな欠点に言いがかりをつけ、組合員の指名解雇が行われました。

小倉工場や仙台工場で聯労を脱退せず頑張った女性職員は、デスクの周りに囲いを作られました。配置転換は常套手段で小倉の営業マンは山梨甲府へ、優秀な研究職員は滋賀の関連会社に飛ばされました。

聯労組合員を配転してリフト職場で「見習中」のゼッケン。

工場現場では熟練技術者を不良品の選別係に配転し、背中に「クズ係」のゼッケンをつけさせ働かせたのです。この無茶苦茶な人権侵害の中で、良心と人権攻撃のはざまで思い悩んだ多くの優秀な人たちが会社を去っていきました。人員が減った職場には補充がなされず、期せずして会社は大合理化に成功したことになったのです。

しかし、聯労の組織は全国八支部六十名が生き残り、日本一といわれる高額の組合費で本部体制を維持し、鉄の団結のもとに反撃を開始したのです。

春闘時には、最後の一人まで必ず正門に組合旗を掲揚し腕章就労を行うとともに、関北地連の共闘会議を大事にしてきました。なお、会社の組織攻撃の例は後段でも取り上げます。

・聯合紙器創業から聯労の歩み

聯合紙器（現・レンゴー）株式会社は、一九〇九年の創業で、初代社長の井上貞治郎が我が国初の段ボール紙を開発して興した日本屈指の段ボールを製造する会社です。今では世界のレンゴーと評される大企業にまで成長しました。

一九六七年には、製紙・段ボールシート・段ボールケースの製造販売を主たる業務の柱とする資本金三十億円の会社に成長しました。大阪に本社を置き、全国に二十二の工場と十七の営業所を持つ、従業員四千名を擁する大企業でした。

終戦後の会社は、日本の木材不足やアメリカ占領軍が持ち込んだ段ボールケースが幸いして、商品包装革命と騒がれたように、それまでの木箱に取って代わり、段ボールケースが脚光を浴び、日本経済の驚異的成長と共に、一九六一年頃まで、著しい成長発展を遂げてきました。

それは、一九五〇年資本金三千万円だったのが、一九六一年には三十億円と、約十年で百倍にも膨れ上がったのをみても明らかです。

ところが、その間に中小の段ボール企業が雨後の筍のように乱立し、一九六一年前後から会社の業績が

聯労のストライキ支援に関西地本から多くの組合員が駆けつけ激励。

伸び悩み、会社は様々な合理化案を矢継ぎ早に強行してきたのです。

聯合紙器労働組合は、一九五三年、それまで全国の工場や営業所ごとに結成されていた七つの組合を統一して、企業内の単一組合を結成しましたが、それ以降分裂や再結成を繰り返してきました。そのため、会社が儲けに儲けて成長、発展していったにも拘わらず、組合員の賃金・労働条件等は軽視されて職場の不満は堪るばかりでした。

そこで、一九六三年に十一支部千八百人で再度の企業内単一組合の結成に成功した組合は、総評・紙パ労連の支援により産業別共闘、連帯を強めながら、会社の成長と共に次々と新設された工場にも組合結成を働きかけ、一九六六年には二十一支部三千四百人の企業内単一組織へと発展させていったのです。

そのような中、聯合紙器の組合は一九六七年五月の春闘で、大幅賃上げと反合理化と二本の柱で闘い、初めて全支部三千四百名が二十四時間、二波（長野支部は三波）の全面ストを打ち、四千三百円の賃上げと交代勤務の諸条件の大幅改定に成功したのです。

・会社の組合対策本格化の背景

このときの成果で、組合の団結と組織はさらに強化されましたが、会社は慌ててその対策に走り出したのです。

会社は労務政策として管理職教育を徹底する一方、組合幹部に対しては日本生産性本部の労働講座への受講を業務命令によって強制するという挙に出て来たのです。

これに対して組合は、スト権を確立して指名ストで対抗すると発表するとともに、八月の定期大会に向けて紙パ労連加盟を打ち出しました。

さらに組合は、これに併行して大阪地裁に仮処分の申請を行い、一九六七年八月十二日、大阪地裁から「組合の組織運営に対して不当な介入をしてはならない」という組合完全勝利の仮処分を勝ち取りましたが、このことからも、会社側がいかに露骨で悪質な介入をしたかがよく分かります。

一九六七年八月、組合は定期大会で運動方針や賃上げ、職場の待遇改善等五項目の執行部提案を全会一致で可決しました。

こうした中で執行部が提案した上部団体（紙パ労連）加盟が、規約の三分の二に僅か一票届かず否決されたのです。後日この裏には会社側の猛烈で悪辣な加盟反対の策動があることが明らかになってきました。

組合から紙パ労連加盟の方針を職場討議に付したのが、前年（一九六六年）十月十三日でしたが、その日から一部の組合幹部が一般組合員に隠れて、会社と緊密な連絡を取り合い、会社の全面的な援助を受けながら、反対運動を進めていたことが明るみに出てきたのです。

大会直前の八月十日には、岐阜県長良川河畔の高級ホテル「パーク」で、さらに大会前夜の八月十二日には名古屋市内の高級割烹旅館「葛茂」で、代議員や支部幹部二十数名が集められて、加盟反対の説得がなされていたのです。

執行部は、中心的な人物四名を査問の対象として、査問委員会への出席を求めたところ、二名は出席を拒否、残りの二名は「(組合) 本部のやり方は民主的でない。自分たちは潔白である」と述べ、査問の途中で退席し逃げ出しました。

その後、退席した本社支部長は、仲間と結託して組合本部役員の入場を阻止して、全員集会を招集し、この間の出来事を嘘や偽りでならべたて、「本社支部は全員即時組合から脱退しよう」と提案する始末でした。

しかし、こんな非民主的なやり方が受け入れられるはずもなく、一般の組合員から批判の声が集中して、一人の脱退署名も得られず、企ては見事に失敗しました。

この報告を聞いた会社首脳部は、夜遅くまで役員会で協議し、「この際、危険を冒してでも組合を分裂、聯労を壊滅させよう」と画策を巡らせたようです。

そして翌日、全員集会で脱退反対を強く主張した二人の組合員を、理由も説明せず北海道や茨城の遠隔地に即日出張させ追い出しました。

さらに、その日から勤務時間中に、課長や部長の目の前に一人ひとり呼び出し、脱退署名を強要したのです。

これを皮切りにして、全国二十一の営業所・工場支部で、所長と課長が一斉に組合脱退強要の露骨な活動を始めたのです。

不当労働行為禁止を定めた、労組法第七条を無視した懐柔と脅迫による脱退の強要は、全く言語に絶するものでした。

その結果、一週間後の十一月五日には七百名余りが切り崩され、第二組合を旗揚げ (結成) しました。

ここから会社の公然とした組合潰しと、これに抗議しての組合のスト決行などによる抵抗が、五年数ヵ月にわたって繰り広げられたのです。

会社の組合への分裂攻撃や弾圧がいかに卑劣で、人権侵害を多く含むものであったか想像を絶するものでした。

例えば、仙台支部では所長から「支部全員脱退させないと承知しない。残った奴は会社に居られないようにイビリ出してやる」と脅迫され、無記名投票で三分の二の脱退票が集まるまで、二、三日おきに何回も全員集会を開かせられ、何回も投票をやり直させられて、遂に支部ごと脱退させられてしまいました。

また、夜遅くまでの家庭訪問が全支部で行われ、家族ぐるみの懐柔と脅迫が続いたのです。組合はこの間、本部・支部で何回も抗議の団交を持ちましたが、会社は「知らぬ、存ぜぬ」と、とぼけるばかりでした。

こうした卑劣極まる、熾烈な攻撃に対して各地方で裁判を起こして勝訴し、各地の労働委員会に訴えて是正勧告が出ても、会社はこれらの命令や勧告を無視し、態度を改めようとしませんでした。

ストライキに突入し抗議デモを行う聯労組合員。

・会社の組織攻撃、人権侵害を国会が厳しく追及

これら一連の問題は、一九六八年十二月十七日と翌一九六九年七月十日の二回にわたって、参議院法務委員会と社会労働委員会で取り上げられ、「人権問題」として国会で厳しく追及されたのです。

国会の委員会で取り上げられたいくつかの例をあげると、組合の脱退を進めたがこれに応じない組合員に対して、彼はベテランの段ボール技術者であるにも拘らず、「お前は明日からリフトを運転せよ」と配

置転換を強行、さらに前述したように「お前は、リフトの素人やから……」と言って、背中に「見習い中」のゼッケンを背負わせて、仕事をさせたりしたのです。ある組合員は、背中に「クズ係」と書いた布をゼッケンのように貼り付けられ、毎日の仕事を強要させられました。

小倉工場の組合員のS氏の例です。彼は結核で入退院を繰り返し、切開手術を受けていたため、医師より「今度再発したら、体がもたない」といわれていたので、会社もそれに配慮して軽作業に従事させていました。

しかし、組合分裂後、彼は聯労に残ったために攻撃され、一九六八年七月には製品発送積み出し係に配転させられ、重労働を強いられました。

そして、翌年五月三十日に主任に呼ばれ、「そろそろどうだ」と組合脱退を促されたのですが、きっぱりと拒否しました。すると主任は、「分かった。そんなら君はどこに回されるか分からんぞ」と言い、その日の午後から屑締作業をやるように命じられたのです。

屑締作業は段ボール等の断ち屑などを圧搾し五十～七十キロの梱包にして製紙工場に送り返す作業で、一日平均百梱包近くの作業をし、埃も多く重労働の上、環境も劣悪の職場です。

主任は、彼が長らく結核を患い、何度も入退院を繰り返していることを知っていて、このような仕打ちをしたわけです。組合は何度も抗議し、団交を繰り返しました。

さらに、福岡地労委からも調査員が来て、実情を調査し警告（六月二日）したのにも拘わらず、会社は無視し続けたのです。

彼の場合、組合を脱退するか退職するか、または死に至る道を選ぶかというような仕打ちを受けたわけです。

また、仕上げ作業中に腰部を捻挫したある小倉工場の男性組合員は、労災手続きのために、現認証のハンコを貰いに行ったところ、製造課長は彼が第一組合に残っているため、ハンコを押してくれませんでした。数日後、会社の従業員である看護師の女性から、「聯労をやめなさい。脱退したら労災扱いできる」と、言われたというのです。こんなことが日常堂々と行われていたのです。

・ついに和解勧告受け入れ

日本中の工場で組合員にこのようなひどい攻撃をし、マスコミに報道され、各地の裁判所から仮処分や地労委から是正勧告等が相次ぎ、国会で取り上げられるという事態の中で、さすがに会社も社会的な影響、さらには得意先、銀行などから信頼を失い大きなダメージを受け、ついに方針転換に追い込まれました。

再々、裁判所や労働委員会の判決や命令を無視してきた会社が、ついに一九七一年一月、中労委（中央労働委員会）の和解勧告を受け入れたいと申し出てきたのです。

当時の労働組合、とりわけ尾上委員長は、野武士的な風貌で頑固一徹、正義感にあふれた熱血漢で頭も切れるがワンマン委員長でした。

彼は、これまでの会社のあまりにもひどいやり方や何度も組合との約束を一方的に反古にしてきたことから、会社への不信感は計り知れない大きなものがありました。

会社は、話の経過によっては、尾上さんが素直に耳を傾けてくれないかも知れないと思ったようです。それは全く会社の自業自得なのですが、どこかで彼がへそを曲げると和解が成立しないと心配し、万が一の場合に備え彼を説得するために出て来てくれと、紙パ労連の土橋書記長だけでなく私も中労委の和解に同席することになりました。

一九七一年七月の中央労働委員会の和解の結果は、「紙パ労連加盟問題を発端にして始まった過去の紛争と、会社の組合潰しの攻撃をやめて、労使関係の正常化を図る」という内容で、第一次の和解が成立しました。

私の手帳には、「一九七一年七月十四日聯労支部長会議、七月十五日上京し聯労トップ会談、七月十六日、聯労小団交開催、七月十七日早朝、中央労働委員会において最終調整し、全面和解成立」とのメモが記されています。

そして、聯労闘争の経過と和解内容の機関紙特集号を作成し、報告集会を十月十六日大阪市東淀川勤労者会館の大ホールで開催したとの記録が残っています。

後で聞いた話ですが、和解に応じて聯労は処分と懲戒解雇の撤回に加えて、千二百万円の和解金で提訴は取り下げましたが、本音のところでは全く会社を信用していなかったとのことでした。闘いの中休み程度と考えており、組合員に気の緩みは無かったということでした。

その後、賃金や昇給問題などで労働委員会への救済申請寸前までのトラブルがあり、一九七九年に第二次和解も中労委で行なわれました。

この時点でも組合の要求を会社が呑み、八百万円の和解金で手を打ちましたが、聯労の闘う体制は維持したままでした。

・第二次和解勧告後の闘い

聯労の存在と役割で特に目を見張り評価されるのは、一九七九年九月、中労委での第二次和解後の次のような闘いです。

三千人以上の従業員の中で僅か六十名前後と圧倒的少数組合になって以降の年です。組合員の給与に直結する不当な資格問題や一九八三年の淀川工場の閉鎖提案、東大阪工場閉鎖問題。そして一九九三年四月の大阪段ボール生産部門を兵庫県の三田市に新工場を開設し移設する提案、更には、二〇〇四年の小倉工場の子会社化などの大合理化提案が相次ぎました。

これらは、ことごとく少数組合の聯労が前面に出て会社と交渉し、会社提案を撤回ないし大きく修正をさせたのです。

そして、組合員全員が定年になるまで、誰一人として退職者や子会社への転籍を許さず、雇用を守り抜いたのです。（残念ながら小倉工場では聯労の最後の組合員が定年退職を迎えると、直ちに工場が閉鎖され従業員は子会社への転籍となりました。）

中でも、淀川工場の閉鎖提案については、管理職や第二組合（新労）の組合員も反対が多く、「もし会社が強行すれば、聯労に戻って闘うことを考慮する。（加盟）」という運動を展開し口約束をふくめて三十名以上の同意を集めたのです。

もともと儲かっている工場を閉鎖すると言う社長判断には反対の管理職も多く、最終的には社長が新聞発表した内容が撤回されると言う異例の事態が実現しました。

このように大企業の会社が社長名でいったん新聞などマスコミに発表をした工場閉鎖を、少数組合の闘いで撤回させた形になった事例が少ないとは言うものの、聯労の粘り強い闘いが背景にあったからだと思っています。

しかし淀川工場は、残念ながら昨年、聯労が解散した直後に閉鎖を発表し、今年二〇一八年三月末に閉鎖されたのです。

一九九二年三田工場の建設と主要生産設備の移設問題は、聯労として当初から「条件闘争」として取り組み、二十数項目の要求を出して殆どを会社に認めさせたのです。

会社は、最初から大幅な譲歩を示し、ホテル並みの寮建設、希望者には三田での社宅借り上げなどで決着しようとしました。

組合は、断固として組合要求を崩さず、交通費の安い三田に社宅を集中させることを諦めさせ、最終的には従業員自身が自分で場所を選ぶことで決着しました。

大阪からの長距離通勤希望者には、中国自動車道など高速道路利用料金の全額負担など聯労の要求（これは、新労組合員にも共通する要求ですが）を、ほとんど会社に認めさせました。

しかもこの交渉に新労は関与せず、（多分、組合員の要求を調査しなかったので何を交渉すべきか分からなかった）少数の聯労淀川支部が全ての交渉を行いました。

これは事前に職場の希望をまとめ、管理職を含めた全員の希望を背に交渉し、会社もこれに誠意をもって対応したことの結果です。残念ながら聯労が存在しない今、これまた権利縮小の一途を辿っています。

同じことは東大阪分工場の閉鎖問題でも起こりました。その分工場には聯労組合員はいませんでしたが、組合は、今は新労だが潜在的な聯労組合員であるとの立場から、個々の配置転換に関与し、最終的に希望は叶えられました。

聯労も、時には非公式に会社と交渉したことにより、この事実を当事者は知らず、全員が新労組合員であることから発表も新労が行いましたが、当然ながら内容は全て聯労が了解済の内容でした。

聯労は新労を手柄争いの対象とは考えず、従業員処遇の「結果が良ければすべて良し」と考えていたとのことです。

二〇〇四年一月に提案された、小倉工場の分社化（子会社化）問題は、私も九州の現地に行ってわかりましたが、なんと聯労のOB会である「れんろうの会」（後述）も会社（工場）との団体交渉に加わることを認めさせ、工場存続と雇用確保を強く訴えていました。

会社の提案は、「小倉工場を直営から外し、日の出紙器（株）の管理工場（分社化）とする」という内容で、雇用問題では転籍ないし他工場への配置転換を前提としていました。

聯労は、小倉でも十数名と少数でしたが、別組合の社員を含めて「事実上の解雇であり認められない。小倉工場の業績悪化は、長年にわたり設備投資をはじめ経営改善の具体的努力をせず放置してきた会社の責任であり、あくまで小倉工場の存続を要求する。強行した場合は、中労委の和解の精神に反する行為であり、労使関係の確立に努力をしてきたこれまでの方針を反故にすることになるが、それでも強行するのか」と追及しました。

その結果、

①聯労社員が定年時まで、新労組合員を含めて正社員として雇用は継続し、すべての労働条件は引き継ぐこと。

②聯労との事前協議を遵守し、経営改革その他について労使の合意なく行わない。

などを確約し、協定化を勝ち取りました。

但しその後の結果は前述したとおりであり、いま小倉工場は跡形もありません。

これらの闘いは、一九七九年九月、中労委での第二次和解協定を順守することを基本に進められたことは言うまでもありません。

聯労としては、本部におけるこうした団体交渉だけでなく、全国にある小倉・防府・淀川・利根川・名古屋・清水・前橋各工場支部においても、工場の労使協議会や団体交渉が行われ、聯労の要求を前向きに受け止め実施してきました。

各工場長は、聯労との関係が悪化した場合、自分の首も危なくなるとの意識があり、その意味では聯労の支部長や本部役員はこわもての存在になっていたと聞きます。

いうまでもなく、こうした聯労の闘いは、紙パ労連や紙パ関西地本そして直接の上部団体である紙パ関北地連の多くの仲間からの支援や、バックアップが大きな力になっていたことはいうまでもありません。

分裂後、聯労組合員が全国から集まり第10回全国大会が開かれた。
著者は紙パ代表として参加。(前列左端が著者)

・月額一万八千円の組合費

当初、聯労の組合費は退職者の分くらい新規加入（復帰者）で賄ってきましたが、高齢者・弱者の駆け込み寺的な側面も出てきたために、「現組合員を最後まで面倒を見る」方針に切り替えました。

一九九四年には、現役組合員と組合ＯＢが一体となったユニークな「れんろうの会」を発足させ、ＯＢからも年会費を集めて一定の活動をバックアップし、小倉工場閉鎖問題のように一朝ことあれば、退職者を含めて闘う組織に切り替えました。

一九九五年十一月には北海道登別温泉で「れんろうの会」総会が開かれ、五十名以上の会員が自費で参加しました。

そこに私が来賓として招待されたのですが、それ以外に現人事担当常務取締役一行も招待されていたことには驚きました。

会社幹部を前にして今後の闘いの決意表明を行うわけですから、会社との間に一定のコミュニケーションの形成がなされていたのではないかと考えられます。

聯労の組合員が十名を切り、最後の一～三人になっても春闘や労使協議会は、新労と同じく実施し、各工場では聯労がイニシアチブをとりつつ、職場改善や安全問題など要求し解決にあたり成果を上げました。

組合活動の面でも、紙パ連合の大会においても聯労は地連の代議員として積極的に発言し、また地方では、北陸で開催する地連の大会や代表者会議（中央委員会）に必ず出席して、中小組合を激励しリードしていました。

それらの活動は、一人、月一万八千円というべらぼうに高い組合費を払うことによって支えられていたことが裏付けています。

3 紙パ連合結成の中、「関北地連加盟」した勇気と決断

・厳しい環境下で紙パ労連関西地連結成

紙パ労連関西地連が結成された一九七九年の九月は、偶然にも聯労の第二次中労委の和解が成立した時期と同じでした。

一九七九年九月は、紙パの労働戦線統一という組織問題で大きく揺れ動くなか、中小労組が反対をして離脱の道を選ぶのか、それとも大手組合主導の労戦統一に揺さぶりをかける道を選ぶのかが議論の対象となりましたが、中小労組が総結集して発言力と存在感を大きくし、大手組合との連携を深め産業政策で中小企業存続を目指そうという方針を決めました。

この当時の経済状況は、第二次オイルショックによる厳しい経営環境下にあり、紙パ産業では新たな再編成が急ピッチで進み、中小製紙、段ボール・加工・下請け企業の整理淘汰が進んでいました。これを食い止める闘いのひとつとして、紙パ連合の結成を一部大手組合だけのもので終わらせてはならない、関西・北陸の中小三十組合を地連として結集し、一組合も漏れなく新たな上部組織、紙パ連合結成に参加、一括加盟し中小労組の存在感をたかめ「したたか運動を推進する道である」と心に決め、まず関西地連結成からスタートを切り、走り回っていた時期でした。

・聯労の地連加盟に奔走

紙パ連合結成の流れの中で、分裂攻撃により第二組合と対立している聯労をどうするかが大きな問題でした。そこでこの際、聯労を個別組合から関北地連に加盟させ「紙パ連合に結集させよう」との方針で、当時の室園委員長を口説き落とし、淀川支部の活動家などを説得するために私はフル回転をしました。

当時の聯労組合員は、大阪の淀川支部・三田支部・九州の小倉支部を拠点にして「京都・利根川・川口・清水・名古屋・前橋・岡山・防府」など組合員は六十数名でした。

過去の分裂の経過から、対立してきた第二組合（新労）を支援してきた同盟の組合と一緒になることは、強い不満と抵抗がありました。

私は、「聯労としての意見や感情はわかるが、紙パ関西北信越地連として三十組合二千人以上の組織がまとまって紙パ連合に一括加盟し、大手組合を動かそうではないか、もし地連の方針や運動に対して問題が生じた場合には、関北地連として一斉に脱退する決意だ」と説得したのです。

聯労は圧倒的少数組合ですが、聯労の組合として本部及び各工場支部における団交や要求に対してイニシアチブをもって闘い、会社も中労委和解の精神を守り、聯労の存在と活動を尊重し、誠実に対応してきた経過があります。

その実績を土台に関北地連組織をバックに共に闘うことを訴えたのです。室園委員長は、地連加盟を決断してくれたのですが、京都支部は残念ながら聯労を脱退し組織として仲間を失う結果となりました。

しかし、その後の聯労の闘いは、前述のとおり大阪淀川工場の閉鎖提案を撤回させ、また、小倉工場の別会社化に対する闘いなど、少数組合とは思えない大きな闘いと実績を重ねてきました。

そして、一時は十数名に及ぶ新組合員を獲得し、それら全組合員が一人残らず定年まで聯労組合員としての役割と責任を果たしたことを、片岡隆幸元委員長が地連の学習会の講師として報告したところ、拍手が鳴りやまないほど感動の一幕があった事が今でも忘れることができません。

・なぜ聯労は最後の一人になるまで闘い抜くことができたのか

このように、聯労は最後の一人まで闘い抜きました。団交では、賃金から職場環境の改善、従業員の待遇の問題まで聯労主導で闘いました。そこで得られた会社との合意が、全社員の待遇改善に繋がりました。

聯労でも二名や三名の少数支部では、小倉や大阪のような大きな活躍は出来ませんでしたが、六名の利根川では一時期の工場休止時に数百名の中で聯労組合員だけが出向に応じずに押し通し、一名の岡山でも新たな組合員を獲得して工場と労使対等で渡り合っています。

一方、会社を離れても地方議員を三名送り出し、自治会長や地区長として地域の信望に応えた組合員は数多くいます。

先にも触れたように、こうした背景には、聯労組合員が定年退職後のOBを含めた「れんろうの会」が大きな力と影響力を持って支えていたことを忘れてはなりません。

単なるＯＢ会ではなく現役の組合と組合幹部を支え、時には団体交渉にも参加するなど組合の常識を超えたＯＢ会でもありました。

二〇一四年六月、神戸で開かれた「れんろうの会」解散大会に私も招かれましたが、半世紀にわたる聯労のバックボーンとして大きな役割を果たしたのです。

私は、長い組合運動の中で多くの労働組合を結成、指導してきましたが、いずれの場合もどんなに苦しくても、どんなに時間がかかっても、組合を分裂させないことに最大限の配慮をはらい、結果として多くの組合で成功をしました。

これは、こうした聯労の闘いの中で学んだことが大きく影響をしています。

昨年、日本紙興労働組合の結成三〇周年の記念式典で、来賓で出席をした会社側の経営トップが、「労働組合結成当時、厳しい対立があったが、上部組織が紙パ連合関北地連であったこと、そしてその指導と運動理念で良好な労使関係を維持し、こんにちに至ったことに感謝する」と私の名前を挙げて挨拶がありました。

お祝いの席での挨拶だからお世辞もあったと思いますが、私にとって嬉しい有難いメッセージでした。

第七章　新米労働者委員の奮闘記！

――いきなり百三十四件の事案を抱え、民主化運動の起爆剤に――

1 「したたか運動」路線の原点を大物労働者委員との出会いで学ぶ

・思いがけず労働者委員に選ばれて

私は、一九八〇年、思いもよらず大阪府地方労働委員会の労働者委員に選ばれました。

当時、大阪府の労働委員会は、公・労・使各九名（公⇩学者・弁護士　労⇩総評・同盟など推薦の労組役員　使⇩関西経営者協会推薦の会社役員）で構成され、大阪府では僅か二十七名しかなれない狭き門です。したがって、当時、松下電器・関西電力・住友電工・コクヨなど大企業出身でないと労働者委員に選ばれることは難しかったのです。

私のような小さな単産出身の者が二期四年、斡旋・調停委員を含めて八年間もその職を務めるなど前例がありませんでした。

労働者委員（知事の任命制）は、総評系、同盟系、中立労連系の大企業出身者が独占し、いわゆる統一労懇系（現在の全労連で共産党系といわれていた）を排除する慣行が長年続いていました。

したがって、私の出身の紙パ労連は総評系で、化労協という化学共闘のバックアップで推薦され労働者委員に任命されたのです。

しかし紙パ労連では、政党との関係で選挙の場合、社会党・共産党と支持・協力関係をもっておりました。

その中でも私に対しては、左寄りの幹部と極めて冷やかな目で見られ、事務局や周りの委員たちも何をやらかすのか？　偏見をもって接するような気配がありました。

・怖さ知らずの行動

私は恐さ知らずで、労働者委員が単なる名誉職で高い報酬を受け取り、府会議員並みに、地下鉄や市バス、私鉄の無料パスを持ち、労働貴族のような立場に祭り上げられている事に憤りを感じ、行動を起こしたのです。

まず最初にやったことは、①労働委員会からの報酬は、組合（紙パ関西地本）に入金し（必要な経費は、組合に請求する）個人の所得とはしないこと。②事務局に対して「私を先生と呼ばないでくれ」と頼んだこと、③審査事件において、参与委員としての意見陳述は、口頭ではなく文書を作成すること、④そのために争議団や中立人の職場を必ず訪問し生の声を反映する事を実行したのです。

・百三十四件の案件担当しキリキリ舞い

そんなこともあったと思うのですが、実はその後大変なことが起りました。

私は後述のように、一年もたたない間に、労働者委員九名の中で二番目に多い事件を担当することになりました。四年間で審査事件八十四件、調整事件五十件という件数を担当、きりきり舞いの毎日の連続でした。

しかし、多くの争議団の仲間や身体を張って奮闘する若手弁護士、そして民法協の先生方に支えられ、励まされなんとか最後まで頑張る事ができました。

私にとって、その経験から得られた教訓がその後の組合運動に取り組む土壌として、どんなことにも向かっていく根性を養ってくれたと思います。

また、労働組合運動と経営に対する影響力の問題について、多くのことを学んだのも労働者委員としての活動を通じてでした。

・経営の神様から一目置かれた高畑氏との出会い

私と同じ二十五期の労働者委員に任命された同期生の中に、松下電器産業労働組合（現・ＰＪＵパナソニックグループ労働組合連合会）の高畑敬一委員長という、民間労組でも別格の大物委員長が労働者委員に就任していたのです。

労働者委員就任直後の高畑氏は、私とは格が違い、本来なら話が出来る相手ではなかったのですが、名前が高・高同士で隣りに座る機会が多くありました。

高畑さんは、大労組委員長には似つかわない、気さくで人間味を感じる人物であり、私をどう気に入ったのか気さくに声をかけてくれたことから、多くのことを知り学ぶ事ができたと思うのです。

氏の言葉で印象に残っているのは、たしか新任の労働者委員歓迎会の場で、挨拶に立ち「私は、これまで国会議員（参議院議員）になれと回りから進められたが断ってきた。しかし、国会議員にはなりたいとは思わないが、この労働者委員には、前から是非機会があればなりたいと思っていた。このたび念願がかなって大変嬉しい」という言葉です。

最初の出会いの段階で個人的にこの話を聞いていましたが、こうした公の場において氏の発言には重みがあり実感として「偉い！」と思ったものです。

あとで聞いたのですが、高畑さんは委員長時代、「経営の神様」といわれた創業者の松下幸之助会長から、組合大会の当日に突然呼び出され、「わしは会長を辞める。後任は高橋荒太郎（幸之助氏のブレーン）とし、社長（女婿で正治氏）の指導を任すことにした。今から事業部長を全部集めており発表するので同席せよ」と言われたそうです。

高畑さんは、唖然としながらも、幸之助会長に「絶対駄目だ、番頭役の高橋さんが社長を指導できないし言う事を聞かない、それは失敗しまっせ……」と、即座に反対をしたという逸話などで有名になっています（岩崎達哉著『ドキュメント　パナソニック人事抗争史』）。

天下の幸之助さんが、わざわざ労働組合の委員長に会長交代というとトップ人事をその日とはいえ、事前に呼んで話をするということの関係は凄いと思うのです。

しかも幸之助さんは、組合大会を一時中断させてまで高畑委員長を呼んで事前に話をし、事業部長を集めての発表にまで同席させているのです。

そのように、経営の神様と言われる幸之助さん、つまり経営のトップに労働組合の委員長が一目置かれる存在感と影響力を持つ事が凄いことだと思ったのです。そしてそのことが労使一体で会社を守り良くする闘いにも繋がるということを学んだのです。

高畑さんは、私の所属するチューエツの本拠地である富山県高岡市生まれで、関西大学から松下電器に入社して、六三年に組合委員長に就任し、賃金制度の改革について仕事別賃金制度の導入、経営参加制度の確立や福利厚生の拡充、別会社の支部化、パートタイム労働者の組織化等、他の企業や労組では実現の難しい重要な制度改革に携わるなど、大きな改革を実現したリーダーでした。

なかでも、凄いと思ったのは、組合の経営参加の原点にたち「経営の神様」である松下幸之助氏に対して真正面から会社の経営政策に積極的に意見・提言をズバリ言い切った事です。

氏は労働組合の幹部学習会に、会社の主要幹部を講師として招き、経営・営業戦略・財務の現状や計画などを学ぶようにしていると言い、組合幹部は、会社役員以上に勉強しないとだめだと私に話をしてくれました。

当時、松下電器労組の路線には根強い批判があり、私もそのうちの一人でした。しかし、今から考えれば、私が労働組合の運動のあり方、とりわけ中小零細企業において「経営に発言力、影響力を持つ組織と運動」を重視する必要があると思うようになったのも、高畑さんと言葉を交わしてからだったと思います。

その後、高畑さんは組合委員長を退任した後、会社の常務に抜擢され十年間勤められました。退職後は自らボランテア団体を設立し、ニッポン・アクティブライフ・クラブ（ＮＡＬＣ）会長を務め、認知症高齢者グループホームの支援活動など、現在でも現役のリーダーとして活躍されていることで知られています。

2 紙パで初の「産業別労使懇談会」を開催

・会社の首脳を集め産別労使懇談会を開く

私が、紙パ労連関西地本で、全国に先駆けて産別労使懇談会という、企業の枠をこえた労使のトップセミナーの開催を提唱したのも、地労委で得た教訓だったと思います。

これに対し一部の組合から、労使協調主義ではないかの批判もあり、会社側も様子見でした。労使懇談会には最初、会社のトップではなく労務担当部長や課長クラスを出すような動きもありました。

しかし、かつてなく厳しい経済環境の中で、企業の存続と雇用・生活を守る砦として会社の改革をどう進めるかを労使のトップが腹蔵なく意見を交換する事が、今こそ必要ではないかと考えました。

しかも、自分の企業の労使関係だけでなく、他の企業の労使関係や経営トップの考え方を知るため腹を割って本音で話し合い、意見交換をする場を持つ事が必要だと考え会社に働きかけたのです。

私の考えを支持し後押ししてくれたのは、時の関西地本の土居有臣委員長でした。

氏は、その後十条製紙労組委員長（現・日本製紙）から紙パ連合委員長としても優れた指導力、存在感と役割を果たした実力者でした。私はその名物委員長の強力なバックアップがあったことも幸運でした。

出席者は、各組合の委員長はじめ三役と、会社側は社長ないし専務など経営トップ、取締役工場長が必ず出席する事になりました。

産別労使懇談会の分科会は、大手と中小に分け、また業種別に製紙企業と段ボール加工に分けたことも好評でした。泥臭い話もありましたが、親近感が深まるような話が出来たと思います。

ただ春闘前なので、組合から「今年はいくら賃上げするのか?」と言うような生々しいやりとりが出るなどハプニングもありました。
メインの特別講演の講師には、私が労働者委員だったときにできた〝顔(コネ)〟を利用して、親しくなった朝日放送の組合の有力者を通じて有名人を特別ギャラでお願いしました。
たとえば、直木賞作家の藤本義一氏、近鉄バファローズの西本幸雄元監督、将棋の内藤國雄十段、中日ドラゴンズの板東英二元投手、新しくは朝日放送アナウンサー道上洋三氏など著名人からタレントや、経営側からは関西経営者協会の事務局長豊田伸治氏など錚々たるメンバーを招くことが出来て参加者、特に経営者側からも大好評を得、インパクトを与えました。

産別労使で講演する西本幸雄氏。

3 労働委員会を民主化する運動、一味違う争議団共闘、民法協の闘い

・二番目に多い担当事件数

大阪府労働委員会の労働者委員としての四年間、斡旋・調停委員を含めての八年間は、私の労働運動人生にとって生涯忘れられない貴重な体験であり、その後の運動や闘いの生きた学習の場となりました。

一九五七年に組合専従という形でスタートして以来、労働運動一筋に六十年が経ちました。王子製紙争議から一九六〇年の安保闘争、三井三池争議など歴史的な大闘争の渦のなかでもまれ、労働者の尊厳・生きる権利と闘うことの尊さを身体で覚えた私でした。

先にも触れましたが、私の記録メモによると、大阪の労働者委員を務めた四年間で、担当した事件数は、審査事件（不当労働行為を審査する）八十四件（併合事件は各一件として）、調整事件（労使紛争の斡旋や調停を行う）は五十件であわせて百三十四件で、相手にした企業数では九十一社でした。

労働者委員九名（就任当時）いる中で、担当事件数の多いトップは、全印総連出身でコクヨ労組の大東清人委員長で、私が二番目に多かったのです。

不当労働行為審査（労組法違反）

大阪府労働者委員・4 年間の担当事件

1、審査事件

1）担当した審査事件数	
①企業数	48 件
②事件数	84 件
2）うち、命令交付件数	25 件
3）解決または和解件数	23 件
4）再審又は行訴中	18 件

2、調整事件

1）担当した調整事件数（うち調停 5 件）	50 件
2）うち、解決	18 件
3）見解後打切り	4 件
4）打切り	11 件
5）取り下げ	4 件
6）継続中	9 件

3、委員就任期間

1）第 25 期＝1980 年(昭和 55 年)2 月 22 日～1982 年(昭和 57 年)2 月 21 日まで
2）第 26 期＝1983 年(昭和 58 年)5 月 26 日～1984 年(昭和 59 年)2 月 21 日まで
（注）引き続き「斡旋・調停委員」を担当。

当時大阪の労働委員会では、不当解雇や不当弾圧で審査事件が持ち込まれた際に担当する委員（参与委員）は、申請者（申立人・組合）が指名できることから、中小企業出身の私や大東さん（コクヨは大手ですが、全印総連は中小が多い）に集中したのです。

・日本で有数の事件解決に関与

私が担当した審査事件のうち、命令が交付（裁判所で言う判決）されたのは二十五件、和解をふくめて解決したのが二十三件、退任の時点で再審査または行政訴訟の事件は十八件でした。

命令の中で、親企業の使用者性の有無について判断する難しい事件では、有名な朝日放送事件、大阪工作所事件（親会社は伊藤忠商事）など画期的といわれる団交応諾命令があります。日本シェーリング事件は、女子組合員が生理休暇を取った日数を昇給査定の基準にする、いわゆる八〇％条項に関する事案でしたが「男女差別は労組法・労基法違反はもとより、組合介入の不当労働行為であり、憲法違反でもある」との命令が出され、大きな社会問題となり最高裁判所でも勝利判決が確定しました。

また、住民パワーの延長線として闘った堺市教育委員会事件の団交応諾命令は、行政訴訟となり争われましたが、臨調行革路線の中での闘いとして特筆されるべき内容でした。

大学経営をめぐって教授陣が組合を結成しワンマン理事長と争った大阪経済法科大学事件も厳しい内容でしたが勝利和解を勝ち取り多数の先生方からお礼のサイン入り教本を頂きました。

長期にわたる常軌を逸する攻撃の中で、地労委命令を柱に闘った大阪暁明館病院事件、日本交通事件、船舶・造船の再建王といわれた来島どっくの坪内寿夫社長相手の関西汽船事件なども、特記すべき闘いによりぎりぎりのところで勝利命令をかちとった事件です。

完全勝利し和解など解決した中では、ほとんど終盤に関与した大和硝子や大照金属事件をはじめ丸善事件、福島診療所事件、コンチネンタル銀行事件、スターライト事件がありますが、勝利解決に際し何らかの役にたてたことが幸運であり大きな感激です。

・歴史に残る大阪工作所事件

多くの担当した事件のなかでも、大阪工作所事件は、日本の争議団の歴史の中でも大きく取り上げられ、強く印象に残った事件の一つです。

大阪工作所事件は、私が、労働者委員を二期四年の任期を終ったにもかかわらず、労働委員会と会社、組合からの要請で斡旋委員として引き続き解決に当たり、全面勝利和解を勝ち取った、特筆に値する事件でした。

大阪工作所事件の和解交渉は、親会社の伊藤忠商事が相手でした。大阪の労働委員会で親会社の使用者性を認め、団体交渉の応諾命令を取った事でも有名ですが、和解交渉は難航をきわめていました。

日弁連事務総長を退任された大川真郎弁護士の慰労会を、
大阪工作所主催で開く。（前列左から著者、大川先生、高田社長）

大阪工作所は、戦前から続く自動車部品の工作機械メーカーで、大手総合商社の伊藤忠商事が筆頭株主として社長を派遣、実質経営していた会社です。

ピーク時には社員が五百名ほどいましたが、一九七〇年代に入り多角経営の失敗から大きな赤字を出し、経営悪化が続いたため、この時点で伊藤忠は大阪工作所から撤退しようとしたわけです。

会社は一九七五年に、二百五十名になった従業員の中から三十八名の整理解雇を組合の反対を無視し強行したのです。この中には組合活動家が多数含まれており、組合潰しが目的であることは明白でした。

労働組合は全国金属（当時）傘下でしたが、この反対闘争の中で、会社の介入で組合は分裂し第二組合が結成されました。しかし、こともあろうに上部団体の全国金属大阪地本は第二組合を正当と認め、事実上第一組合を排除するという暴挙に出たのです。

会社は第一組合員を狙い撃ちにして不当配転を繰り返し、組合事務所の使用妨害等の結果、第一組合は最後に、わずか十八名の組合員になってしまいました。

そこで、支援共闘会議の協力を得て不当解雇反対、親会社の伊藤忠との団交など、裁判所及び労働委員会での闘いを展開しました。

大阪地労委では、一九七六年に団体交渉応諾の勝利命令をかちとり、翌年五月には地労委は活動家十一名の解雇を不当労働行為として認定、大阪地裁で解雇無効の判決を勝ち取ったのです。

こうした、法廷闘争をリードした弁護団には、凄いメンバーが揃っていました。弁護団は、六名だったと思いますが、筆頭の、小林保夫弁護士、福山孔市良弁護士、豊島産業廃棄物不法投棄ゴミ問題等を手掛け、日弁連の事務総長として活躍した大川真郎弁護士を中心に、実力者ぞろいの弁護士が指名解雇事件から、その後の多くの法廷闘争で大きな役割を果たしました。

私が、大阪地労委の労働者委員に就任したのは、一九八〇年二月でしたから、その時点での大阪工作所の闘いは、大きく前進し、親会社の伊藤忠商事を法廷闘争でロープ際まで追い詰めていました。

まさに、〝闘いの絶好調〟の時期でした。争議支援や共闘組織は百三十団体を越え、伊藤忠への抗議集会には千名から二千名、裁判所やメインバンクへのビラも六百六十七回計百万枚と桁はずれの運動が展開され、背景資本たる伊藤忠をギリギリまで攻め込んでいました。

私は、命令（判決）前、参与委員の「最終意見陳述」（一九八二年十一月）で、そのことを詳しく述べ、伊藤忠の責任の重大性を追及しました。

非常に高いハードルでしたが、前述のように一九八二年五月、大阪地労委で親会社の使用者責任を認め、伊藤忠に対して組合との団体交渉に応じるべきとする勝利命令が出されたのです。

私は、大して貢献していない労働者委員でしたが、この歴史的命令を勝ち取る過程で参与委員としての意見陳述を行うなど、役割を果たすことができた事は大変な名誉でした。

大川弁護士が、「労働組合はここまでやれる」という論文を労働旬報社に掲載し、僅か十八名の労働者が大手総合商社に勝利した大阪工作所の闘いを称賛され、闘いの足跡を詳しく紹介しています。

伊藤忠は、争議団の大きな運動の広がりと相次ぐ裁判や地労委での敗北もあり、また関西の主要な経営者、関経協などからも早期解決の声が強まって「なんとしても解決したい」という考えが強く、解決の場は大阪の労働委員会しかないと考えていたようです。

伊藤忠は組合の粘り強い闘いだけでなく、秘密書類の発覚で自らの責任が暴露され、裁判・労働委員会でも親会社の団交応諾の画期的な命令・判決がでるなど、追い詰められていました。

組合の大勢は、闘争継続派が多数でした。というのも、闘争が広がって組合が声をかけると、直ぐに千人や二千人が集まり、支援行動を組織できる実力があり、中途半端な妥協には応じないという空気が横溢していたからです。

しかし、私はこれまでの多くの闘争から、解決時期の見極め方の大事さを嫌というほど経験し失敗もして来た事から、ここが解決のひとつのチャンスだと強く感じ、弁護団の中心の一人大川弁護士らと意見が一致し、解決の方向を支持し説得活動を進めたのです。

会社や経営側の動きは、まだ水面下であり一部執行部や主要弁護団での話ではありましたが、和解内容を一歩進め経営側から、更なる譲歩を引き出すことによって解決することで腹をくくりました。

解決派は、この機会を逃したら闘争を繰り返して、やがて尻すぼみになっていくこともありその危機感を持っていました。そんな不様な格好にだけはならないようにと、頑張ったわけです。

しかし、「闘争継続派」は、これまでの経過から会社に対する不信感は強く和解条件に耳を貸さず、あくまで伊藤忠の責任で会社継続を要求、会社がその時点で、億単位の解決金や組合に三百坪の土地を無償譲渡するなどの和解条件を示してきても、一切の和解交渉に応じない姿勢をくずしませんでした。

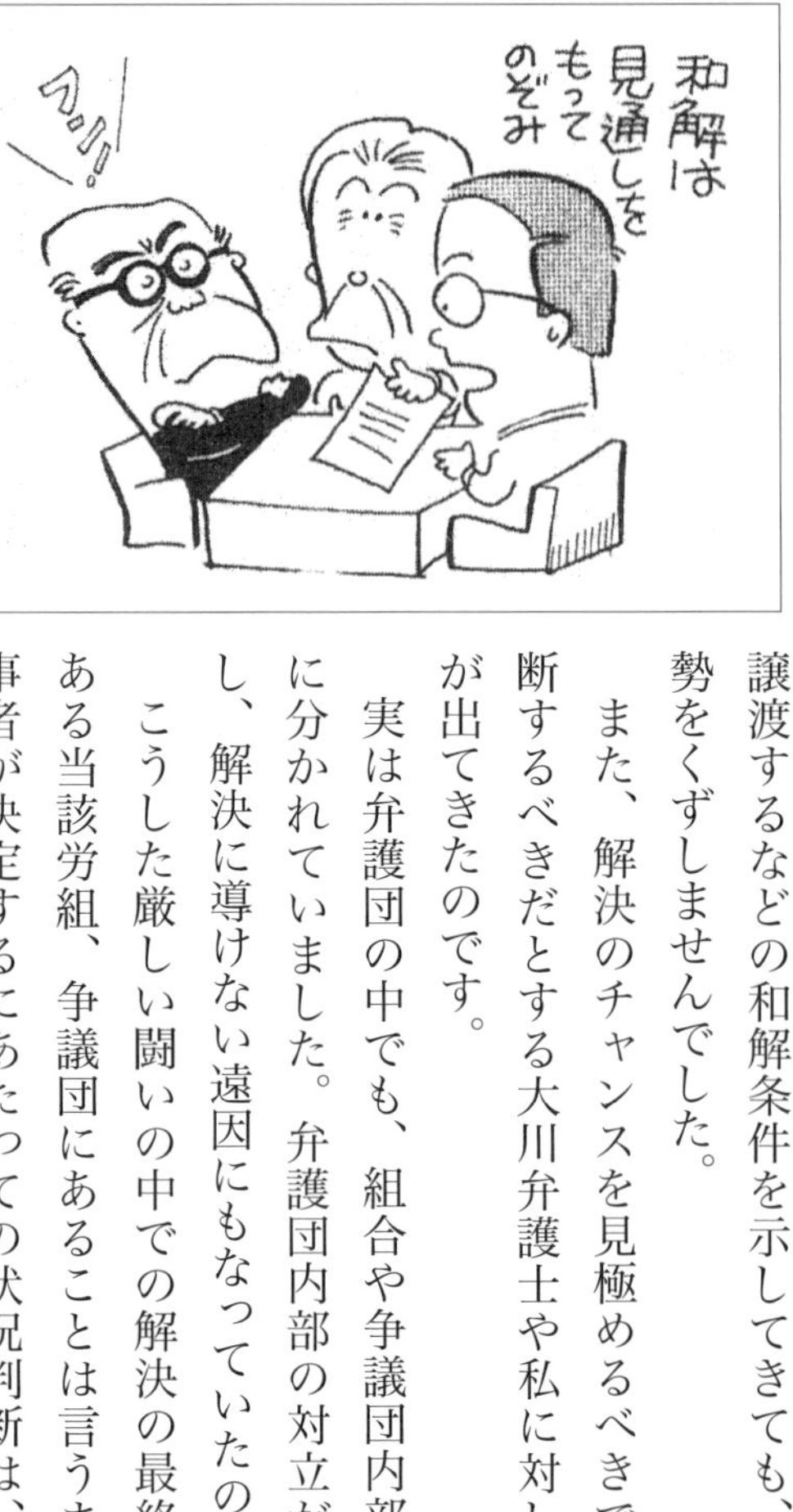

また、解決のチャンスを見極めるべきであり、条件によって解決を決断するべきだとする大川弁護士や私に対して、公然と批判をする組合員が出てきたのです。

実は弁護団の中でも、組合や争議団内部と同じく解決派と闘争継続派に分かれていました。弁護団内部の対立が組合内部の意見の別れに反映し、解決に導けない遠因にもなっていたのではないかと感じました。

こうした厳しい闘いの中での解決の最終的な決定権は、当然当事者である当該労組、争議団にあることは言うまでもありません。しかし、当事者が決定するにあたっての状況判断は、闘いを支えてきた弁護団の意見や助言を十分行い大勢合意した上で決めるべきです。中でも、私の立場と判断は、この争議団とその家族の将来を決める重要な意味を持っており、心では決めながら最後まで迷い苦しみました。

弁護団や、組合主要幹部のなかで最後まで意見が分かれ、対策会議や打ち合わせ会、全員大会など開催し論議をしました。

こうしたなかで大川弁護士などに対して、争議団の中心にいる組合員から侮辱するような行動があったのです。私は、大きなショックを受けました。そして、私は労働委員会事務局の担当者に「大阪工作所事件の担当を辞めるので、他の担当を選んで欲しい」と非公式に伝えました。

そうした動きを察知した組合の青山重義委員長（当時）が、私の自宅まで来て「辞任しないでくれと」と、委員長自らの考えを含め熱意を込めた申し入れがあり、大川弁護士からも同様の説得があったため辞任を思いとどまり最後まで努力する決意をしたのです。

私は、伊藤忠が本気で解決したいという動きがあるこの時に、最大限の条件を引き出し解決すべきだと考えていたのです。

時を同じくして大阪の財界にも動揺がみられ、大阪の経営者協会全体が解決すべきとの動きがありました。関西経営者協会の実力者といわれる豊田伸二事務局長が、是非解決して欲しいということで話が進んだのです。豊田氏は、同じく大阪府労働委員会使用者委員のトップであり当然、私が大阪工作所事件の担当参与委員の辞任を申し出たことは百も承知しており、組合の厳しい内部事情を察知していたはずです。

具体的には、伊藤忠の代理人である坂口弁護士が中心となって、これまで伊藤忠が出してきた条件を大幅に引き上げる解決案を提案してきたわけです。

そして最終段階では、労使弁護団代表と労働委員会では、経営側から豊田委員、労働側から私が加わりトップ会談で労使紛争では前例がない組合全面勝利といえる内容で解決をすることが出来ました。

組合が会社の資産をすべて引き継ぐ、つまり、商権から得意先、技術、設備、土地に至るまでのすべてを退職金とは別枠で、労働組合に譲渡することで話がついたのです。

億単位の解決金に加え、譲渡する工場土地はこれまでの提案の二倍の六百坪、大阪工作所の商権や技術の全面譲渡という解決案をかちとり、歴史に名を残す勝利解決となりました。

その後、労働組合が一切の経営権を引き継ぎ、歴代会社社長はいずれもかつて組合員であり、精密機械部品の製造、航空部品加工H２ロケット、ヘリコプターの部品加工など、その技術は最先端を行くものであり、今日でも立派に業績を上げており、こうした事例は他にはないと思います。

このような私の労働委員時代の活動について、二〇〇七年九月に開催された紙パ関北地連の「結成二〇周年記念定期大会」で大川真郎弁護士が特別講師として講演、「大阪工作所労組の壮大な闘い」についても熱弁をふるって頂きました。そんな時代を知らなかった関北地連各組合の役員達から、「はじめて聞いた」「えらい事やってたんやなあ」などと驚かれたり、褒められたりしました。

いみじくもこの大会は、地連結成二〇周年に加え私の組合運動五〇周年記念でもあり、特別講師・大川真郎先生から素晴らしい講演で花を添えていただきました。講演の要旨を「関北地連ニュース」は次頁のように纏めています。

※「紙パ関北地連結成二〇周年記念大会」での、大川真郎弁護士の講演「紙パ関北地連ニュース三十五号」（二〇〇七年九月二十日より）

4　十八名の組合員がとてつもない成果を得た大阪工作所事件

大阪工作所事件は、一九七五年から一九八四年にかけて、大商社・伊藤忠を相手にした〝大きな闘い〟でした。多数の組合員が会社の攻撃をうけ、最後は十八名しか残りませんでした。

関北地連結成20周年記念大会の講演で熱弁ふるう大川真郎先生。（弁護士・立命館大学法科大学院教授）（2007年9月1日・粟津温泉・ホテル法師）

この十八名の組合が、親会社の伊藤忠商事を相手どり、『大阪工作所を解散させたのは伊藤忠であり、会社解散に関して団交応諾義務がある』という闘いをやったのですね。十八人は、全面解決までに大変なことをやってのけました。

たとえば、まいたビラの数は百万枚を超えるのです。最終段階になって、大阪の伊藤忠本社を攻めたのです。二千人ぐらいの労働者が御堂筋の本社周辺に集まり、伊藤忠の責任を追及する抗議行動を何回もやったのですね。このような大きな行動によって、ついに伊藤忠商事や関西財界を追い詰め、組合の要求をみとめさせ、勝利解決をしました。

解決の内容は、「労働組合が工作機械の製造メーカーである会社に代わって、会社を引き継いで経営する」という内容でした。解決金だけでなく、工場の土地六百坪を、争議の解決条件として伊藤忠から組合員に譲渡させたのです。それだけじゃなく、機械とか、商標とか、会社財産になるものは全部譲り受けました。そして、その土地に組合が新たに工場を建て、事業経営に乗り出したのですね。

そして二十年以上たった今も、立派に事業をやっているのです。もちろん「会社組織」にして、その時の労働組合の人たちが経営者、従業員としてやっているのです。

■髙岡さんが労働者委員として尽力

私は、この闘いに弁護団の一人として加わって、いろんな法的手段で組合を守り、組合員を支えました。その時に、一緒に取り組んだのが髙岡さんでした。

髙岡さんは当時、大阪府地方労働委員会（地労委）、いま名前が変わりまして「都道府県労働委員会」というのですが、労働者委員をしており、大阪工作所事件の参与委員として、彼らの闘いを側面から支援をする立場にありました。

伊藤忠がウラで子会社である大阪工作所の経営者に組合を潰させ、会社解散をさせて、土地、建物をごっそり伊藤忠がとることを意図した事件でしたが、組合はそれを裏付ける伊藤忠と大阪工作所経営者の「組合つぶし・会社つぶし」の秘密文書をいっぱい入手したのです。

なぜ入手できたかというと、大阪工作所役員が、会社解散を決め、解雇通知を出し、会社に誰もいなくなって、あとは資産を処分することで職場を離れた後、組合が職場を合法的に占拠したのです。

会社のごみ箱をあさったら、そういう文書がいっぱい出てきた。組合員は、鼻をかんだような紙まで広げて中身を調べた。「俺たちを潰した証拠は、歴然としている！」。かくて、裁判・地労委でこれを証拠にして有利に展開をしていくことになりました。

この解決の時、髙岡さんの役割が決定的に大きかったのです。私たち弁護士は、労働者や労働組合の要望を受けとめ「法廷で、あるいは労働委員会で労働者を勝利させる」、これが主たる仕事です。

労働事件は、時には負けることもありましたが、もちろん勝つことの方が多かった。当然、救われてしかるべき事件だったということです。

しかし、大阪工作所のような大争議にあたっては、最後に「どういう解決を、どのように実現するか」というところが一番大事で難しいことなのです。

その当時、私は、この争議を解決できる経験も力量もありませんでした。最後の解決をしたのが髙岡さんでした。伊藤忠どころか、関西の経営者団体の代理人的な立場の人と髙岡さんが最後の詰めの交渉をしました。

全面勝訴ののちですが、私の関心は、「なぜ伊藤忠が降参するような闘いができたのか」というところにありました。この十年間の争議の間、たった十八人が支援の輪を広げるため、どんな組合の集会にも出て行った。自分たちの要求を訴えて、「私たちに支援をしてほしい」というのがもちろん目的なのですが、訴えに行った先の人たちの要求も「自分のところで出来るだけのことは支援しよう」としたのです。

■弁護士に任せず主体的に考え、闘う

大阪工作所は、東大阪の一地域に本社・工場があったのですが、彼らは、その周辺の地域住民の理解も得なければ、この争議は勝てないと考えました。となれば、地域住民に役立つ事は何なのか？　と議論しました。

そこで、たとえば、地域の盆踊りがある。その盆踊りを自分たちがお世話をして、地域社会に貢献しようではないか。「ここに陸橋をつけてもらいたい」という要求が地域住民の中に出てくれば、自分たちもその要求実現のために取り組もうじゃないか、そんな行動をつみ重ねたのです。

そういう献身的な取り組みをやりながら、一方では、会社の手先となって動く人たちがいましたから、そういう人達が会社の意向をうけて、工場から排除しに来ないように、順番で泊り込んで、工場を守り、監視し、また、その中で仕事（事業）を続けていました。

つまり、彼らは、全面解決する前から「闘争に勝利解決したあと、会社の経営を自分たちでやる！」と、決意し、そのための準備をしたのです。

また、私たち弁護士と組合の間で、裁判の準備のための打ち合わせが頻繁におこなわれました。彼らは、決して弁護士任せにしないのです。「自分たちは、明日の裁判ではここをこうやって攻めた方がいいと考える、そのための資料はここにある、前回の裁判記録も準備できている」と、きわめて主体的でした。

「よくぞこれだけのことをやった」と思うのですが、十八人は、先程の百万枚のビラまきや二千人の伊藤忠本社抗議活動だけでなく、自分たちの要求や闘争内容を訴えるために「組合の闘争ニュース」を出しました。

このニュースを五〇年から解決の五九年までの約十年間に八十二回発行しているのです。回数そのものは大したことないかもしれませんが、一回に出すニュースの部数が段々増えていきました。

労働運動は、攻撃をうけ、やられた時には『くそっ！』と思ってみんな頑張りますが、だんだん長くなると力も失われていくのが通常です。

しかし、彼らは、運動が長引き、年月を重ねるほど、運動を大きくしていき、ビラの一回あたりの発行部数が四万部までになったのです。

たった十八人の集団が四万のビラを渡せる対象をつくったことじたい、すごいことです。大阪に限らず、東京の労働組合もずいぶん支援するようになっていきました。

私たちがこのたたかいを終結した時、髙岡さんは、「上部団体の無かった事が、この争議団がゼロから出発して自分で考え、自分で困難を切り開いた」と語っておられます。

組織の皆さんには耳の痛い話かもしれませんが、「上部団体のある争議団の中には、闘いのパターンが決まっていて、創造性に欠けるだけでなく、〝甘えの構造〟が見られる。オルグする姿勢も〝我々は闘っているんだから協力は当然だ！〟という面が先に出る。

大阪工作所の争議団は、誰にも頼れないところから出発し、『なんとしても他の人たちの理解と信頼を得たい』という気持ちが、この組合の原点にあった」と指摘されたのです。

「大阪工作所の組合員は、各組合へ訴えに行っても、上部団体から『あそこに行け、ここに行け』と言われて行った人と違い、自からが行く先を探し、誰か一人でも多くの人に、協力してもらおうという姿勢があった。大阪工作所労働組合は、意識していなかったかもしれないが、それがあらわれていたと思う。」

髙岡さんの、この発言は、上部団体を否定したものでは決してなく、「上部団体には頑張って単組を支援しろ！下部の組合員には、それに甘えるな！」ということを言っておられるのです。

当時、民放労連の幹部でありました田比良さんは、「この組合はオルグに来ても具体的であった。何を動かすために、どういう集会をするのか、目的は何なのか、二千人集会をしたら、どう闘いの局面が変わるのか、というようなことを話してオルグをしていた。

なんとなしにスローガンがあってくるのではなかった。この組合はものすごく自立しているのですね。自分の頭で考えており、組合員の一人ひとりも自立していたのではないか」と。

私はのちに、この二人の話を労働雑誌の論文に引用させていただきました。**（以下省略）**

5　大阪でしか育たない民主法律協会や争議団共闘が全国に広がる

・労働者委員に復帰させた前代未聞の運動

私が、労働者委員の就任をきっかけにして始まったこの四年間での大きな収穫は「大阪地労委の民主化をすめる会」が発足し、その運動が全国に広がった事です。

その中心は、大阪争議団共闘と組合、弁護士、労働法学者が一体になり活動をしてきた民主法律協会などによる画期的な運動と闘いです。この大阪争議団共闘や民法協のような組織と活動は、大阪でないと生れないし大阪でしか育たないと思います。

私が、一期目の二年、二期目の二年の計四年の任期を終え労働者委員を退任することになり、後任者が就任しているにもかかわらず、「それは認めない」との大運動を起こし、私を三期目の労働委者員に復帰させるという前代未聞の運動も、「労働委員会の民主化」闘争の中で起った出来事です。

大した経験も能力もない私が、精一杯闘う労働組合、争議団、そして、これをささえる弁護団の中に少しでも溶け込み、共に学び共に闘おうと夢中で努力をした事は、少年時代のハングリーが原点だったと思います。

そして、労働者委員は単なる名誉職ではなく、あくまで「現場主義」に徹し、仲間と同じ目線で共に闘う姿勢が大切だと考えてきました。数多く闘っている現場、組合、職場や自宅へもおしかけ家族の人たちと話し合ったりして、それを労働委員会の審問や斡旋の場で「参

与委員の生きた証言」となるよう努力をしました。

そのために、多くの弁護団の先生方とも泊り込みで勉強し、徹夜で資料作りをしました。ときには、一緒に酒ものみ、時にはスナックでマイクを握って騒いだり、持ち前のあつかましさも加わっての本当に人間くさいふれ合いの四年間でした。

・労働者委員として四年間で感じた事

しかし、辛かった事も数多くありました。紙パ労連の専従書記長業務がそもそも多忙である上に地労委の仕事が加わることから、時間をつくるためには睡眠時間を削らざるをえません。

それでも精一杯努力をしたつもりですが、労働委員会では、数多くの事件をかかえすぎたため大事な審問に出られず、「使用者委員が出ているのに……」とお叱りを受けたことがあります。

また、委員会の慣行や制度のカベもあり 私自身の勉強不足から争議団の強い期待や要求に応えられませんでした。

しかし、それを専門家の立場でカバーしてくれた多くの新進気鋭の弁護士の先生方が、私を激励し時には厳しく、時には温かく見守ってくれました。

私のこんなささやかな労働者委員としての体験でさえ、これだけ多くの仲間や先輩から期待されるのですから、労働者委員九名のうち、たとえ二〜三人でも闘う仲間が「心を許して信頼し共に闘う立場にたった労働者委員がもっと選ばれていたならば」と当時は悔しくて仕方ありませんでした。

しかし、他の労働者委員からは「お前が要らん事をするから、ワシまでやらないかんようになった」と、いやみを言われたものです。

例えば、参与委員の意見をこれまでは口頭で弁護士と同じように意見を言っていたのを、現場や争議団の生の声を含めた内容を文書で出すようにしたことです。

私は、四年間を通じての疑問や感じた事を民法協の機関紙『民主法律時報』に、次のように書きました。

まず「労働者委員、参与委員とは何なのか、本当に闘う労働者にお役にたてるのか」という疑問です。

第二には「私をふくめて労働者の基本的権利、団結権侵害との闘いに対する労働組合とその幹部の姿勢について、これでよいのか」という反省です。

第三に「法廷闘争や大衆闘争ですぐれた闘いや教訓があるのに生かされていない。資本の側は、これまでの教訓に学んで攻撃し、同じ手口でやられているケースが多い」ことです。

第四に「署名・カンパ・傍聴動員など支援行動があっても闘っているところだけのワンパターンの闘いであり、日鋼室蘭や三菱長崎造船のような〝ぐるみ闘争〟は数少ないのはなぜなのか」の疑問です。

闘いが前進している争議団や仲間は、血の出るような苦しい闘いをしながら予想外に明るく楽天的。しかも、これらの仲間の共通点は、資本に対する怒りを忘れていないことですが、どこにこんな情熱があるのかとハッとさせられることが何度かありました。

上部団体やなんらかのバックをもつ争議団と、まったく身よりがないというか、見離された（見切りをつけられた）争議団とは、どことなく違いを感じますが、これは「頼るのではなく、変えるのだ」という姿勢があるかないかの違いでしょう。

例外もありますが、全体として「弁護士が組合や争議団に対して優しすぎるというか、甘やかしがありはしないだろうか」「きびしい闘いをやっているんだから」という思いやりか、立場と責任の違いを割りきろうという配慮からか、もっと厳しく、叱り突き離してもよいのではと思うケースもしばしばありました。逆に、組合や争議団も、「弁護士さんは味方だから」となんでも、「いいなり、おまかせ」がなくもない。ときには、専門家の意見を「鵜呑みにせず、疑いをもって自分たちの考えを前面に闘っては？」と思うことがありました。

二年目、二十六期の再任をめぐる大きな支援行動や、激励や慰労会など多くの場で労働組合や争議団、弁護団のみなさんの一人の労働者委員に対する期待の大きさに、私自身その責任をはたしきれなかった事を強く感じました。

最後に、「労働委員会の機能を高めるための提言」として、労働法律旬報第一〇九〇号（一九八四年二月下旬号）に寄稿した論文を、原文のまま掲載します。

労働委員会の機能を高めるための提言

大阪府地方労働委員会労働者委員　総評・紙パ労連関西地本書記長
高岡正美

1　労働側の不信感とその要因
2　運営のなかで改善すべき点
3　労働組合側の問題点
4　労働者委員の役割と責務
5　いま、求められているものは何か

1　労働側の不信感とその要因

「労働委員会が労働者の権利保護の行政機関としての役割をはたしていない」「使用者の不当労働行為に対し、簡易・迅速な手続きで団結権を擁護し団結権の回復にあたるという断固たる姿勢に欠けている」といった批判や不信感が、ここ数年強まっている。それは、不当労働行為の申立件数や調整事件が急激に減少したことによっても裏づけられている。とくに大阪では、昭和四十年代には不当労働行為事件の二倍近くあった調整事件が激減し、五十年代にはほぼこれと同数となり、やがて五十六年には六十八件と二十三年ぶりの低い記録を示した。

年＼事件	不当労働行為事件	調整事件
昭40年	92	118
〃41〃	145	126
〃42〃	70	87
〃43〃	66	97
〃44〃	63	122
〃45〃	94	132
〃46〃	74	182
〃47〃	89	128
〃48〃	87	87
〃49〃	113	159
〃50〃	134	169
〃51〃	155	136
〃52〃	114	116
〃53〃	129	117
〃54〃	87	78
〃55〃	81	95
〃56〃	82	68
〃57〃	85	83
58年10月末	74	65

二次にわたるオイルショックのしわよせや、長期にわたる消費不況などで中小企業の倒産や失業者数が戦後最大を記録しているなか、労使紛争が減少していることはありえない。むしろ、大企業労組中心の労戦統一の進行で、職場・地域における権利侵害や矛盾・対立、中小・下請関連企業における労使紛争は、いっそう増大しているのは確実である。こうした、引くにひけないぎりぎりの線でたたかっている多くの労働者が、結局は労働委員会に期待をよせていないのではないか、と強い危惧の念をもつ。

その要因は数多くあるが、不当労働行為事件では、第一に申請から救済まで時間が長くかかりすぎることであろう。本来、労働委員会制度の性格から事件処理日数は「せいぜい六ヵ月以内、団交拒否などは二〜三ヵ月」が許容の範囲であって、「現状なら、裁判所の仮処分の方が早い」といわれるのも当然である。

この点大阪では、申立てから命令までの処理日数が昭和三六年ごろまで百日前後で横ばい状態をしめしていたが、四十年には約百八十日、五十年には約四百日、最近では七百日と二年近くに達している。

そして、この間、使用者の目にあまる不当労働行為＝団結権の侵害という違法行為の〝やり得〟を許すことにもなっているのである。筆者が担当したなかでは、大阪暁明館事件や日本シェーリング事件などがその典型的な事例である。

第二には、実効確保や緊急命令など労働委員会制度の労働委員会たるべき特性をもった制度の活用のカベが厚く、大阪では最初からあきらめてこれらの申し立てをしなくなっている傾向がみられることである。そのうえ、致命的なのは、地労委命令に対する実効がうすいことである。

まして、〝五審制〟を悪用し、地労委でかちとった命令も中労委や行訴といった使用者の引きのばし戦術にあい、

労働者は気の遠くなるような困難なたたかいを強いられることに大きな問題がある。

大阪では五十三年以降五十八年十月末までの命令交付数は百三十八件あるが、そのうち初審確定はわずか二十六件（一八・八％）にすぎず、九十七件（七〇・三％）が中労委へ、十五件（一〇・九％）が行政訴訟へもち込まれ、紛争の泥沼化をしめしている。

地労委命令は、使用者が不服申立て手続をとった場合でも行政命令として効力を有しているにもかかわらず、これが無視されている。

また、中立側にも、初審命令を守らせるたたかいを積極的にすすめる例は少なく、「再審査申立てはあたり前」といったあきらめムードがないとはいえない。

使用者側はともかくとして、そもそも労働委員会そのものが、団結権の侵害という不当労働行為を「憲法第二八条に直接違反する反社会的な犯罪行為である」という厳しい態度でのぞんでいるかどうか疑問を感じることがしばしばある。

使用者の間に「不当労働行為で刑務所に入った者はない。せいぜい罰金を払えばすむ」といった風潮がさらにつよまっているだけに、労働委員会が不当労働行為の犯罪性を厳しくかつすみやかに明確にして、これを糾弾するという権威ある厳格な態度を保持すべきことが要求されている。

審査手続きの改善では、労働側は全労委の特別委員会で、①悪質な使用者への科罰制度の併用、②民事訴訟形式をあらため職権調査主義の明確化、③当事者主義をあらため審問の簡素化、④再審制度の廃止または抜本的改正、⑤地労委事務局の充実・強化などを要求し、改善をもとめているが、公益側の弱腰や使用者側の抵抗とまきかえしにより、さほど進展がみられない状況である。

2 運営のなかで改善すべき点

①調査内容の充実

制度の改革はともかくとしても現状の運営のなかでの改善点について、われわれの側がもう一度見直しを行なうべき問題が多々あるのではないかと思われる。

その第一は、調査段階についての改善である。調査を形式化せず内容を充実させることによって行政委員会としての特色を生かし審査の促進をはかることである。

最近若干の改善がみられるが、大阪での調査は審問前の二十~三十分を利用して形式的な争点整理などを行なう程度が通例であったが、中立人側からもなんら意見や疑問が出ないのが普通であった。

これは、審査委員長の審査指揮にもよるが、単に準備書面などの提出や争点整理にとどまらず、労働委員会として、きちんと問題点を双方に質問し、事件によっては、そこで心証をとるところまで調査を行なうことがあってよいのではないか。

そのために何回か調査を行ない、必要ならば現地調査を実施することも重要である。全国で二十五府県の地労委が現地調査を実施しており、神奈川、福岡では半日から二日間もかけて事務局が必ず現地調査を行ない実績をあげているという。

調査の有効活用こそは、審査の促進は言うにおよばず、労働委員会の裁判所化に少しでも歯止めをかけるうえでも大いに役立ち、労働者側の参与委員の活躍の機会を多く与えることにもなるのである。

②審問のすすめ方・立証のし方の効率化

第二に、審問のすすめ方、審査指揮と立証の問題である。まず反省が必要なのは、中立側の弁護士への過度の依存が「裁判所化」と審査遅延の一因になっていないか、という点である。労働委員会は、素人が利用できる機関であるところに特徴がある。

また、審問における審査委員長の姿勢も問題である。明らかに使用者側のひきのばし戦術と思われる必要でない証人へのダラダラとした主尋問のくりかえしを放置し、きちんと規制しないケースも多々みかけるのである。公益委員として心証をつかむためのポイントをおさえ、双方に積極的に釈明をもとめ、証拠の提出をさせるなどの姿勢にとぼしい。また申立人側も証人調べをやらなくても書証ですむような内容をもハンで押したようにダラダラとやっている例がないとはいえない。

筆者は、大阪地労委が審問を一回二時間と限定していることにも不満がある。速記者の関係など理由があるようだが、必要に応じて（速記者をかえてでも）、三時間、四時間と集中的にやるべきではないか。現に他の地労委をみると、一回の審問に三時間以上費している地労委が十一以上ある。

事務局や審査委員長は大変ではあるが、大阪のように事件の多いところではぜひ実現したいものである。そうすれば、きびしい職場と経済的な制約（賃金カットなど）のもとで出席する労働者も非常に助かり、審査も二倍の速さですすむ勘定になる。

審問期日の指定についても調書の関係で最低二十日程度、実質は一ヵ月の間隔がとられている。

しかし、長崎地労委などでは、反対尋問は調書を見ないでやるのを原則としている。つまり、調書をみると、よけい反対尋問がダラダラ長びくからだそうだが、たしかに大阪でも、反対尋問は主尋問の一・九倍もの時間をかけている。

審問期日は二～三回だけでなく、ケースによっては五～六回くらいあらかじめ入れることはできないものか（事情によって途中で変更すればよい)。二〜三ヵ月の余裕では数多い双方の代理人と審査委員の日程を合わすことは至難のわざであり、これも日程がのびる原因となっている。

筆者のように、多くの事件(現在二十六件)をかかえ、組合では単産書記長という多忙な任務にあるものにとってはぜひそう願いたいのである。

③事務局体制の改善

第三には、結審から命令までの期間の短縮と事務局体制の問題である。大阪では公益委員をふくむ委員の選出のあり方や事務局職員の専門職化等の問題が、岸知事体制以降大きく後退している。

筆者のようにほぼ毎日地労委へ出ているものでさえ、職員・事務局員の名前と顔をおぼえられず、おぼえたころにはまた入れかえがあるという目まぐるしさであり、これでは職員の専門職化や資質の向上もあまり期待できないのではなかろうかとの疑問を感じる。

また、公益委員会議は、定例会議だけでは追いつかず毎週のように開かれているが、それでもほとんどの事件が一回で決定されないようである。

それも、さほど法的判断が困難とは思えないような事件でも、また担当した審査委員や事務局が審問のなかでつかんだ生まなましい証言や書証を通じてまとめあげた内容までも、合議のなかで書きかえられ〝机上の作文〟的判断がもりこまれるような例があるのではないか、と思うのである。

合議で決定したあと、印刷や会長によるチェック作業などに相当な日数がかかっている例も少なくない。「最近の命令はむつかしすぎる」「主文だけは短く、それだけではなんだかわからない。そのため使用者側に利用された」という声もよく聞くが、これも労働委員会が裁判所を意識しすぎて、行訴にもち込まれても手落ちがないように神経をつかい、命令文の書き方をむつかしく考えすぎているためではないだろうか。

3 労働組合側の問題点

労働委員会の専門性と迅速性の欠如、あるいは裁判所化の原因の一つとして、労働組合の姿勢をあげねばならない。すなわち、労働組合や争議団がみずからの力で労働委員会のたたかいを進める努力を放棄し、安易に弁護士に頼りすぎる傾向があり、そのことが結果として地労委の裁判所化や審査の遅延に若干なりとも手をかしてはいないか、ということである。

同時に、このことは、労働組合が団結権侵害とたたかうことの重要性や位置づけに対する軽視という労働運動の今日的傾向の反映ではないか、という危惧の念を持たざるをえない。

筆者の記憶するかぎり昭和四十年代のはじめまで、主要な労働争議のほとんどが、あっせんや審査事件として地労委へ持ちこまれ、使用者の不当労働行為を糾弾するたたかいの先頭には労働組合幹部が立っていた。

調整事件は言うにおよばず、審査事件でも代理人は総評の法対部長・地方オルグ・単産幹部だけで進めていたケースが多く、弁護士の姿はあまり目立たなかった。もっとも、その当時は、労働事件担当の弁護士が相対的に少なかったのも一因ではあろう。

たしかに慣れない代理人や補佐人の主導による審問は、技術的な未熟さもあって脱線が多く、必ずしもスムーズに進まず、ときには審問廷が団体交渉の場と化して審査委員長をしばしば立往生させることもあった。

しかし、そのような泥くささのなかにこそ裁判所と違った労働委員会の持ち味があるのではないかと思う。また、労働側参与委員の役割と出番もそこにあるのではないか。

ちなみに、この時期（昭和四十～四十九年）の命令・決定書交付件数・救済率は六割近くで、全国を抜きん出ており大阪地労委史上、最高であった。

本来、審査における尋問は、審査委員が中心に行なうべきが建前なのに、実態は当事者まかせとなっており、労委規則（第三三条一項）で与えられた審査委員の権限を適切に行使し主導性を発揮するという点では、弱さを感じるのである。

さらに、地労委における労働組合の弁護士まかせがますます地労委の裁判所化・当事者主義と審査手続きの民事訴訟化傾向を助長させているのではないだろうか。たとえば、主尋問や簡単な反対尋問は申立人労働組合でやり、不十分な点を弁護士がカバーするやり方で十分であろうし、また、そうした気構えがほしい。

審査期日が双方の弁護士で調整できず、これも審査遅延の一因となっている。組合だけでもよいと思える場合でも、やはり弁護士全員の日程を優先させていることをしばしば見かける。

明らかに引きのばしと思える使用者側の期日設定にもっと申立側がきびしく抗議し、審査委員にも強くせまる場面が多くあっていいのではないか。

もっとも、最近の傾向として地委労では弁護士の代理人をたてず、労働組合幹部だけですすめる傾向があるのは喜ばしいことである。

昭和五十八年十二月現在、大阪地労委では百九件の審査事件があるが、そのうちいわゆる「弁護人ぬき」で進めている事件は二十九件＝四分の一に達している。

これらは、いずれも会社側の弁護団を相手にし、労働組合幹部だけで互角にわたりあい、そして賃金差別や団交拒否などむつかしい判断をのりこえて画期的な命令をかちとった例も少なくない。

福岡地労委では代理人に弁護士を認めないのが原則で、やむをえない場合だけ（使用者側も同じ）許可制で認めている。

そこまですべきかどうか論議のあるところだが、考え方は理解できる。

司法の反動化のもとで、裁判所が労働委員会の否定につながる判決を下す傾向が強まっている。

こうしたなかで事件によっては、たとえば破産問題、刑事事件等、裁判所とのからみのなかでたたかわれる場合、また、背景資本や親企業の使用者性、継続する行為をめぐる問題など、法理論的に厳しい論争とたたかいがつづけられている事件などは、当然専門家の全面的な力を借りなければならない。

　このことを軽視したがために、大阪地労委でも重要事件で、中立人側の立証の未熟さというか、不十分さが原因とみられる棄却例があり、その後の同種のたたかいの障害となっているケースもある。

　地労委におけるたたかいを、弁護士や学者の積極的な参加によって進めることは、今日ますます重要になってきており、いささかも軽視すべきではない。

　ただその場合でも、主体はあくまで労働組合・労働者であるとの観点を終始忘れず、専門家の出番と役割についてケジメをつけるかどうかが重要なのである。

4　労働者委員の役割と責務

　前述のように「弁護士ぬき」でたたかえという以上、労働組合の役割と責任がそれだけ大きくなることはいうまでもない。同時に労働者側参与委員の資質と役割および、責任はきわめて重要にならざるをえない。
　労働委員会は、公・労・使の三者構成であるが、その主要な役割が不当労働行為事件の救済にあり、その審査は公益委員によって進められ、判断と決定権は公益委員会議に集中されている。
　そして、労働者委員と使用者委員を参与させる意義は、公益委員が集中された権限に甘え、裁判官のような権力機構や官僚化されないように、また、ともすれば政治権力や背景にまどわされることのないよう、監視する役割があるからだと思う。
　なかでも労働者委員は、労働者として団結の尊さをみずから体験しており、誰よりも団結することの困難さ、団結権の侵害がおよぼす労働者の犠牲の大きさを肌で知り、生きた労使関係の現実を知り尽くした一方の専門家なのである。

それゆえ労使の参与委員の意見を聞く場合の姿勢として、労使公平というよりもむしろ、労働者側の意見陳述がほんとうに心がこもったものであるか、中立人らと血のかよったものであるかどうか注目され、公益委員会議にも大きな影響をもたらすものと信じている。

審問においても主張・立証の弱点は何か、その時点での審査委員の心証形成はどうか、たたかいの現状や背景、団結の強さと使用者の対応、解決の時期や機運をどうとらえるかなど、労働者委員が適切な助言を行なうことがきわめて重要である。

そのために筆者のような「新米労働者委員」は、人一倍努力したし日常的に事務局や公益委員・使用者委員とのコミュニケーションをはかり信頼を得るよう心がけたつもりである。

和解やあっせんにおける労働者委員の役割もきわめて重要である。中立人の要求を実現するため、論理的根拠を示し使用者側を説得し、ときには高度な判断で中立人らを説得・譲歩させる役割をもっているのである。

そこで労働者委員が、その責務を十分はたすためには、労働者委員がどうしても中立人・組合弁護団から信頼をうけ、ともにたたかう姿勢が基礎にならなければならない。

審査事件の場合でもそうであるが、筆者は中立人らとの接触をどんなに忙しくても地労委の場だけにとどめず、極力、職場現地へ足を運び、身体と心の触れあいをはかるよう心がけている。

そのような血のかよったつながりで結ばれているかどうかも、公益委員や事務局に対して少なからぬ影響を与えているのだと考える。

また、使用者委員とはいえ、労働者の団結権侵害に対する番人であるのだから、つねに使用者側の肩をもち弁護するだけでなく、露骨で目にあまる使用者の不当な行為に対してはきびしい態度でのぞむ姿勢がなければなるまい。

もちろん、労働者委員も労働組合や中立人側のなかに行きすぎや甘え、必要以上のトラブル要因があるとするならば、大胆に指摘し、正常化の助言を行なうべきが当然である。

しかし、そのためには、労働者委員の姿勢がカナメである。労働者委員がまるで〝中立的〟で、あいまいであれば、使用者委員はいうにおよばず公益委員や事務局の監視役がつとまるはずがないのである。

5　いま、求められているものは何か

長期にわたる消費不況のもとで、中小企業の倒産や失業者数は戦後最高を記録している。「新特安法」の成立によって日本の基幹産業の中軸を占める基礎素材産業などでは、単なる設備廃棄だけでなく、「事業の集約化」という形で新たな大「合理化」が生み出され、中小企業や労働者に多大の犠牲をもたらすにちがいない。こうした情勢のもとで日本の労働運動のなかには、たたかう労働運動の後退がみられ、職場・地域における労使紛争や矛盾はよりいっそう拡大し、労働者の権利や団結権の侵害などの攻撃が新しい型で多発するにちがいない。

このような時期だからこそ、労働委員会の機能と役割が重要性をましてくるであろうし、労働組合として労働委員会の強化と機能の回復のためよりいっそう努力するとともに、多くの労働者にあきらめや泣き寝いりでなく、労働委員会を活用して積極的にたたかうよう指導・援助・激励しなければならない。

先にも述べたように、たしかに労働委員会の現状は「専門性・迅速性に欠ける。中立てから救済まで長くかかりすぎる。実効確保や緊急命令に対する実効性がうすい」等々指摘されるとおり、使用者の〝やり得〟を許しているが、これをもってただちに制度の改正へ走ったり、あるいは単なる地労委の姿勢の追及だけにとどめても問題はそう簡単に片づくとは思えないのである。

筆者は、労働者委員としての四年間の経験を通じて痛感するのであるが、労働委員会でたたかっている個々の労働組合・労働者が、個々バラバラにたたかうのではなく、もっとお互いに連携プレーをとり、現状の問題点を話し合い、経験を交流し、現行制度のなかでもより効果的なたたかいがすすめられるよう改善点はないか、反省やくふうがなされるべきではないか等々、努力することが大事だと思う。

一九八三年三月一日、大阪府立労働センターで「労働委員会の民主化をすすめる大阪連絡会」が大阪市立大学の本

多淳亮教授らの呼びかけで結成され、〝不当労働行為に国境はない〟と総評、同盟、全民労協、純中立、統一労組懇などの枠をこえた産業別労働組合二〇単産が参加を表明し、民主法律協会の弁護団、多くの学者、労働運動家の賛同を集めている。

筆者の出身の紙パ労連も一構成団体に加わったのは、輝かしい歴史をもつ大阪の労働委員会が、より多くのたたかう労働者に期待され、使用者の団結権侵害に対して毅然たる態度をとりうる行政機関となるよう激励援助し、みずからも努力したいと考えたからである。

この運動は、労働者の団結権を守るたたかいについて労働組合の責任と自覚を一歩でも高めることに出発点がある。

また、地労委でたたかっている労働者と、これを支えている弁護団を激励し、学習と交流によって力をあわせ連帯して行動に立ちあがらせ、これを勝利に導く一助となること、さらに労働委員会の機能と役割を強化するためのあらゆる運動を大衆的にすすめることをめざしている。

単に労働委員会の弱点や姿勢を指摘し批判するだけでなく、みずからがどのような役割をはたすかを考えること、労働委員会の機能の消極面だけを見るのではなく、積極的な活用を労働組合として日常的に追及していくこと、また公益委員はいうにおよばず、労働者委員や事務局との対話と意見交換の場をより多くもち、よりふさわしい役割をはたすよう働きかけることが重要である。

このほど、同会によって発行された『労働委員会で勝つために』という小冊子は、こうした運動の初歩的な手引書として、多くの労働者に労働委員会の機能と役割をわかりやすく理解させる、親しみやすい学習書として広く活用されている。

「労働委員会の民主化をすすめる大阪連絡会」の運動がはじまって一年足らず、大阪地労委で注目すべき変化が起こっている。

まず調査の充実が目立っている。争点整理がきめこまかに行なわれ、審問期日の設定も一日二回審問など、かつてなく積極的である。

命令においてもポストノーティスの増加や親企業の使用者性の判断、継続する行為などについて司法反動がすすむなかでも一歩前進がみられること、団交事件では証人調べを行なわず、ある事件では申し立てからわずか三ヵ月で命令書が交付されるなど、団交事件に対する審査促進の意欲がみられる。

これらすべてが、ただちに運動の成果といいきれないし、命令の内容もさらに分析が必要であろう。また長期的な視点からみた評価も必要であろう。が、新しいなにかが起こりつつあることは事実である。

終章　生涯現役の気概を胸に、三度の病魔を乗り越えて！

1　関北地連中小労組と共同の闘いが元気と長寿の支え

・「生まれた日の戸籍が間違っているのや」が口癖

生まれつき病弱で、生後三ヵ月で肺炎にかかり危険な状況だった私は、それ以来風邪をよく引いて病院通いが絶えなかったため、おそらく長生きはできないだろうと心配されていたようでした。

まして少年期には貧困から極度の栄養失調で、五年生まで通った小学校通知簿の最後の健康欄には「要注意」と記載されており、そんな私が、この八十歳を超えても病をかかえながらも元気で長生きをしていることは自分でも不思議でならないと思えるのです。

みんなから「若い、元気やな！　いったい幾つやねん！」など歳のことを尋ねられると、「実は、戸籍が間違っているんや」と答えるのが口癖です。「お袋が慌て者だったから役所に出生届を出すときに昭和十九年生まれと書くところを、昭和九年と間違って記入したからだ」と澄ました顔でいつも言い切ることにしています。

とはいえ、周りの先輩や後輩までが病気で倒れてげっそり痩せ老けている姿を見たりすると、それにくらべて自分は大病を乗り越えながら意外と元気だし、この年になっても足が少し痛んだことはありましたが、どこも悪くない実に有難いことだと思っています。

そこで、この「長寿と元気」の源泉はどこにあるのかといつも考えるのですが、それはやはり「この道一筋半世紀」という気概や、多くの仲間の支えがこの元気をくれているのだという思いが強く胸に迫ってきます。

そのことは本書を執筆し、自分を振り返るなかで余計にしみじみ実感として感じており、元気の源は皆さんのお陰、まさに「財は友なり」であり感謝・感謝の気持ちがわいてくるのです。

・七十歳台から三度の癌との闘い

わが髙岡家一族は、まさに癌一家であって、父は四十一歳の若さで膵臓癌、母は、七十七歳で肺癌、兄は六十五歳で同じく肺癌と糖尿病を患い亡くなっています。あと弟の二人も元気ではいますが、肺癌などで二度手術をしているのです。

このように、まさに癌の血筋であるため「いつかは自分も……」とどこかで覚悟はしていたのですが、人生後半の七十代に入って以降この十年余りで、立て続けに三回にわたり癌と闘うはめとなったのです。

七十二歳だった二〇〇六年の三月、主治医から前立腺癌の数値が異常であるとして関西電力病院を紹介され精密検査を行ったところ、癌数値がＰＳＡ三五・九〇と通常の十倍であることが分かったのです。病院の泌尿器部長から直ちに入院し摘出手術を行うことを言い渡されたときはショックでした。

しかし私はその場で「手術はしたくない」と断って、放射線治療でお願いしたいと頼んだのです。その理由は、七十歳を超えてこうした開腹手術を受けることはダメージが大きく術後が心配で、当然仕事ができなくなると考えたからです。

もう一つの理由は、多くの書物を読むと、安易に手術するな！の意見が多くあったからです。例えば、慶応医科大学の近藤誠先生の著書『患者よがんと闘うな！（文芸春秋社）』や『癌はきれば治るのか（新潮社）』の主張に共鳴したのです。

何よりも大きな影響を受けたのは、丁度その頃、私の大好きなプロゴルファー杉原輝雄氏が前立腺癌を告知された新聞で、杉原選手が「ゴルフ辞めたくないから手術はしないと断り放射線で治す」という記事を読んで「俺もこれで行こう」と腹を決めたのです。

この時期、私の周りでは、中越テックが大阪工場の存続を前提にした再建闘争の最中であり、私が会社経営再建のプロ松崎任男氏（現・スターリングパートナーズ合同会社代表社員ＣＥＯ）らの支援を受け、私がアドバイザリーに指名され重要な役割をはたしていたこと、さらには、組合の組織攻撃として協和工機労組の喜多委員長に対して会社の計画的で不当な解雇問題が出された直後であった事からこれを放置できず、私が手術によって長期入院したり、特に術後の後遺症などを考えると手術はどうしても避けたいと考えた理由の一つでした。

そこで、私の妹の知り合いに前立腺癌の専門医がいることを知り、宇都宮市にまで出かけセカンドオピニオンをうけた結果、「癌はこのまま放置はできないが、手術ではなく放射線治療を選べば良い」との助言があり関電病院にお願いしたのです。

関電病院泌尿器科の部長は、不機嫌でしたが担当医の加美川誠医師が同意をしてくれて、手術ではなく放射線治療を選択したのです。

ところが放射線治療といっても簡単ではなく、二〇〇七年三月から始まり、四十一回におよぶ直腸からの放射線治療は辛いものでした。うち十八回までは入院中でしたが、そのあとは通院しながら二十三回の放射線治療を受けたのです。

その間、九ヵ月はまさに自分との闘いでもありましたが、癌数値ＰＳＡはなんと０・００８までダウンし、完治したとの朗報を聞いたときは飛びあがり喜びました。

・七十五歳で胃癌、胃の四分の三を切除

このように私の大病は、今から考えるといずれも地連や各組合で、不思議なことに引くに引けない大問題を抱えている時期と偶然重なっているのです。

前立腺癌で放射線治療に成功し、半年に一度、直腸からの内視鏡定期検査を続けていたのですが、三年後の八月の検査で何を考えたのか、これまで直腸ばかりの検査だったのを「折角、麻酔をして検査するのだから一度胃の方もついでに検査をして欲しい」と頼んだのです。

もちろん、胃は、別に何の自覚症状もなくいたって元気でしたからなぜこんなことを自分から言ったのかわかりません。しかし、それが命拾いだったのです。

検査の結果も気にしないでいると九月上旬に病院から電話があり「何をのんきにしているの、癌が見つかった」というのです。それも直腸にではなく胃に癌が見つかったというのです。

大阪の成人病センターで精密検査を受けた結果、癌は、「早期がん」とはいえ悪性（Ｏ－ＩＩＣ、グループ五）であることから医師は開腹手術を勧めました。悪性であるうえ出来ている場所も悪く胃の四分の三以上摘出と脾臓を合併切除しなければならず、開腹手術しかないとの診断でした。私は、この時も医師の言うことは耳に入らず、断固として開腹手術は嫌だと断ったのです。

大阪の成人病センターは、日本でも屈指の癌治療で有名な病院で、八名いる専門医の六名までが開腹手術しかないと私を説得しようとしたのですが応じなかったのです。

年齢が七十代半ばを過ぎており胃癌で四分の三を摘出するため開腹手術を受けることは、まさに、手術が成功してもそれ以降「生きているだけ」で仕事の継続はまず無理であると考えたのです。たとえ手術が成功しても気力体力の低下は免れず、ましてや寝たきりか車いすの生活になりかねないと考え、医者には、

放射線かまたは抗がん剤やホルモン療法で治療をお願いしたいと申し入れたのですが、駄目だと言われたのです。胃癌手術の宣告を受けた二〇〇九年九月以降十二月までの三ヵ月間、私は頑として入院〜手術には同意せず医師との間で平行線が続いたのです。医師は、家族と相談したいので呼んで欲しいと言いましたが、私は、家族には胃癌の話は一切していないしたくない。この歳だから、自分のことは自分で決めさせてほしいとこれも断ったのです。

・地連に思いがけない助け舟

それというのも、その時期、組合活動では、各組合の財政が厳しいことを理由に関北地連存続について議論があり、地連会費を値下げして「ゼロにしてはどうか」との提案が、一部の組合から出され大きな迷いと苦しみの時期でした。

一方では、北日本印刷が、前社長の不祥事から経営危機となり二〇〇八年七月に、民事再生法の申請をし、会社存続のために多数の人員整理提案が出され、また、立山製紙にも三%の賃下げが突然提案されるなど、問題解決に神経をつかうなど厳しい環境の中でどうして地連解散などの話が出るのかと胸が痛みました。

特に、地連の財政困難と合わせて、それよりも大きい問題として大阪天王寺にあった紙パ労連時代からの事務所「関西地本会館」の明け渡しを紙パ本部から迫られていたのです。

この時に助け舟を出してくれたのが、紙パ連合や地連と関係のない、メッキ業界の老舗会社、株式会社モリクロの山田正剛社長でした。私が悩んでいることを知った山田社長は、突然「髙岡さんの個人事務所を含めて関北地連、関西地本事務所をうちの第二工場の一部を貸すから使っても良い」という話があったのです。「家賃は無償で良いから」という有難い提案があってびっくりしたのです。

私は、社長の心配りに甘えて経費の大幅削減にもなる事務所の移転など引っ越しを決意したのは、その年の四月でした。

引っ越しは、北陸の各組合から多数が来てくれました。その前、早朝にモリクロの従業員が会社のトラックですべて運んでくれるなど、社長の痒いところまで手の届く心配りに感激しました。

私が、数年前に会社経営をめぐり一部従業員が造反を起こしたときに、なにかと相談相手になり、一時はアドバイザリーとして経営改革の助言やお手伝いをしただけの事だったのに、社長は私を信頼し大事な時期に信じられない協力をしてくれたのです。

社長といっても当時四十代半ばの気鋭の経営者で、オーナーでありながら自分は一切贅沢せず質素で会社にすべてをかけるその潔癖感が私も好きだったのです。

ただ、頑固でどちらかというと偏屈で言い出したら言うことを聞かないし、社員にも厳しい経営トップでした。私は、最初から、私のような人間とは違いがありすぎるのであの社長とはせいぜい二〜三年で喧嘩別れをするだろうと周りの社員や管理職にも公言していたほどです。

・新技術の腹腔鏡手術に挑戦で妥協

そんな社長でしたから、私の胃がん手術のことは一番に伝え相談をしたのです。そうしたなかで病院側から十二月に入って、最近開発されて進んでいる内視鏡でも「腹腔鏡手術」があるので、それでやり、どうしても難しい場合は開腹手術をすることで同意を求めてきたのです。

ここに至って私は、初めて、家族、子供たちを集めて話をしたところ、「親父はそんな大事なことを今までなぜ黙っていたのか？」と、ボロボロに叱られたのです。

私は、自分の命の事は、自分で決めるべきだとの杉原輝雄選手と同じ考えでしたが、ここで決断し病院の提案に同意しました。それからが大変です。病院は、早くやらないとだめだと師走も押し迫った二十八日に入院し、翌年の正月明け早々一月五日に手術をしたのです。

こうした私の二度目の癌発症も、実は、地連や組合関係者には誰にも言ってなかったのです。しかし、例年、恒例となっている親しい弁護士先生グループとの「年末の一泊ゴルフ」が十二月の二十五日に予定されていたため、お世話になっている村松昭夫弁護士やモリクロの山田社長、そして年末の御用納めの社員集会に欠席となるので、丸三製紙の節田社長などごく一部には、入院手術について正直に話をしたのです。

・大晦日直前入院し正月五日手術

二〇一〇年一月五日の腹腔鏡手術は、朝九時から三時間ほどの予定で手術室に入ったのですが、結果として八時間近くかかり、手術室から出たのは夕方の七時過ぎだったようで、この間、家族はどうなったのか何もわからず相当心配をしたようです。

このような私の我儘を病院に受け入れて頂き腹腔鏡手術により胃の四分の三を切除、しかもルーワイ法という難しい手術（普通は開腹手術でしかやらない）を、名医といわれる岸健太郎先生をはじめとする素晴らしいスタッフで成功させていただいたのです。

後で聞いたのですが、わたしの場合の腹腔鏡手術は、四孔式（通常法）と言われ、日本で実施されてから、まだ数年もたっていなくて病院も数少ない成功例だったようで、やはり私の悪運の強さが勝利したのだと言ってまた叱られました。

難しい腹腔鏡手術が成功し、私は二日目から医師の指示で歩きました。気分が悪くめまいがする中必死に病院の廊下を歩き何回かは倒れながらも続けました。一種のリハビリで自分とも闘い「辛くても歩き、少しでも早く元気になりたい」の一念でした。

実は、今回は最悪の事態もあると覚悟し手術前に遺書を書いたのですが、その自分とは違う現実の自分の存在がおかしくなり一人苦笑していたのです。

このように命を懸けた癌との闘いを通じて私は、今までになく自分の生き様や人生について考える機会が多く、その中で悟ったことがいくつかありました。

入院中に持ち込んだ本の中で、遠藤周作の「人生に何一つ無駄はない」というフレーズがあり、そのなかで「生活の友達は誰でも多いだろうが〝人生の友達〟を何人持っているかでその人の人間を見ることができる」という言葉の意味をしみじみ実感することができたのです。

これは、私が座右の銘にしてきた作家・藤本義一さんの「男の財は友なり」の名言に相通じる言葉であり、自分の生き様、人生が本当にいい人との出会いを得、多くの友人先輩に恵まれていることを、癌との闘いの中で改めて実感し感謝・感謝の毎日でした。

2　二つの教育機関再建闘争に関わり多くを学ぶ

・夙川学院の経営再建に関わる

八十歳代に入ってもう「癌など大病との闘いは終わり卒業した」と思っていましたが、世の中はそれほど甘くありませんでした。病気との闘いはそれでは終わらなかったのです。

それは、紙パ関係ではない学校経営をめぐる再建闘争が二件も持ち上がり、胃がん摘出後のダメージからやっと体力が回復した時期でした。

一つは、女子大学として関西では有名な学校法人夙川学院の経営破綻問題です。今一つは日本屈指の歴史と伝統を持つ「調理専門学校」として名高い学校法人辻学園の経営再建、学校存続の闘いでした。

まず、夙川学院ですが、二〇一〇年六月、親しくしている田島義久弁護士から声がかかり「髙岡さんに是非とも力になって欲しいことがある」と事務所に呼ばれ紹介されたのが、夙川学院短期大学の森美奈子先生でした。学校法人が放漫経営から経営破綻寸前の状況にあり、教職員組合の指導支援についての相談でした。

森先生は、教職員組合の副委員長に就任されたばかりでしたが、「学校をどう守るか、教職員組合としてどう対応すればいいのか」など実に熱っぽく真剣に訴えられ、私の心が大きく揺さぶられたのです。

同学院は一八八〇年創立で、西宮市などで幼稚園、中・高校、大学も経営している名門校です。ところが長年にわたる放漫経営に加え、法人の一部幹部が金融先物取引による巨額の損失を出した結果、二〇〇八年度に約百二十億円にも上る赤字決算を計上したことが、重大な経営危機の引き金となり、明らかに経営責任でした。

私は、早速、教職員組合の執行委員会に出席し「学校の財務内容と経営計画についてどこまで組合としてつかんでいるのかが問題である。その上組合として学校の存続と経営の立て直しを図るべく政策を持ち、理事会との交渉にあたるべきだ」と持論を展開したのです。

また、学校経営に監督責任をもつ文部科学省や私学事業団に対しても直接組合が陳情し申し入れ、行動を起こすべきだと提案したのです。

ところが、執行部の多くは、「組合が、会社の経営責任を追及するだけでなく、経営に踏み込んで政策を提言し、組合自らが経営に入り込んでまで闘うことなど思いもよらなかった」と驚いた様子で、まして政府・行政機関にまで行動を起こすなどできないと考えていたようでした。

しかし、副委員長の森美奈子先生は、家政学科で食物栄養学科主任として数度にわたって経営の改善や学生が定員の六〇％に満たない状況を、一一〇％まで回復させる成果を上げてきたという「改善案」を見て感心しこれを取り入れない経営側に怒りを覚え「組合ではないが既にやっているやないか」と指摘し、この視点を組合として取り入れて学校を守り改革すべきだと主張し、私の意見にいち早く賛成してくれたのです。

夙川学院短大の組合は、私から見て筋道の通った革新的な考えを持つ上部団体に加入しており、組合が学校の経営に対して批判をしてきた自らが経営に参加し、責任と役割を果たす闘いなどこれまでは考えていなかったといった発言が出るとは予想外でした。

私は、早速、専門家の協力を得て、学校経営の現状と財務内容を徹底的に調査するとともに、学校法人（以下法人と言う）には、「学校経営の現状、保有する有価証券や、学院の資産運用、今後の経営計画」など具体的な問題について「質問状」を提出し、団体交渉を申し入れるよう指導したのです。

これに対して、法人側は、二〇一〇年七月二十三日付文書により「質問事項が学校経営の根幹の問題が中心であり、団交事項になじまない」と否定的な回答をしてきたのです。

私は、七月早々に組合の顧問に就任し、執行部と職場代表を集めて学習会を開き、専門家として松田立雄先生を講師に招き、法人のずさんな経営実態と学校経営計画の根本的な改革などについて組合主導で明らかにし、学校の存続と雇用を守る闘いの必要性を訴え、経営再建で松崎任男氏の全面的関与を要請したのです。

また、賃金未払問題も抱えており、団体交渉には私と奥田慎吾弁護士も加わり理事長はじめ経営陣に対して厳しく責任を追及しました。

特に、八月の団交では、組合の学校経営再建に向けた基本姿勢、その責任と役割について繰り返し主張し理事長の決断を迫った事は、これまでの闘いとは大きく違っていると当時の北野委員長は感心していました。

さらに学校経営が破綻状況にある実態を確認しその経営責任は、理事長と檜垣本部長を中心とする経営側にあると辞任を迫ったのです。

また、組合が要求している雇用保障協定について、各項目別に理事長の確認を取り、「直ちに調印できないが内容について大筋では、異論が無い」との口頭での確認をとりました。

ところが、二〇一〇年十一月に「学校側が数ヵ月前から短大の敷地を売却する」との話が頓挫し、藤本法人本部長が更迭され後任に、当時の理事長の甥にあたる増谷昇氏が就任しましたが、同年十二月に、いきなり「平成二十二年十二月分から同二十三年三月分までの教職員の各給与の一部及び平成二十二年度の冬季賞与の各支払を凍結する」と、一方的に通告してきたのです。

その上法人側が、経営再建のまともな取り組みをせず給与、一時金、退職金など7億円あまりが未払いで、西宮労働基準監督署から是正勧告を受ける事態が表面化し、マスコミが一斉に取り上げ経営は一段と深刻な事態になりました。

組合は、こうした事態の中で文部科学省や私学事業団への申し入れを行い、法人経営の立て直しを指導するように要請するなど行動を起こしました。

この間、九月に増谷理事長は辞表を出し、大蔵官僚ＯＢの前田総明氏が新理事長に就任し、文部科学省主導で資産の売却などを強行し事実上学校の縮小、閉鎖の方向にかじを切りました。

前田新理事長は、組合の団体交渉にも出席せず、組合執行部も学校の混乱の中での動揺や、執行部の中でも保身を先行させる先生が組合を脱退するなど深刻な事態となりました。

その後、経営陣の刷新が行われ不動産の売却などで立て直しを進め、理事長の交代など繰り返してきましたが、須磨学園との業務提携を契機に経営再建が進み夙川学院としてなんとか存続をしています。

・調理の名門校辻学園再建で役割

学校法人辻学園とのかかわりあいは、夙川学院の森美奈子先生からでした。森先生は、同学園の非常勤の講師で、また同学園の元職員でもありました。

辻学園は、一九一七年（大正六年）創設という日本初の調理師養成学校で、調理・製菓専門学校と栄養専門学校を有する老舗です。しかし、同校の中興の祖といわれる辻勲氏（二代目）が規模を拡大し隆盛を誇りましたが、二〇〇三年に他界したことから、経営は、辻一族四人の勝手気ままな放漫経営が続き、経営が一気に傾き資金繰りが悪化し経営破綻寸前の状況でした。

こうした状況の中で、危機感を募らせた勲氏の右腕で番頭さんと言われた萬谷好宣部長と、当時主任教授でその後校長を務めた永田猛教授が改革のために立ち上がることを模索中で森先生に相談をしたことからまず、経営の立場から松崎任男氏と示し合わせ私の名前が挙がったようです。

辻学園の教授や職員は、学校を守ろうという点では一致し、考えられない低額の給与にも耐えてきましたが、調理学校によくみられる教授陣の職人気質的性格や、独特の個性が支障になって一つにまとまれず、一族に対して一致して行動がとれない状況だったのです。

そうした個性派の教授陣をどうまとめていくかが大きな課題であり、それには高岡が適任だと私に協力を求めてきたのです。

私は、最初は、躊躇したのですが、森先生の顔を立てる程度の軽い気持ちで話に乗ることにしたのは、もし本格的な学校再建となると経営のプロとして尊敬している松崎任男氏が役割を果たしてくれるとの確信もあり、お手伝いをすることを決めたのです。

松崎さんは、何よりも頑固で個性の強い私を紹介すべく永田先生に長文のメールを送ってくれました。メールは見事な名文で、私以上に個性的な永田教授や萬谷部長にも説得力のある内容でした。

私が辻学園の実力者である永田主任教授、萬谷部長と顔合わせをしたのは、二〇一〇年十一月十一日でした。ここでは松崎社長、森先生を含めての重要な打ち合わせ会となりました。

私は、理事会、経営側と対応するために教授、職員を結集する組織が必要であり、労働組合ではなく「教職員会」の結成が不可欠である。そのために、教授先生を集めて頂きたいと要望したのです。

その結果、教授陣の会合は十一月十八日に開催されました。たしか天満橋の西洋料理の店に十人以上の教授が集まったのですが、私は、開口一番「学校が破綻するかどうかで相談するのにこのような場所はふさわしくない」と、今にも退席するような勢いで文句をつけたのです。

さすが、個性とプライドの高い先生方ですから、生意気な私の口調に反発されるのでは?と一瞬思ったのですが、そこで助け舟を出してくれたのは、教授陣では一番若くハンサムな製菓・製パン教授の小笠原康夫先生でした。

そして、会合は、食事もなしで三時間以上も別室で延々とやったのです。その時のことを、ある先生(小笠原先生も）が「髙岡さんのあの一言が、大きなショックを与え、ある意味、信頼につながり真剣勝負の話が出来た」と評価されました。

個性とプライドの塊のような料理学校の先生たちに向かってよくぞ言ったなあ……と自分でも後で背筋が寒くなる思いでした。

それ以来、教職員会の結成、理事会や経営側顧問の山田康男弁護士との話し合いを行い、松崎氏による再建計画書の提示をしました。そして教職員代表として会長の永田教授と私が経営会議にも参加し、経営改革や辻一族の経営姿勢の追及などを行ったのです。

また、学園の財務内容と実態をつかむため私の信頼する西本好多佳税理士を入れることを約束させ徹底的に調査をし、一族の資産やその流用の実態をつかむことが出来たのです。

こうした経緯から、経営委員会では、山田弁護士や辻一族に対してズバリとモノが言えるようになったのです。

その過程では、某理事が怪しげな中国系のスポンサーを入れる、もしだめなら破産に持ち込もうとする策動に対して、教職員会が前面に出て反対し、緊急に教職員会の臨時総会を開き、もしそのような非常事態になれば教職員会を労働組合組織に転換し、法的に争うことを決め理事会に申し入れたのです。

しかし、経営や資金繰りの悪化が一段と進み自己破産の危機も垣間見える状況の中で、松崎ルートによる本格的な有力スポンサーの検討を進め、その準備費用として教授会七名に各人一千万円の拠出金をもとめたのです。この金額は、裁判と同じようにことが首尾よく成功すれば負担しなくてもよいのですが、失敗したときには負担がかかるというものでした。それでなくても安い報酬で我慢し、学校を守ってきた教授会全員が承諾したのは学校・生徒を守りたいという信念と感じ入りました。

その上で、理事会においても主導権をもち、創業家の経営権の放棄と民事再生法申請の決議をし、永田会長が印鑑を管理することになったのです。

民事再生法申請で管財人には中井康之弁護士が指名され、二〇一一年四月二十六日記者会見が行われマスコミは大々的に報道しました。

辻学園は、中井管財人のもとで教職員会も一体になり再建計画づくりをすすめ、一部職員のリストラ問題など厳しい試練の数々でしたがこれを乗り越えました。

そのため私は、管財人とも率直に話し合い「辻学園の伝統と教授や職員の心意気、歴史と伝統を守る」ことを基本に協力をしました。

こうした中、松崎さんを中心に関東を拠点に学校経営で大きな実績を上げてきた「学校法人三幸学園」の全面的なバックアップを受けることが確定し、破綻寸前、タッチの差で辻学園の存続を勝ち取ったのです。

それから七年、今年（二〇一八年）一月、大阪帝国ホテルで「辻学園創立一〇〇周年記念式典」に六百数十人を集めて盛大に開催されました。

私は、松崎さんと共に来賓として招かれ、下畠照正校長や管財人だった中井康之弁護士らと同じ席で驚いていると、「ここは学校再建に貢献して頂いた方々の席です」との説明を受け、胸が熱くなりました。

3　無念の中川製紙死亡重大災害と丸三製紙の閉鎖劇

・三度目のダウンは丸三製紙問題

胃がん摘出手術から七年目、二〇一七年五月、丸三製紙の操業停止、全員解雇問題で村松弁護士と現地オルグ中に体調が悪くなりダウンしました。

それでも無理を押して大阪に帰り、その翌日に多少症状が治まったことから京都で開かれた関北地連OB会にも出席するという無謀を繰り返したことから、その夜、再度ダウンし救急車で緊急入院、急性膵炎と胆のう結石と診断されて即日手術したのです。

丸三製紙では、経営が低迷する中、「水解紙」という新製品を開発したことを評価して経営をバックアップしたいというスポンサーが現れ、それをめぐって事実上社内で意見が分かれ重大な決断を迫られていたのです。

私は、この一年間、役員会やスポンサーとの交渉や組合対策などで、実に三十八回も四国通いをするなど、かなり無理をしていたこともダウンの原因でした。

私は、これまでのこうした支援企業の選択では多くの失敗の経験があり、親会社や支援企業の甘い誘いや約束は、まず実行することを確認しない限り信用しない考えで通してきました。

このスポンサーの常裕パルプ井川社長は、丸三製紙にまず井川社長を送ってきましたが、これまで約束をした設備投資の資金も出しませんでした。そして資本金五千万円の株の買い取りをめぐり、従業員持株会の株の買い上げも期日が過ぎても実行しなかったことから信頼できず、私は、直接組合委員長に同行して二回にわたり井川社長と会い約束を守るよう迫り、文書での確認を申し入れたのです。

しかし、メインバンクの広島銀行やこれまで高尾社長時代から協力をしてきた役員株主は、そろってスポンサーを信頼、その上、高尾社長時代からの部下だった節田社長までもこうした動きに同調しました。

しかし、私は、筆頭株主の高尾前社長一族や組合（持ち株会として）の信頼をバックに、株主総会や役員会でも最後まで反対したのです。スポンサーの常裕パルプの井川社長は、赤字続きの決算なのに、まず従業員の給与が低すぎると突然アップし、一時金も地場相場並みに支給するなど見え見えの懐柔政策を実行したのです。丸三製紙は、十年連続赤字決算でしたが、これをカバーできる力を高尾社長時代から蓄え、そこそこの賃上げを実施するなど努力をしてきたにもかかわらず、こうした見え見えの懐柔策に労働者は実に弱いことをつくづく思い知らされました。

・無念の丸三製紙の閉鎖

そして、親会社の常裕パルプには組合がないから、組合を解散して欲しいという信じられない提案を押し付けるなど、乗っ取り計画を巧妙に推進していったのです。その上、私の取締役も解任したいと申し入れがありました。その理由は、「高岡取締役は組合をバックにして就任したのだから、組合が無くなれば辞めるのが筋」というのです。

私は、断固拒否しました。私が取締役になったのは組合からではなく、当時の高尾社長の就任の絶対条件として、会社の要請で就任したのであり組合ではない。どうしても解任するなら役員会で決議すべきであり、私は裁判を起こしてでもこれは認めないと拒否したのです。

その結果、節田社長以下、現役員全員が同時に退任するからという妥協案が出されて、私は取締役辞任を受け入れたのです。

それからわずか十六ヵ月、彼らの本性が明らかになりました。二〇一七年四月、これ以上赤字を続けられないと会社の操業を五月から停止することを提案し、五月一日には、すべての得意先に通告、得意先からの抗議で操業停止は七月まで伸びたものの従業員は全員に解雇の通知が出されたのです。私が倒れたというのはこの時、社員集会に出席するため現地へ行っていた際での出来事でした。

五月十五日早朝、私は、救急車に運ばれ入院、過労による急性膵炎と胆石性胆嚢炎と診断され、即日、胆のう摘出の手術を受けました。

手術は、内視鏡でしたからダメージは少なく、絶食で点滴治療もあり入院は五月十五日から同二十七日までの十二日間でした。

・病床から株主総会決定無効申し立て

術後の経過は順調でしたが、私の病院生活は最悪でした。

丸三製紙の会社が、私の入院中の五月二十三日に臨時株主総会を開き、操業停止と会社の処分を常裕パルプの井川会長に一任することを決めるというのです。この間、私は、病院から丸三製紙の主要株主や元組合員に対してメールと各自への手紙を発送・発信しました。

病院の個室で点滴を打ちながら深夜までパソコンに向かう姿をしばしば看護師に見つかり、担当医から「何をしているのか」と特別な注意を受けました。

しかし、一九七七年の倒産から再建不可能と言われた小さな製紙会社の丸三製紙を労使一体で再建し、四十年も存続をさせ、あと二年で創業一〇〇周年を迎えるという歴史的な企業をこのような形での閉鎖を許すことは出来ない。これを支えてきた恩人の亡き高尾尚忠元社長や、その支援者に合わす顔がないと、悔しさが私のエネルギー源となり頑張れたのです。

私が、病院から小野社長に送った株主総会欠席と意見書が私の心境を表しています。

株主総会欠席通知と意見書

丸三製紙株式会社
代表取締役　小　野　勉　殿

平成二十九年五月二十二日

元・丸三製紙株式会社取締役
髙　岡　正　美

五月二十六日に開催される臨時株主総会について、私は、別紙「診断書」の通り体調不良により緊急入院し五月二十三日手術を行うことになりやむなく欠席します。

そもそもこの臨時株主総会招集は、去る五月八日に開催された株主総会で貴殿が提案した第一号議案「丸三製紙の事業停止の件」について、私をはじめ一部株主からの反対意見が出され決議されていないにもかかわらず「取引先、決議した等に対して、五月末日をもって工場の操業を停止する」旨の書面を送るなど会社の混乱をまねき、このままでは会社の存続が危ぶまれ、貴殿や常裕パルプの井川会長が「いかなる状況であっても丸三製紙は潰さない、存続させるとの約束が履行不可能となる」として、私をはじめ株主が抗議し「再度臨時株主総会を招集せよ」と申し入れたことにより召集されたものと理解しています。

然るに、貴殿は、総会再開を申し入れた私には、なんら都合など事前の打診もなくいきなり通知だけを送ってくるというやり方は極めて遺憾であり認められません。

とりわけ、昭和五十二年倒産以来、四十年にわたり、故・高尾尚忠氏と共に丸三製紙の再建、存続にかかわり近年まで役員を務めてきた私について、貴殿は、社長として当然、ご承知のはずであり、創業九十八年という歴史を持つ丸三製紙という企業の灯を消そうとするこの事態にたいして極めて無責任ではないかと考えます。

　まして、今回の株主総会では、「丸三製紙の存続、清算、解散」を株主でもない井川猛氏に一任するという常識では理解できない提案をされており、私は、この議案は到底承服できません。これら一切の決議に反対であり、再度、新たな視点で丸三製紙の存続（最悪、整理・清算の場合でも法的手続きによること）を再検討するよう要求します。

　また、貴殿は、解雇通知を送りながら約束の従業員との個別面談もいまだにやられず（五月二十一日現在）、退職金の支払いなど退職条件など一切について提示されていないことは、社長として極めて無責任であり、法的にも社会的常識においても許されません。まして、前回株主総会で「従業員の給与、退職金、再就職など私が責任持つ」と発言し約束されたことにも反する行為です。

　さらに、若水会の横田一に対して、このたび「臨時株主総会通知を送っていない」とのことですがそれは事実でしょうか。前回は、通知を出しながら「出席しないでくれ」と横田氏に圧力をかけ私が中に入り出席した経緯があります。

　若水会は、会社の再建のために会社からの要請で持ち株会として大きな役割を果たし、個人名義の株は買い取られたものの持ち株会としての株は持ち続け、代表者に当時組合支部長の横田氏が登録されており、その代表に通知を出さない行為は違法で決して許されません。私は、以上のことについて社長に真意をただしたいと思いますが、残念ながら出席できません。貴殿の良識ある対応、是正を要求するものです。

以　上

・労働組合が有るか無いかでここまで違うのか！

私は、主要な株主にも、この意見書と合わせて協力を訴えました。しかし、小野社長らは五月二十六日の臨時株主総会で、私に同調する株主からの反対意見や抗議のための退場にもかかわらず、「丸三製紙操業停止及び、丸三製紙の存続、精算、解散などを井川猛様に一任致します。」という不当、違法な決議を強行したのです。

そこで私は、退院後の六月十一日現地へ行き主要株主や若水会（社員持ち株会）と協議し、こうした暴挙は許せないと、株主の立場で、私と高尾元社長一族、従業員持株会の連名で、六月二十六日、松山地方裁判所に、「事業停止を決定した臨時株主総会の決議無効」の裁判をおこしたのです。

その結果、八月二十八日付で裁判所は申し立て通り「総会決議は無効である」という判決を下し完全勝利を勝ち取ったのです。

この判決以降、会社側、とりわけ常裕パルプは、判決をうけて、九月十五日に開かれた株主総会では、①小野社長の更迭、②株式の一〇〇％買い取りを検討する、③従業員の退職金は一〇〇％支給することなどの譲歩を見せてきましたが、私は、これに反対し丸三製紙の事実上閉鎖の責任を追及しました。

その結果、常祐パルプの井川社長自らが大阪の村松昭夫弁護士を訪ね「何とか解決のために協力をして欲しい」という趣旨の申し入れをしてきたのです。しかし、私は、約束を守らない経営トップは許せないと同席はしなかったのです。

丸三製紙が事実上閉鎖され全員解雇という最悪の結果となりましたが、私は、①一九七七年に倒産して再建不能と言われた会社を四十年間存続させたこと、②株主の持ち株及び労働者への退職金一〇〇％という最低の条件を引き出したこと。③こうした結果は、当時の労働組合と社長が頭を下げ自らが選んだ道である。など、自問自答しながら無理やり自分を納得させているのが今の心境です。

「労働組合が有るか無いかによってここまで違うのだ！」ということを思い知らされ、胸が詰まる思いであり、どんなに小さくても労働組合の存在の大きさを改めて認識させられたのです。

また組合解散を無理やり承知し、丸三製紙の上部組織の紙パ愛媛に顔を出したとき、若い委員長から「わしらは髙岡さんを尊敬し組合の大切さを教えられここまで来た。その髙岡さんがついていて組合の解散を認めるとは何事か！」と厳しく詰問されたことは、今でも脳裏に焼き付いています。

大阪府の知事で憲法学者の黒田了一先生の「……私心なければ揺らぐことなし」の言葉を噛みしめながらも一言もものが言えなかった自分の愚かさを改めて噛みしめています。

・中川製紙の死亡災害に対する怒りと悲しみ

この一年『財は友なり』の出版を決意し執筆にかかって以降、昨年五月に急性膵炎・胆石性胆囊炎で手術し、今年六月二十五日胃癌で入院手術と本書執筆の山場に二度にわたる入院手術を余儀なくされたのですが、その間に丸三製紙の操業停止問題や外資系企業における解雇・賃下げに対する闘い、そして紙パ関北地連の解散問題などハードな課題を抱え私なりに精一杯闘い対応をしてきました。

その中で、いやというほど労働組合の存在と役割の大きさを思い知ることになり、私の運動理念である「中小企業の中でのしたたかに生きる闘いと運動」の重要性を改めて自覚させられた一年でもありました。

とりわけ今年六月六日、石川県の中川製紙で三名の仲間の命を奪う労働災害が発生したことは大きな衝撃であり、私はすぐさま現地に足を運びました。原因は、会社のずさんで違法な安全管理で溶剤タンクに転落し、発生していた硫化水素ガスによる中毒死で、会社は業務上過失致死の疑いで厳しく追及され操業を一ヵ月以上停止することを余儀なくされる事態となりました。

中川製紙の執行部、委員長はじめ三役は衝撃の大きさで、まともに会話ができない状況が続きました。私は、これまで多くの重大災害と遭遇してきた経験をふまえ、無我夢中で会社との交渉や地連としての現地調査、警察や消防、労基署への対応など打つ手を考え委員長らと協議をしました。

しかし、会社は存続すら危ぶまれるなかで何をやるべきかさえも確信が持てずもたもたしており、その中での上部団体の存在と役割に対してむなしさと悲しさで胸を詰まらせたのです。

そして、生涯私を育て活躍の場を与えてくれた、紙パ労連時代から紙パ連合に対してはどのような状況の中でも批判をしなかった私がそのタブーを破り、地連委員長会議で「上部団体は何をしているのか。こんな時に現地に足を運ばない上部団体には加入している意味がない」と実に感情的な批判をしたのです。

それというのも、今年の三月、わずか七名しかいない中で頑張ってきた協和工機労組が、関北地連の組織問題があるなかで、組合員三名を除名するという苦渋の決断をした直後の事でした。

この間、数えきれない多くの仲間から「大丈夫か、安静にせよ、いつまでも若くないから」などと口は悪いが心のこもった見舞いの言葉や心配りをしてくれたことは、何よりも元気の源泉でした。

「財は友なり」まさに、私の人生に、生きる勇気と元気、その存在と役割を今にしても心から期待し声をかけてくれる多くの仲間の支えがあるからだ思うのです。

それだけに一日、一日を前向きに自分とも闘いながら生きることが自分の使命であると改めて実感しているのです。

4　この道一筋の合間にゴルフと詩吟に熱中する

・ゴルフやるのはダラ幹の持論を大転換

私は、ここまで自分の生い立ちや生涯自分に課せられた使命でもあると思い打ち込んできた、労働組合運動や会社再建の足どりばかりに触れてきました。

しかし、今一つほんの少々ながらみんなから誉められ自慢をしたいと思うことがあります。

それは、五十歳近くになってやりだしたゴルフと、七十代の半ばに癌との闘いに苦吟しているときに興味を持ち病みつきになった詩吟の二つの趣味があることです。

ゴルフについては、もともと私は持論として「労働組合の幹部がゴルフなどやるのは、みんな〝ダラ幹〟であり組合幹部としては許せないやつだ！」と強烈に批判をしてきました。

ところがそのゴルフは、一九八〇年二月、思いもかけず大阪の化学単産の主要組合の後押しもあり、大阪府地方労働委員会の労働者委員に就任したことがきっかけで、公益委員や使用者委員の先生方から旅行先で無理やり進められ、クラブを握ったことに始まります。

以来、ゴルフが面白くなり毎日のように夜十時以降、帰宅しても近くで深夜まで営業していた練習場に通い、一年で一〇〇（スコア）を切るまでになり、労働委員会のコンペで優勝する（ハンデもあるので）というハプニングを起こしたのです。

それ以来、私は持論を一八〇度変えました。「髙岡さん、あれだけ厳しく批判していたゴルフにメッチャ夢中らしいなあ」と文句をつける組合役員に、「今どきゴルフもできないような組合幹部は時代遅れだ！」

と逆襲する厚かましさにみんなびっくりでした。

そして、私が所属していたチューエツが神崎製紙（現王子製紙）の一〇〇％子会社になった時、「神崎製紙の組合と対等に交流するために執行部全員がゴルフバックを買うこと」という押し付け〝命令〟の後押しをしたのです。ゴルフというスポーツの面白さの一つは、自分との闘いである事です。

こんにち八十路の坂を越してからは一〇〇を切れなくなったものの、何とか付き合いができるスコアでまわり、病気上がりの後「恒例の仲良しグループの一泊ゴルフ」にも二日連続でプレイをしてみんなを驚かせているのです。

・詩吟で〝準師範〟驚きの合格

いま一つは、詩吟です。カラオケでもまともに歌えず、息子たちから〝音痴〟と笑われている私ですから、詩を吟ずるなど考えられなかったのですが、高校時代の恩師川原校長が漢文の先生で漢詩が大好きだったので、心の安らぎのつもりで詩吟教室に顔を出したのが病みつきになる原因でした。

詩吟の練習をしているということで「聴かせてもらうだけ」というつもりで足を運んだのが、関西吟詩文化協会（通称・関吟）志舟会本庄支部でした。その教室の師匠の故・吉井穂新先生の人柄や教室の雰囲気にも惚れ込み入会したのは七十五歳、二〇〇九年四月だったと思います。

以来、新人として教室で学ぶだけでなく年間数回の詩吟大会や特に競吟大会に挑戦し、新人賞はじめ壮年の部でも入賞し、まわりを驚かせてきました。

何よりも、自分でも驚いたのは、段位も七年目に五段に昇進しましたが一昨年に師範代に合格、今年七月には駄目だとあきらめていた準師範の試験にも挑戦し、なんと合格をしたのです。

詩吟を始めて1年目、第49回しらさぎ吟詠競吟大会で新人の部でいきなり入賞。師匠を囲んで記念写真（左から著者、師匠吉井穂新先生、林新香先輩。（2010年４月18日）

というのは、試験日の一ヵ月前の定期検査で胃癌が見つかり六月二十五日入院手術を受けることが確定したため、七月十五日、退院直後の試験など無理だと一度は断念したのです。

いかに内視鏡による手術とはいえ退院後、声も出ないし練習も出来ない、筆記試験は入院中にできるが詩吟の練習はとても無理だとあきらめていたのです。しかし、徳稲穂晃師匠から、背中を押され、「ダメ元」と開き直って挑戦をしたのです。

ところが、八月に入って本書の編集作業の渦中にあったため教室を欠席していた私に、師匠から「髙岡さん合格だよ」との連絡がありこれまたびっくりでした。

小学生時代にはラッパ隊、高校時代は卓球部に、そして大学時代は名ばかりの弁論部に入るなどそれなりの趣味は、多かったのですがいずれもうわべだけに終わり、段や資格まで取ったのは今回の詩吟だけで、しかも、癌や病気との闘いの中で学び一応認められた事が自分にとって少しは褒めてやりたいと思いつつ筆をおくこととします。

お断り

私の労働運動人生の後半、一九八〇年代から二〇〇四年にかけて海外労組との交流や重要な国際会議へ多く参加し貴重な経験をさせていただきました。

その中で、それまでほとんど大手組合の幹部だけしか参加できなかった海外交流を、関北地連として、中小労組からも多数の代表派遣を実現し、その内容も経営者を交えた緊密な相互交流するなど具体的な状況のレポートをまとめましたが紙面の都合ですべて割愛しました。

また、私が紙パ労連時代から各組合で行った学習会での講演録も、編集部の皆さんが何日もかかってテープを起こし文書化し、まとめて頂いたにもかかわらず本書に掲載できませんでした。

改めてお詫びするとともにこれらのレポートは、手作りではありますが別冊で後日発刊をしたいと思いますのでご了承ください。

寄稿　高岡さんの「人となりを語る」

「怒り泣き笑いの足跡」

中越パルプ労働組合・元中央執行委員長
森　脇　紘　治

この度は紙パルプ労働運動に多大な貢献をされた髙岡正美さんが、自分の生きざまを描いた記念誌を発刊されることになりました。発刊にあたり寄稿の依頼があり誠に光栄の至りであります。

髙岡さんの足跡は私が語るまでもなく、紙パルプ産業の中小労働運動の分野で優れた指導者として誰もが認める存在です。

労使間の問題といっても、つき詰めれば経営問題にぶつかるわけです。問題点を〝見える化〟して解決に向けて対応する過程では、感情の波を被ることも、感情を抑えて冷徹に振舞うことも、ある時は万策尽きて歩きながら考えることもあったでしょう。

こうした幾多の争議に携わり艱難辛苦を乗り越えてきた、髙岡さんの足跡を振り返ると、①理不尽な経営者に怒り、②どう見ても会社に体力が無くて泣きながらの苦渋の選択をし、③争議が終った後日の再会では笑いであの時のことを語り合うことが出来たこと。

髙岡さんの歩いてきた道は、いつも怒りと泣きと笑いのセットだった気がします。

指導者の力量を見る時に、脳の領域は経験や訓練で到達可能ですが術の領域では創り出す力がなければ携わることは難しいと思います。まさに髙岡さんは術の領域に達した稀なる指導者だと思います。

経過を振り返ると経営の分野にまで踏み込んだ姿勢は見解の分かれる所かもしれませんが、労働者の要求に耐えられる企業体力の面にまで視野の範囲を広げていることに感心する次第です。

彼の周りには激しい事を言う友人もいますが聞く方にしてみれば大変です。それでも多様な声を肥やしにするのも髙岡さんが備えている力のひとつでしょう。

それだから彼の前には人の輪が出来るのだと思います。

今回発刊の貴重な記念誌が紙パルプ労働者の道しるべになればと思います。そして髙岡さんの自分史でもあり、家に居ることの少なかった夫を支えてきた奥様や家族の皆さんに詫びている男のうしろ姿が、この記念誌なのかもしれません。

これからも大刀とカミソリの切れ味を合わせ持つ髙岡さんが、大所高所から紙パルプ労働者を見守って頂ければと願っています。

発刊の大仕事に対し深甚の敬意をこめて、お祝を申し上げます。

原動力は、人間に対する熱く深い愛

スターリングパートナーズ合同会社
代表社員　**松﨑任男**

髙岡さんのことを思い起こすたびに「子供に魚を一匹与えればその日は生きられる。魚の取り方を教えれば一生生きられる」とユダヤ人の格言がよみがえります。この格言には子供に対する深い愛が底流にあると感じられます。

髙岡さんは、組合活動一筋六十年超の闘う戦士、癌にかかっても癌も逃げ出すような強く怖い人と受け取られるかもしれません。その原動力は、人間に対する熱く深い愛と他人に対する真のやさしさが底流にあるのです。

働く人達やその家族が安心して楽しく暮らせるためには何が必要か、働く人たちの環境をどのように整えたらよい（企業を存続させるにはどうするんだ）のか、という命題に対し必死に考えて様々な施策や提案をされます。

「その場限りの金銭を与えてもらっても働く人の永続的な幸せにはつながらない、一生幸せに暮らせなければだめなんだ。」これが絶対にぶれないのです。どのような事案でも同じ原則を貫き通されます。

従って、経営がまずければそれをただし、他方で働く人たちに努力や自己研鑽が足りなければ、勧告する。自分のことを最も心配してくれるオヤジのような、本当にありがたい御仁なのです。

　このようにどちらにも注文を付ける立場にいられるためには、ご本人が極めて高潔でなければなりません。裏表なく、かつ私利私欲を抹消しなければ、人々は絶対についてこないのです。

　私は、事業再生事業で二件、高岡さんのお力を借りました。中越テックでは破産法系の法的な手段を使わなければ、最終的な解決は困難かもしれないと思われた事案でした。

　私たちファンドが経営の主導権を握らせてもらって内容を見てゆくと想定外の事象が普通に出現して、再生をあきらめなければいけないと思ったことは一度ではありませんでした。

　ギリギリの環境下でも、高岡さんの人間愛はぶれずに従業員を叱咤激励して、奇跡的に再生を果たすことができました。

　学校法人・辻学園の事案では、乱脈経営をしていた旧経営陣から生徒を守ることを第一に考え、教職員をよくまとめてくださいまして、民事再生法という法的手段を使いながらも、影響を最小限に抑え、再生を実現できました。今年二月には、辻学園の百周年記念式典が開催され、錚々たるＯＢ、ＯＧの方々から感謝されました。

　高岡さんは、組合活動に身を投じましたが、別の道、経営者、教育者、政治家の道を歩まれたとしても、人に対する深い愛情は変わらないので、同じように素晴らしい業績を上げられたことと信じます。

　私は、高岡さんを尊敬してやまない若輩の一人として、彼を労働組合の活動家としてよりも人間愛あふれる高潔な御仁として、少しでも近づきたいと思っております。

　まだまだ高岡さんに活躍していただく世界は数多くあると思いますので、お体大切に一人でも多くの人に幸せを導いてほしいと願っております。

義に生きることの素晴らしさを教えていただき夙川学院大・辻学園の経営再建で大きな役割を

京都文教短期大学准教授
森　美奈子

私が、高岡先生に初めてお会いしたのは、平成二十年の五月でした。当時、私が勤務していた夙川学院は、リーマンショックによる資産運用の失敗で多額の負債を抱えており、突如、学園法人より短期大学の閉鎖を発表されました。私は食物栄養学科の主任教員として学科の改革に取り組み、定員を大きく割り込んでいた学科を教職員一丸となって立て直し、定員の一一〇％まで入学者を二年連続増加させることに成功した矢先の発表で、ただただ愕然としました。

当時、夙川学院には教職員労働組合は有ったものの長期間経営状態は安定しており、財務も健全であるという報告を受けていたので、突然の経営危機に直面し、皆、職場が無くなるかもしれないという深刻な不安、危機的状況の中で、一体どうしたら良いのか途方に暮れて、大混乱が始まりました。

そのような状況下で実施された組合員選挙で、私は予想もしなかった副委員長に選ばれてしまいました。私は、知人を通じてふじ総合法律会計事務所の田島義久弁護士の元を訪ねてご相談をさせて頂きました。そして、田島先生から労働問題のプロフェッショナルである高岡先生をご紹介して頂きました。

初めてお会いした高岡先生に、私は必死で学園の窮状を訴えました。後に、私のあまりの必死さに何とか力になってあげようと思って下さった事を伺いました。

やがて、労働組合の顧問に就任して頂き、二年間で九十回近くになる団体交渉と打ち合わせに同席して頂きました。

髙岡先生の情熱あふれるご指導と、団体交渉時の適格で迫力の有る交渉で、法人側の弁護士や顧問は何度も変わりながら、少しずつこちらに有利な状況となりましたが、労働基準法に違反して、組合に相談なしの給与カットや退職金未払い問題で、長期に渡りもめにもめました。

髙岡先生と共に労働組合の顧問弁護士に就任して頂いた奥田慎吾弁護士と共に三つ巴の壮絶な闘いでした。何度も深夜まで続く団体交渉や申し入れ書の作成をお手伝い頂きましたが、組合員の中には、法人側に組合情報をリークする者もいて、阿鼻叫喚の人間関係に何度も心折れそうになりましたが、髙岡先生が常に励まして下さり、ある時、「私心なければ揺らぐことなし」という元大阪府知事の黒田了一先生の言葉を教えて頂きました。それ以降、私の座右の銘になっています。やがて、給与や退職金未払い問題は裁判になり、その裁判でも髙岡先生にご証言頂き、訴訟側の全面勝利という結果になりました。

また、私が元勤めていた学校法人・辻学園でも、経営難から民事再生になり、組合の無かった辻学園では、髙岡先生に教職員会を組織する助言を頂き、またもや労働顧問として、学園の経営会議にも参加され経営破綻をくいとめ学園の存続に役割を果たしていただき、教職員の皆さんの雇用や条件交渉の手助けをして頂きました。そのお人柄は、本当に情熱に溢れ、どこまでもお優しく、労働者の正義のためにはとことん闘う厳しさも兼ね備えておられます。まさしく、労働者の正義のヒーローです。

私は、髙岡先生との出会いで、義に生きることの素晴らしさを教えて頂きました。心より感謝しております。また、今後も益々パワフルにご活躍されることを祈念致します。

人間として、誇り高く美しく

関西勤労者教育協会副会長
中田　進

紙パ関西北信地連の春闘討論集会での講演を依頼され、サンダーバードでご一緒して、その豊かな体験や考えを伺い、すっかりファンになりました。

髙岡さんが、詩吟に心を惹かれ練習に励んでいるとのこと、私も新興吟詠会という革新の詩吟会に属しているので嬉しくなりました。沢口靖子主演の『校庭に東風吹いて』の上映運動への協力をお願いしたところ、快く承諾下さり実行員会の成功やチケット普及に尽力下さったことを感謝しています。

このたびの髙岡さんの組合運動六十年の『財は人なり』の原稿を一読し圧倒されました。「これぞ労働組合！」と感動しています。

私も学習教育の分野で労働組合運動に関わってきましたが、労働者に何を伝えてきたのか恥ずかしくなりました。

労働者は資本主義のもとで、資本家に搾取されたたかう以外に生きる道はないと「理屈」を語ってきましたが、髙岡さんは現実の「たたかい」の中で「会社の経営」があってこそ雇用があり生活が成り立つという当たり前のことを、労働者の側から実践的に実証されています。

常に経営の危機にさらされている中小企業の労働組合運動の厳しさは想像を絶するものがあります。勝利するためには団結と理論の力が不可欠です。

幼少の頃に生活の根底が破壊され、貧困に直面し、学ぶ権利をも奪われた髙岡さんだからこそ「学ぶこと」の大切さを悟り、「理論」の持つ大きな力を深く知っておられます。誠実そのもののお人柄が「団結」の要となり、自らも学びながら、弁護士や経営分析の専門的な「理論」が解決への大きな力になっています。

常に労働組合での学習を重視され、関西労働学校にも多くの組合員を派遣して下さいました。一九五五年に開校された「関西労働学校」の当時の事務所は、大阪梅田の近くにあった大阪総評ＰＬＰ会館の庭にある小さなプレハブの通称「鶏小屋」と呼ばれる建物でした。

紙パ労連関西地協の事務局員になられた髙岡さん、通るたびに温かく声をかけて下さり、六十年後のいまも私たちの組織に物心両面の支援を惜しみなくして下さり感謝しています。

資本の不当な攻撃や金銭による「誘い」に毅然と対決し、凛として美しく闘い生き、今も現役の髙岡さんからこれからもいっぱい学びたいと思っています。類稀な記憶力と、記録の力で具体的にドラマチックに綴られたこの書を広く普及したいを思っています。

受注産業で組合結成に大きな不安と衝撃
「組合が会社経営守る」高岡イズムを信頼

日本紙興株式会社代表取締役会長
清水常雄

高岡先生との出会いは、今でも鮮明に覚えています。弊社に　組合が設立された、一九八五年の事でした。当時私が入社をして二十五年、営業部長の時です。社長、総務部長から会社に組合が出来たこと、上部団体が総評・紙パ労連であること、そして窓口が高岡書記長であることを聞かされました。

その二日後に高岡先生にお会いさせていただいた訳ですが、お会いするまで営業の責任者としての立場で商取引上懸念する材料が多数浮かんでおりました。

第一に組合のある製本専業者として受け入れてもらえるのかどうか。関西では事例も無い事であり、当時の製本業といえばお得意様である出版会社、印刷会社、電話印刷会社、等々の事業者に非常に弱い立場で隷属的に従う受注産業の典型でありました。

又、機械化されたとはいえ、まだまだ超労働集約型の産業であり、従業員の労働環境も充分ではなく、福利厚生面等は全く遅れている状態でありました。

組合の要求が過度でストライキ等にでもなった場合、それこそ毎月納期の調整が必要な業種であるのに商売を継続することが出来るのかどうか、悩む事ばかりでした。

そういったことから早急に組合執行部はもとより髙岡先生と本音で、協議させていただきたいという心境でした。その後数回協議をさせていただき、髙岡先生の豊富な経験と知恵、判断と決断、全て、誠に的確で、私の悩みも即座に解決に至りました。先生の基本的な考え方は、「会社あっての組合であり、会社存続が一番です。組合も会社が良くなる事は、協力するのは当然ですよ。筋道のとおらないストライキ等絶対禁止ですね。」と話していただいたと思います。

業界の状況は私達よりも数倍よくご存知だったと思います。その結果お得意様にもご理解いただき、会社の信用も以前より増した様に思いました。この様に組合設立に伴う不安は髙岡先生の英断により解消され、組合との共存共栄の関係が築かれた様に思います。以後私は、髙岡さんのことを先生、立命大の先輩にもあたりますので髙岡先輩と呼ぶ様になりました。

その後組合との良好な関係が持続され、私も組合の事への関心を持ち、関経協の労務管理講習、紙パ労連の講習会、労使懇親会等組合への関心も高まり、それにつれて、組合員の会社への協力が得られ会社の業績も安定に推移しておりました。そして弊社の主力商品の電話帳が携帯電話の普及により、その製本が激減し売上が２割強減少、弊社も大きな構造改革を実施した際にも、組合の理解を得て、会社も組合員、従業員の雇用は守り、何とか切り抜けながら労使協調し危機を脱する事が出来ました時にも、髙岡先生初め組合執行部の深い理解と協力の賜物と今でも深く感謝する次第です。

その後、紙製品業界、出版業界、印刷業界の不況の中、何とか業績を維持出来ている事は髙岡先生の会社の経営が一番重要であるという髙岡イズムの実証であろうと思っている次第です。

先生も高齢になられた現在健康に留意され、今後共ぶれる事の無い人生を完逐して頂きたいと思っております。最後に良い出会いをありがとうございます。

ひびけ丹波の地唄で七人の侍が

天王寺法律事務所
弁護士　宇賀神　直

この度、髙岡正美さんが「労働運動と会社再建闘争一筋、怒り、泣き、笑いの半世紀」のご本を書かれました。私はその草稿を読んで改めて髙岡正美さんの人柄と活動の足跡に強い関心と驚きを覚えました。それで是非このご本を一人でも多くの方に読んで頂きたく推薦する次第です。私が髙岡正美さんと知り合ったのは一九六四年の兵庫県氷上郡柏原町の第一製紙会社の工場閉鎖・全員解雇に対する労組の闘いの時でした。その闘いに立ち上がったのは四十数名の労働者のうち七名でした。七人の侍です。他の労働者は生活を護るために外に働きに行かねばならなかったのです。七名の労働者は、神戸地方裁判所柏原支部に解雇無効・賃金支払いを求めて裁判を起こしました。私は紙パ労連の依頼を受け、その裁判に代理人として参加し、紙パ労連関西地本事務局長だった髙岡正美さんと知り合いになり、共に労働者を励まし、会社に抗議と解雇撤回の要請運動を進めました。私は柏原町の古い旅館に泊まり髙岡さんらと打ち合わせをしたことを覚えています。最後は神戸地方裁判所で自主退職と一時金支払いで和解しました。会社は神戸地裁に工場からの退去を求める裁判を起こし、裁判官が和解を促したのです。私の手元に「ひびけ　丹波の地唄」というパンフがあります。このパンフレットで宣伝活動を展開したのです。そのパンフレットを手にして若かった頃の髙岡正美さんと同じく青年弁護士だった自分が甦えります。

ヨーロッパ旅行の思い出

弁護士法人こまくさ法律事務所
弁護士　福　山　孔　市　良

髙岡さん、『財は友なり』の出版おめでとうございます。おたがいに八十歳を越してしまいましたが、思い出すのはヨーロッパ旅行の時のことです。

あれは、大阪工作所の事件が解決した後、民法協から一緒にヨーロッパに行こうということになりました。

同じ行くならロンドンやパリの美術館などを廻って、絵画を見て歩こうという話になりました。

それではきちんと絵画や彫刻の勉強をしようということになり、私の自宅に何回か来てもらい、二人でいろいろな本を読み合わせしたことを思い出しています。

あれから、何十年もたつのに、髙岡さんは今だにあの時のことを昨日のように話をし出すのは驚きです。

髙岡さんは、人間味豊かな活動家でやさしい人柄の人です。絵画の勉強は、その面でも少しは役に立っているのではと思います。

数多くの労働事件をともに闘う

大阪弁護士連合会前会長
山口健一法律会計事務所
弁護士 

私は、長年にわたって髙岡さんが、中小企業の解雇、倒産、再建等、労働運動の最前線で闘いの中心になっておられたことを先輩弁護士からよく聞いていました。私が弁護士になったのは、一九七七年、昭和五十二年でした。

その頃は、労働運動が最盛期で、多くの労働組合が、労働者の権利を守り発展させるために闘っていました。

髙岡さんとの直接の出会いは、髙岡さんが大阪府の地方労働委員会の労働者委員に就任された時だったと思います。

このころ、私が担当していた労働事件はおそらく十件以上あり、その多くが労働委員会に係属していました。審理の中で、あるいは、斡旋、調停等の手続きの中で、労働者委員の役割は、大変大きいものがありました。

私は、不当労働行為のデパートと言われた日本シェーリングの事件をはじめ、多くの事件で髙岡さんにお世話になりました。

私たちは、自分の担当する事件だけでも、精一杯だったのですが、髙岡さんを頼りにしている多くの弁護士達の担当する全ての事件を、きちんと検討し、いつも適切な対応をしていただき、まさに頼りになる労働者委員でした。

幼い頃から辛酸をなめる生活を経験され、持ち前の能力と努力そして正義感で、様々な分野で多大な貢献をされた髙岡さん。

髙岡さんにお世話になった私を含め当時の若手弁護士に「もっと勉強しろよ」ときっと思っておられただろうなと思います。

これからもますますお元気で活躍されることを期待しております。

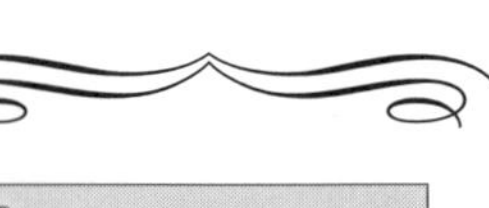

不死身の人！

大川・村松・坂本法律事務所
弁護士　村　松　昭　夫

髙岡さんに初めてお会いしたのは、かれこれ三十年以上も前になる。当時、私は大阪法律事務所に入り立ての新人弁護士だったが、その頃は、本書でも紹介されている大阪工作所事件が解決に向けて佳境に入っていた時期であった。

事務所では福山孔市良弁護士や大川真郎弁護士などが組合代理人として、そして、地労委の労働者委員としては髙岡さんがこの事件を担当していたことから、先輩弁護士から「唯一の頼れる労働者委員」として紹介されたと記憶している。

現に、小柄でありながら、パワフルで、弁舌も小気味よくさわやかな組合幹部という印象であった。また、当時から私などの新人弁護士にも気さくに接してくれた。

残念ながら、労使が真っ向からぶつかるガチンコ勝負の労働事件をご一緒することはなかったが、その後、公私ともに親しくさせていただくようになり、いくつか大事な事件も担当させてもらった。

髙岡さんは、今更言うまでもないが、不死身という言葉がぴったりである。聞けば、何度か手術も受けておられるとのことであるが、いまなお、休日も厭わず、北陸に四国にと走り回り、身体的衰えなど微塵も感じさせず、精力的な仕事ぶりも一向に変わっていない。

プライベートでは、年に何回か合宿と称して宿泊でのゴルフなどをご一緒するが、そこではその不死身さ、若々しさを一層感じる。身体の柔軟さも変わらず、身体全体を使ったフルスイングはパワフルで、飛距離は落ちたとは言え球の勢いに衰えはない。

いまでも往年の好スコアを取り戻すべく、飽くなき向上心も持っておられる。その不死身さ、若々しさは、ご本人が言うように、戸籍の生年月日が間違っているのではと本当に疑ってしまうほどである。

また、髙岡さんの真骨頂は度量の大きさである。組合員の生活のためとなれば、敵対関係の経営者の懐に飛び込み、丁々発止で渡り合い、腹を割って話し合い、説得もする、まさに髙岡さんならではの清濁併せのむ度量の大きさである。そうした人柄と豊富な経験もあって交友関係も幅広く多彩である。「財は友なり」が座右の銘であるゆえんである。

本書は、極貧の生活とそれを前向きに乗り越えていった幼少期から書きおこされている。終戦前後は、世の中全体が貧しかったとは言え、髙岡さんの幼少期の極貧生活の凄まじさには言葉がない。

しかし、それを必死にそれも常に前向きに生き抜いた体験と、その髙岡少年を助けた多様な人との出会い、それが文字通り髙岡さんの原点になっているのではないか。人との出会いの大切さを改めて学ばせてもらっている。

半世紀どころか六十年に亘って、常に中小企業組合運動の最前線で闘ってきた髙岡さんの経験と教訓を学ぶことは、組合活動家にとって貴重であることはもちろんであるが、その不死身さ、若々しさかつ魅力的な人柄と生き様は、組合運動家だけはなく、広く私たちをも引きつけて離さないものがある。

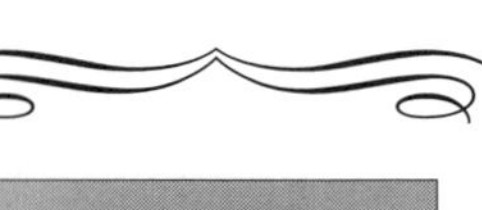

時代が求める男

岩谷・奥田法律事務所
弁護士　奥田愼吾

二〇〇五年（平成十七年）十月、髙岡さんとの初対面の印象は、「やたら目がギラギラしている人やなあ。」というもの。ある労働組合の相談でした。

それ以来、現在に至るまで、法律相談や組合運動の関係で、折に触れてご一緒しています。

二〇一〇年（平成二十二年）夏から、髙岡さんに巻き込まれて、兵庫県にある某私立短大の労使紛争に関わることになりました。大学の経営が悪化し、教職員の労働組合が雇用や経営再建問題の対応に苦慮しているので協力して欲しい、ということでした。

団交申入書に対する加筆修正に始まり、団交、執行委員会や組合大会への各参加、組合内勉強会の講師、組合役員とともに私学共済、メインバンク及び文科省への各要請、訴訟提起などフルコースで活動しました。

団交では、髙岡さんが吠えて私がまとめて交渉を終える、というイメージで臨みましたが、実際には真逆でした。髙岡さんは女性教員に慕われ、私は怖がられました。

団交の帰りには、髙岡さん運転の車内で、毎回団交の反省会をしました。

ある夜の団交の帰り、車内でいつものように反省会をしていたところ、後ろから追ってきたパトカーに捕まってしまいました。二人とも話に夢中になり、髙岡さんが阪神高速神戸線の六〇キロ制限区間で速度超過をしてしまったのです。車内で待つこと二十分、髙岡さんがパトカーから戻ってきました。なんとスピード違反は不問、車線変更の違反切符だけで済んだ、とのことでした。

パトカーの車内では、自分の息子ほどの年齢の警官二人に対し、年齢を聞いたり、「ボランティア活動」をしてきた帰り道であることを話したりしていると、警官が進んで寛大な処理をしてくれた、とのこと。髙岡さんのすごさを見せつけられました。

組合員の集団訴訟（未払賃金請求訴訟、地位確認訴訟）二件を提起しましたが、前者は全額支払で、後者は金銭的には高水準で解決しました。

しかし、髙岡さんとともに目指した組合主導での経営再建は叶いませんでした。短大の不動産は売却され、二〇一三年（平成二十五年）、廃止されずに残った一学部が系列の四年制大学の敷地に移転しました。その結果、多くの組合員さんが短大を離れざるを得ませんでした。髙岡さんも私も、組合員さん達の願いに十分応えることができなかった点で、忸怩たる思いがありました。

当時は、大学側の態度や組合内部の人間模様を見るにつけ、二人で喜び、嘆き、怒りました。また、ともに取組みを深める中で、髙岡さんの長いご経験とその中で培われた労働事件や組合運動に対する熱い思いに触れました。

この経験は、私にとって、弁護士としても人間としても、大いに勉強になりました。

労働運動の継承という観点から見たとき、髙岡さんの豊富なご経験、労使紛争解決に向けた姿勢や取り組みは極めて重要であり、時代はますます髙岡さんを求めています。

少なくとも百歳までは現役でご活躍されることを心から祈念しております。

しなやかに、時にしたたかに
―高岡さんへの手紙―

全日本塗料労働組合協議会元中央執行委員長
魚座　征一郎

拝啓　高岡さん、『財は友なり』の発刊おめでとうございます。この書に若輩の私が寄稿できる機会をいただき光栄です。

高岡さんの小柄な身体のどこに、知力、気力、体力が秘められているのでしょうか。傘寿を前にして身に襲ってきた病苦を乗り越え、なお生涯現役の気概をもって活躍されるさまには、ただただ畏敬の念を抱かざるをえません。

高岡さんは六十余年にわたって労働運動を第一線の現場に立って指導されてきました。その指導理念を自ら「したたか」運動路線と称されています。

わたしに言わせるとそれは「しなやか」路線ではないのか、そして時には「したたか」に対応するという柔軟な指導理念にあったのではないかと思います。

一九九〇年代初頭、純中立組織であった全日塗が連合加盟を決意したものの、路線を異にする組合との葛藤に悩んでいた時、関西化学単産会議を通じて懇意にしていただいていた高岡さんから、紙パ関西での厳しい路線対立を乗り越え対応した経験を含め貴重な助言を得たことが思い出されます。お陰さまで全日塗は一組合の脱落もなく連合加盟を決定することができました。

長い労働運動を通じ、熱血指導されたその蓄積が、現在の豊富な人脈を産み、見事な表題、『財は友なり』につながったと思います。

高岡さんの足跡は後に続く世代に脈々と受け継がれることと確信します。これからも生涯現役の気概を保持し中小労働運動の師として指導されることを念じています。

末尾ながら、高岡さんに敬愛の念を込めて「高岡の前に高岡なし高岡の後に高岡なし」の言葉を添えペンを置きます。

敬　具

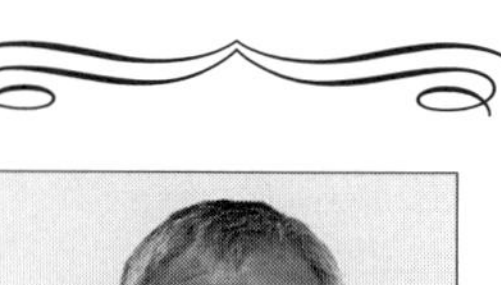

実践に裏付けられた理論派

化学一般労連中央書記長、化学一般関西地本・副委員長
宮崎　徹

私のような、若輩者が髙岡さんについて語るなど二十年早いと思っておりますが、あえて書かせていただきます。

髙岡さんと最初にお会いしたのは、三十数年前、私が三十歳そこそこのころでした。

当時は、関西化労協が存在し、上部団体の違いや有無に関わらず、活動の交流や情報交換など活発に行われていました。

その中心におられたのが髙岡さんでした。

一九八〇年代に入って、中小企業の経営と労働者の生活を同時に守る運動の重要性が、幹部だけでなく組合員の中にも浸透し始めていました。

髙岡さんは、まさに「同時に守る運動」の先駆者であり、中心人物であったと思います。

低成長・不況の経済情勢の中で紙パ中小労働者を企業倒産・全員解雇という最も過酷な状況に陥らせることなく、労働組合の自主性や存在意義を失わせない運動スタイルは、「さすが」というしかありません。

それまでと違った理論を押し出して、方針として実践をしていく過程では、随分とご苦労されたことと思います。

様々な批判や罵詈雑言もあったと思いますが、私のイメージでは「飄々と乗り越えて」こられたように見えるのですが……。

「飄々」の裏には、理論と実践に裏打ちされた自信があったからだと思います。これからも健康に留意され、私たち後輩に色々とご教示ください。

また、叱咤激励をお願いします。

身を削りながら再建目指す闘い学ぶ

食品労連関西地協元議長
大日本製糖労組元委員長
堤　信　幸

髙岡さんとは昭和五十六年大日本製糖の経営の失敗により、堺工場の閉鎖、跡地の売却、希望退職が提案されたときにお世話になり、貴重な指導アドバイスを頂いたのがはじまりです。

直ちに地域ならびに産別で反対共闘会議が結成され、労使の厳しい闘いとなった。関西化労協の多くの支援を受けて闘い一定の成果をあげることが出来ました。

この時にしたたか運動を髙岡さんから学ぶこととなり、資本と経営の隙間を戦略としてとりいれ「身を削りながらも再建する」という新しい視点での闘いで大きな成果を上げることが出来ました。本書は混迷する労働運動に指針となるでしょう。

現役指揮官

紙パ連合関西地方本部書記長
兵庫パルプ労働組合委員長
藤　原　　守

私が、関北地連の髙岡と言う名を聞いたのが、今から二十七年程前、労組の執行委員に就任し、当時の委員長より聞いたのが始まりである。

昭和三十年代、労働運動が活発化する中で、兵庫パルプに於いても昭和三十五年に六十三日間に及ぶストライキ、昭和三十七年には組合分裂と激動の時代があり、その陣頭指揮を執っていたと聞いている。

一昨年関西地本の書記長に就任し、ある労組の定期大会の来賓として出席。その場で髙岡氏と出会うことが出来た。労働運動の先駆者として、使用者から信頼され一目置かれる人。社会情勢をよく見きわめ、使用者の立場でものを考え、心をつかむ。信頼を得ることによって批判を乗り越えられる。

労働組合法が制定されて七十三年、半世紀以上にわたり現役の指揮官としての髙岡氏の言葉に重みを感じる。今、労働運動が衰退する中で髙岡氏が歩んでこられた功績は、紙パルプ業界をはじめ次世代に継承し規範とすべき時期がきているのではないか。

もし私が、関西地本の書記長をしていなければ、生涯現役と言う人物には出会うことはなかったであろう。

超ワンマン社長にもずけずけと

紙パ関北地連議長
立山製紙労働組合執行委員長
高橋正宏

立山製紙労組と髙岡さんとの関わりは、昭和三十年代の人員の大量解雇問題での労働争議に当時の紙パ労連関西地協のオルグとしてこられたのが最初だそうですが、現在会社には当時を知る人は一人もいません。

髙岡さんは歴代の執行部や会社の主要役員とは深い付き合や交流があり、誰よりも私たちの会社や組合の歴史をご存じなのではないかと思います。

とりわけ、超ワンマンと言われていた歴代社長にもずけずけと物を言い、周りをはらはらさせることも数多くありました。

しかも、会社の側近さえも言えない会社の経営の在り方や問題点もズバリ指摘されることがありました。まさにそれは髙岡さんが、それだけ会社、経営トップからも一目置かれる存在でもあるからだと思います。

いつも若々しく元気なのでいったい年齢はおいくつなんだろうか、全然年を取らないのでは……と思うくらい不思議に感じています。

私が組合役員になってからも会社側から一方的な賃金カットの問題がありましたが、全面的な指導支援、アドバイスを受け一年で元に戻すなど成果を上げました。

また賃上げ、一時金交渉の中で判断に迷ったときなど、組合顧問として長年の経験に基づいた的確な助言や支援をしていただき、乗り越えることが出来ました。

関北地連の活動でも地連ニュースや教宣資料、議案書の作成など、日々お世話になっていますが、メールの送信日時を見ると夜中の一時とか二時になっていることがよくあります。いったいいつ寝ておられるのでしょうか。

私たちの前では無理をされているのではないかと心配しております。

これからもお体を大切にされて、顧問として私たちをご指導していただきたいと思います。

そして、私たちも顧問に頼ってばかりではなく自立した活動をしていけるよう努力していきます。

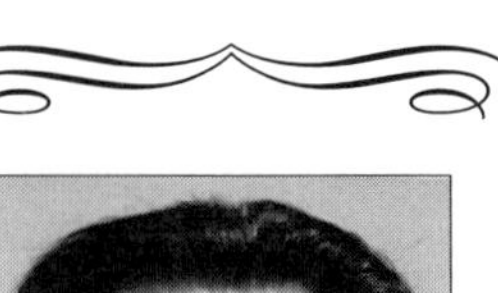

髙岡先輩との歩みは私の宝であり人生の礎

紙パ関北地連初代委員長
ユニオンチューエツ元委員長
村岡修一

お疲れ様です。本当に長い間ご苦労さんでした。

この度、私が長年労働組合運動に係わりを持っていた師と仰ぎ最も尊敬する、髙岡先生が半世紀以上の長きに亘って労働運動一筋に歩んできた集大成として発刊されますことに対し心から、敬意と感謝の気持ちを送ります。

とりわけ、数えきれない数々の闘いが脳裏に浮かんできます。私自身大先生とは頭の中身、行動力、体つき等全く似るところは御座いませんが「何故か馬が合う同士」であり、だれにも負けない気持ちを持っておりました。

振り返れば、自分が勤めている企業が銀行管理下となり大企業からの資本参入があり、仲間たちは厳しい経営状況下での合理化・工場閉鎖など、今思えば大変な時代に組合の専従役員として、日本全国を飛び回っていた時の事を思い出します。

時には同じ釜の飯を食い、失敗の際にはやけ酒で気分転換して自分を責めた。しかし、私の組合運動の原点には経営側からの厳しい合理化条件に対し常に「仲間を信じて、自らを奮い立たせ働く職場の確保、つまり企業存続」に向け共に全力で走り抜けてきました。

その行動の陰には、必ずと言って髙岡先生の存在無くしてありませんでした。これまで労働運動一筋、労働委員会委員一筋に活躍されてきた髙岡先生は、今日私の宝であり人生の礎です。

私も加わり関西と北陸の中小労組集団をまとめ、組織の一本化に成功しスタートした時の苦労は忘れられません。労働運動とともに半世紀、本当にお疲れ様でした。

この度の発刊を多くの仲間が心から祝う声が上がっており、今後の若い人たちの道しるべになる事を期待しています。

「貴重な歴史書として」

紙パ連合北陸地方本部執行委員長
狩野和幸

このたび、私達の大先輩であります高岡正美さんが『財は友なり』労働運動と会社再建闘争一筋〝怒り、泣き、笑い〟の半生記と題し、自らの貴重な体験を通した回顧録を発刊されますことに、心からお祝いを申し上げます。

高岡さんが紙パ労働運動に残された功績のみならず、紙パ産業の激しく、厳しかった歴史が記されています。

貴重な歴史書として現役の組合役員をはじめ、多くの方々に伝え、後世に精神を継承して行かなければならないと、改めて感じています。

高岡さんの長年に渡るご尽力に感謝するとともに、今後も健康にご留意され、この回顧録にとどまらず、これまでの豊富な経験を、私たち後輩へ引続きのご教示お願い申し上げます。

チョット先輩だが大病後も元気

聯合紙器労働組合元委員長
岡山県総社市市会議員
難　波　正　吾

高岡さんに初めてお目にかかったのは、昭和四十二年の十一月だったたと思う。入社三年目、当時私は青年婦人部の書記長を努めていたが、先輩の米川勲青婦対策部長に連れられて紙パ労連関西地本事務所を訪ねた時だった。聯合紙器労組は紙パ労連加盟をめぐって、組合は分裂の危機に直面していた。

紙パ関西地本では、段ボール関係の担当だった故井藤喜一（書記次長）さんとは面識があったが、高岡さんとは初対面であった。童顔のせいか、井藤さんより年下に見えたが、その振舞、言動からして逆かな？と思ったことがいまでも記憶にある。当時中国では文化大革命の最中、紅衛兵の言動が連日報道されていたが、それへの鋭い口調での指摘が強い印象として想い起こされる。

それ以来、聯労との深いつながりや私の総社市議会議員選挙の際には、何度か応援、激励を受けてきた良き先輩であり良き戦友の一人でもある。私より一廻りとチョット年長だが、大病後も元気そのもの、東奔西走されている。四国へのオルグ後の際には、いつも岡山に立ち寄り声を掛けてもらっている。

そして、元日清製紙労組の親分、森谷委員長と三人で旨い酒を飲んで紙パ業界、政労会に話を咲かせている。高岡さん、いつまでもお元気で！

実務と行動力に長けた偉大な先輩

聯合紙器労働組合元中央執行委員長
片岡隆幸

二十歳頃初めてお会いして以来、髙岡さんが今なお現役の労働運動家として活躍しておられることに深く敬意を表するものです。私の見方は、多くの困難を乗り越えて紙パ労働者の守護者となり、数多くの中小企業で働く労働組合員を救ってきた髙岡さんの手腕は、単なる情熱と行動力だけではなく精度の高い情勢分析力とその分析力を支える情報収集力にあったと考えています。スト権の確立は髙岡さんが一貫して指導されてきたことですが、簡単に伝家の宝刀を抜かせず上手く利用したのも髙岡さんの指導だったと思います。会社の存続が危ぶまれるようなとき、親会社に圧力をかけて危機を回避させた例とか、企業の存続が不可能になった場合でも、最大限労働者に有利な条件を勝ち取った例はいくつもあります。私の在籍した会社は大手ではありましたが、組合は会社の分裂攻撃の中で少数に陥りました。しかし私たちは日本一高いと言われた組合費に支えられて、退職者からも会費を頂き現職を後援する活動を続けました。最後の一名が定年退職を迎えたとき、副社長も交えて本社人事部に慰労会を開催して頂き、のちに髙岡さんも招待して神戸で解散式を行いました。髙岡さんからは「聯労の闘いは日本の大企業では例がない」と称賛されましたが、元はといえば髙岡さんの指導があってのことだと心より感謝しています。

「見殺しにするのか」の一言で今の私がある

中越テック労働組合元執行委員長
古川尚敬

二〇〇六年六月三十日に大阪の工場閉鎖問題を解決して今年で早くも十二年が経ちます。いま現在六十二歳、嘱託社員として何とか日々を過ごしています。

髙岡さんと顧問、委員長としてお付き合いをしたのは二〇〇五年九月二十三日～二〇〇六年六月三十日までの八ヵ月余りでした。その中味は、それはもう夜は眠れない、C型肝炎は発病するわ、血便は出るわと精神的にも肉体的にも限界を超える苦しいなかで厳しい会社をどう守るかの闘いでした。

今思い起こせば、私が委員長になる時に髙岡さんが組合顧問を辞めると言い出し、その時に一言、私は「見殺しにする気か」との言葉でなんとか顧問に留まって頂いたおかげで今の私があると思っています。

私より二十二歳年上で今年八十四歳、短い付き合いの中で何十年も一緒にやって来たとも思える程の中味の濃い物でしたね。今だから言える話ですが、子供みたいにすぐに熱は出すし、少しでも気にいらない事があればすねて帰ろうとするし、それをなだめるのに気を使いましたよ。もうそろそろ引退してもいいとは思いますが、そんな事を聞く気も無いでしょうが、これからはもう少し自分自身を大事に、可愛いお孫さんと何よりも奥様を大事に暮らして頂きたいと思います。本当に有難うございました。

ハリマ激動の変遷には常に髙岡顧問の存在

ハリマペーパーテック労動組合執行委員長
清水英文

『財は友なり』発刊おめでとうございます。人との出会い、貴重で大切なことだと思います。私はハリマでお世話になり今があるのも当時、大王製紙よりマシン立上げの操業応援で来られていた主任には、操業についてはもちろんですが、会社組織、組合の存在などについて教えて頂きました。

一ヵ月半と短い期間でしたが今でも濃厚な時間だったことを思い出します。その後の組合活動についても前委員長からの指名により現在があります。

組合活動に携わることで人との出会いは広がりました。その中でも髙岡顧問との出会いにより、さまざまな方との出会いがさらに広がっています。

髙岡顧問に初めておめにかかったのは、平成九年ハリマ定期大会での来賓あいさつを頂いたときでした。とにかく元気でパワフルな印象でした。直接、対面してお話しができるようになったのはそれから二年後でした。人には年代ごとにやらなければならないことがあると思います。また年相応に行動しなさいという言い方をします。

しかし、年齢にしばられることなくチャレンジすることが活力となり、いつまでも若々しくいられるように思います。私は顧問の若々しさは、息つく暇もない忙しい日々にあるように思っています。それは、時々の電話連絡で、今、東京、金沢で会議終わったところなどがしばしば、いつもその行動範囲の広さにびっくりしています。また大阪での会議では、最寄駅まで迎えにきて頂いたとき、街中の何車線もある道路をすいすいと車の運転もたいへん若いです。

ハリマ激動の変遷には常に髙岡顧問の存在がありました。ハリマ製紙の倒産からの再建闘争、大王製紙の不祥事件、グループ企業内での合併、独立など事あるごとにご指導賜りました。その後も、前委員長の管理職登用問題、体調不良による委員長交替などがありました。

ハリマペーパーテック労組顧問として経営訪問、定期大会また合同会議等、お会いできるのは年に数回ではありますが、いつも助言、問題提起いただき組合役員成長の源となっています。会社は顧問が来られるのを嫌がって（煙たい）いますが組合には大きな存在感です。

ハリマでは、以前からですが大王製紙グループ内企業単組として交渉の難しさを実感しています。昨年、念願だった大津板紙労組との交流が実現しました。やはり人とのつながりは重要で同グループ内各単組での立場、問題点などについて意見交換ができました。

今後も顧問にお願いし大王グループ内単組の輪を広げていきたいと考えています。お世話になるばかりですが、ご指導、ご鞭撻のほどよろしくお願い致します。

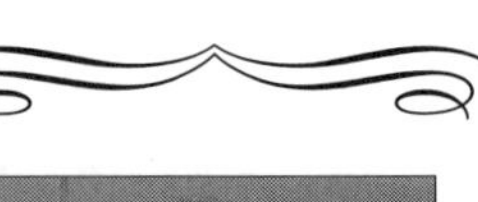

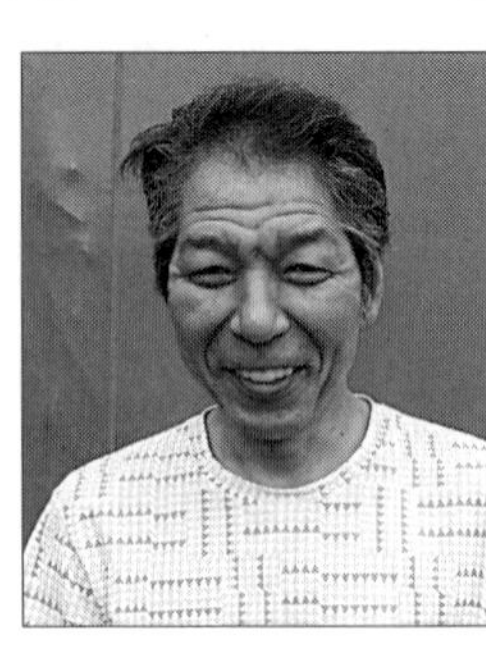

私を育ててくれた小さな巨人

紙パ連合関西地方本部書記長
大津板紙労働組合執行委員長
中村　博

髙岡さんの事は、当労組の顧問だったので知っている程度の方でした。二〇〇一年に私が執行委員になった頃から少しずつ携わるようになりましたが、当時の私は組合活動にそれ程関心がなく、積極的に髙岡さんと話す事もあまりしなかったと記憶しています。

書記長に就任した頃から相談させていただく機会も増え、髙岡さんから労働組合の必要性・執行部の役割・委員長としての立場などを教えて頂き、また、自身が経験された他労組でのオルグ活動について熱弁され、すごい人だなあ～と感じ始めました。

二〇〇九年八月、前委員長退任にあたり執行部内で誰が委員長になるのか……すったもんだの末、私が引き受けることになりました。しかし、委員長としての役目をしっかり果たせるのか『組合員を引っ張っていけるのか』と、物凄いプレッシャーや不安を感じている矢先に髙岡さんから「これを機に顧問を辞任したい」と言われた時はすごくショックでした。

私は「ちょっと待って下さい。私が委員長になるときに辞めるなんてどういうことですか。このまま継続してください」とある意味私の一存でしたが無理やりお願いをしたのです。それに対して髙岡さんは、いろいろあったようですが、結果として了解して頂き安心したことを思い出します。

それ以降、髙岡さんとの関係も深くなり、顧問をされておられる労組訪問へもご一緒させて頂き大変勉強になりました。そんな中、突然「二〇一六年六月三十日をもって一身上の都合で顧問を降りる」申し出があり、これ以上無理なお願いは出来ないと苦肉の決断で受理しました。その後は労働組合とは関係なく、私一個人としてお付き合いさせて頂きました。

二〇一七年に入り会社側よりある提案が一方的にだされ、組合は認めるわけにいかないとの態度ですが、執行部だけではどうすることも出来ず、場合によっては専門家や弁護士に相談し力を借りるしか手立てがない窮地に立たされました。

そこで図々しくも、髙岡さんに急遽会い「これまでの事情などを説明し力を貸してほしい」と申し入れたのです。これに対して髙岡さんは二つ返事で「よし、分かった」と組合の対応についていろいろアドバイスを受け、「最悪会社相手に提訴することも決意すること。そのために有力な弁護士を紹介するから」と応じてくれたのです。

その結果、大阪の弁護士をご紹介頂きましたが、こうした機敏な組合の対応もあり会社は提案を事実上撤回するなど事なきを得たのです。この件をきっかけに再び顧問を引き受けて頂き現在に至ります。本当に感謝の気持ちで一杯です。

今の時代、人間関係がどんどん希薄になっていく中、義理・人情に熱く、まるで髙岡さんの後姿を拝見していると、「身体は小さいが、パワーあふれる小さな巨人」だと思っています。髙岡さんとの出会いがなかったら今の私はなかったと思っています。僕を育ててくれた小さな巨人に感謝しつつ、少しずつ恩返しができればと思っていますので、まだまだ現役でご活躍されますよう期待をしています。

組合が改革もとめ社長など経営陣交代

丸三製紙労働組合元執行委員長
渡部文男

髙岡さんを知ったのは、紙パ労連の産別会議の場でした。

小柄ながらアグレッシブな行動力と、早口の関西弁で周りと議論している姿や、常に電話で労使間の相談事に乗っている姿でした。

私は福島の片田舎から中央本部の会議に出たばかりの新米書記長で、髙岡先生の迫力に圧倒されながら遠くで眺めていたものでした。

その後、私が委員長を引き受けた時、丸三製紙労働組合は、三支部組合員五百七十人。オーナー経営の弱小資本の下、常に赤字と合理化の連続で、不安定な労使関係が続いていました。

また、年度末には、赤字解消の打開策として、人員合理化の連鎖は変わらず、どうしたら、経営の安定と組合員の安寧が得られるかと、常に悩んでいました。

ある時、髙岡先生から、「渡部君、労働運動はしたたか運動だよ。画一的な反対ばかりでなく、経営側の提案にも、最良だと思った改善策なら組合として大胆に受け入れてはどうか。対立ばかりじゃなく、組合員を守る為には果敢な妥協も必要だよ」と親身にアドバイスをくれました。

当時は、総評系労働組合特有の、経営とは対立だけの路線でしたから、対話や妥協の手法には、組合員から抵抗がありました。しかし、何度も福島の片田舎へ出向いて頂き、学習会や講演会で、経営分析や対話の重要性。又、他労組の労使間取組の現状を、わかり易く且つ丁寧に話していただきました。

結果、組合員から「このような話は初めて聞いた」「目からうろこが落ちるような話だ」と大変な人気となり、髙岡先生の講演を楽しみに待っているようになりました。

半面、経営者と労働組合は、対立することが基本なのに、経営改善の議論など組合がするのはおかしいのではないか？と疑問を呈し時には厳しく批判する組合員もいました。

私が戸惑っている時、髙岡先生が「……私心無ければ迷う（揺らぐ）ことなし」だよと励まし、貴重なアドバイスをくれました。まさにこのことだと確信して、私の委員長在任中に、組合から経営改革を要求し、社長とオーナー経営の体制を一掃し、設備合理化の資金力がある総合商社経営に転換させました。

このことができたのも、髙岡先生が丸三製紙㈱の経営者と面談して労働組合の考えを伝えてくださった事、当時の会社幹部が、赤字と人員合理化の不毛の連鎖に心を痛めていたことも一因でした。

今では、レンゴーの連結経営下で安定した企業運営と労使関係が続いています。私は、生涯、髙岡先生の言われた「私心無ければ迷うことなし」を座右の銘とし、髙岡先生を生涯の人生の師と仰いでいます。今後とも御身ご壮健で活躍を祈念しています。

にこっと笑ってごまかすお茶目な一面

紙パ連合関西北信越地連元議長
加賀製紙労働組合元執行委員長
山崎　百年

髙岡氏とは、プロローグ第六章、中小労組したたか運動の中でもふれてありますが、関北地連顧問とし、当労組の定期大会にお越しくださった時が最初の出逢いでした。

当時、一般の組合員だった私は、挨拶が凄く長い人との印象しかありませんでしたが、自身が執行部に入り、役員としての重責が重くなればなるほど、髙岡氏の豊富な知識や巧みな話術、そして組合員の生活と雇用を守るという熱意がとてつもなく偉大なるものだと痛感していきました。

執行部在籍中、数多くの事を学び、成長させていただいた訳ですが、経験なしにくわえ、知識・常識などもくわわり、「この若僧は何をほざいている」と、思われた事も多々あったかと思います。

今思い返せば、このような若輩者である私を、いかなるときでも暖かく接し、暖かく見守っていただいていたのだと思うと、改めて懐の広い、寛大な人なのだと実感しております。お世話になったのは公的なことばかりではなく、私的面の方でも大変お世話になりました。

気さくにお声をかけていただき、いろいろご一緒させていただいた中でも、笑いあり涙ありの楽しかったゴルフが一番の思い出です。

負けず嫌いで向上心が旺盛、攻めどき守りどきをしっかり把握し、ラウンドなされる姿はまさに労働運動そのもの。

反面、普段は見せない、にこっと笑って、笑顔でごまかすお茶目な一面も。

「遠慮するな・任せとけ」が口癖で、親分肌の色濃い髙岡氏ですが、この面倒見の良さや、ふれあいを大事になされる人柄が、求心力の源になっておられるのかなと感じております。

最後になりますが、克服なされたとはいえ、二度の大病を患ったとお聞きしております。

これからもご健康に留意し、さらなるご活躍をご祈念いたします。

伝えてくれていたこと

加賀製紙労働組合
執行委員長　三原英敏

この度は、組合活動六〇周年を記念してのご出版、誠におめでとうございます。

私が初めて髙岡氏をお見かけしたのは、自単組の定期大会でした。

十八歳の当時は労働組合そのものが解っていない中で、その必要性と重要さをとても熱弁されていた記憶があります。

あの時は解らなかった事も、幾度もお話を伺ったことで、理解出来る様になった今では、私自身の組合運動の一つである「立場の弱い人たちを守る」を筆頭に、学ばせて頂いた事は数多く有り、ありがたく感じています。

また、髙岡氏は当労組を含め、多くの組合を助けてこられましたが、自分自身の事のように闘う姿を見るだけで、そのお人柄がよくわかります。

豊富な経験と知識で、これからも多くの人達にそのお姿を見せ続けて頂けたらと思います。

最後になりますが、この晴れがましき時をともにお慶びいたし、ますますのご健康とご活躍を祈念いたします。

中小労働組合の後ろ盾

三善製紙労働組合
執行委員長　片山　毅

中小労組とりわけ関北地連の組合幹部の平均年齢は私も含め三十台後半から四十代前半と若くなっています。

これに対する交渉相手となる企業側の年齢は自分たちより人生経験を積んだ五十代後半から六十台前半が大半を占めており、私たちの両親ぐらいの方々または職場の上司などに意見や提言をしなければいけなく、年齢差または経験や知識不足で労組の弱体は否めなく労使対等な関係性とは言え、利害性が生じる交渉の場では大きなアドバンテージになりかねません。

このような中小組合に高岡顧問は、何か単組で問題があればすぐに社長や会社役員等と面談し、組合幹部が言いにくいような申し入れ等もダイレクトに進言され、組合幹部のサポートをされています。

昨今のブラック企業問題などで労働組合の存在が再認識される中、私達中小労組が御用組合とならず組合員の意に即した活動ができるのも高岡顧問のおかげであり、まさに中小労組の後ろ盾の存在として組合を支えて頂いていることに感謝しております。

生きたアドバイスと激励に感謝

中川製紙労働組合執行委員長
崎川桂和

私が初めて髙岡さんに出会ったのは、二〇〇六年に開催した、自単組の定期大会でした。髙岡さんは関北地連の顧問として参加されて、来賓挨拶で壇上に立つと物凄い勢いで組合活動の大切さや執行部の在り方について話をされて(二十~三十分話されていたと思います。)途切れる事のない熱意と、堂々とした姿に凄い人が居るもんだと驚いた記憶があります。

当時の私は、組合活動についてまるで興味も無く、他人事のように思っていましたが書記長に任命され、途方に暮れていた時に髙岡さんから色々なアドバイスと励ましを頂き、組合活動に対して前向きに取り組んで行けました。

あれから十二年経って執行委員長として頑張っていられるのも(半人前ですが……)、髙岡さんが見守ってくれているからだと思います。

髙岡さんはきっとマグロだ！

紙パ関北地連元書記長・日本紙興労働組合元委員長
山原道彦

マグロは泳ぎ止めると窒息して死ぬという。そのマグロは大海で時速80㎞で泳ぐという。

髙岡さんみたい。髙岡さんはきっとマグロだ。それも南洋クロマグロとか大間の本マグロとかでなく、メバチやキハダみたいな普通のスーパーにあるマグロ。

私が関北地連書記長になって、僅か二ヵ月の間に大きな工場閉鎖が二件も起きた。新米書記長は戸惑った。

でも、髙岡さんは、組合より、会社より、資本より速く泳ぎ、工場閉鎖・全員解雇は止められなかったけれど大きな成果を勝ち取った。

髙岡流のしたたか路線は、労働者の立場にしっかり軸足を置き、沢山の問題に関わり、沢山の労働者を助けた。

マグロは泳ぎ止めると窒息してしまう。髙岡さんにはこれからも泳ぎまわって欲しい。

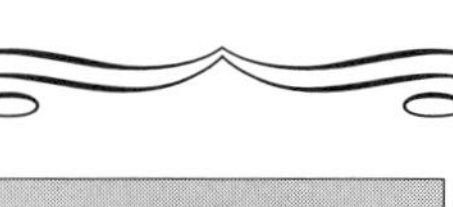

髙岡さんの「相棒」

日本紙興労働組合元委員長
小針毅志

刑事ドラマや小説には二人一組の「バディ物」といわれる分野があるそうです。対照的なキャラクター二人組が難題に立ち向かうという設定です。

そこまでいかなくても取り調べに応じない犯人に対して、気の荒い刑事が机をたたいたり大声を出したりして激しく追及を続けた後、温厚な刑事がカツ丼をおごってやって家族のことや生い立ちのことを話して情に訴えて自白をさせる、といった場面が定番になっています。

日本紙興の労働組合は、紙パ労連関北地連関西紙産業労働組合日本紙興分会として一九八五年（昭和六十年）に結成されました。その際お世話になったのが髙岡さんと井藤さんでした。日本紙興の団体交渉や私が参加させて頂いた地連の揉めた労使の団体交渉では、この名コンビを身近で目撃することができました。

まず、当該労働組合の主張に続き、援護する形で井藤さんが労働組合としての原則的なことを上部団体の立場から訴えます。次に髙岡さんが会社の状況や主張・労組との交渉経過を言い、それを踏まえた提案をします。そして休憩に入り、水面下で、組合が一定の譲歩はするが原則的で有利な案を会社に飲ませる。

というパターンがありました。

大事なことは当該労組が「生活できる賃上げを」「あくまでも雇用を守る」「権利の侵害は認めない」など最後まで要求で団結して条件闘争にならないことです。それがあってこその髙岡さんです。

二番目に大事なことは、髙岡さんも井藤さんも本心から思っていることをしゃべっているということです。会社との交渉は真剣勝負ですから、下手な芝居では底が割れます。地連の活躍はこのコンビがあってこそだったと思っています。

〝団交は働く者の生活と会社の未来開く取り組み〟

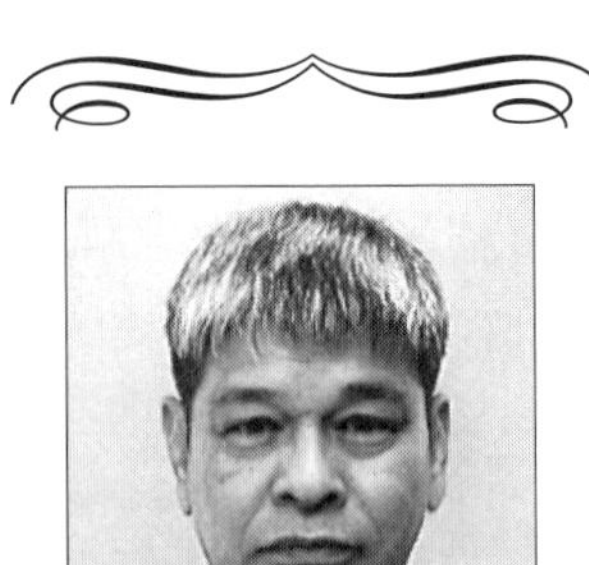

感銘と感謝

日本パック労働組合元委員長
久津輪　英美

一九七〇年の企業合併に伴い、労組統一作業を実施する中で、高岡さんが求心的存在となって御指導を仰ぎ、産別（紙パ労連）への加盟となりました。

以後、関北地連の〝したたか〟な労働運動に感銘を受けながら、中小労組の運動を展開して来ました。

その間、産業再編成が進行する中で、会社解散・閉鎖・合併・合理化・重災害問題などに、豊富な知識と経験に基く適切な対応にて大きな成果へと導き、明確な展望と運動実績を示してくれました。

一方、日本パックの経営危機に伴い企業存続の為、社名変更となり新日本パックから関西パックへとなり新たな再出発を余儀なくされた時、雇用確保、労働条件債権確保の闘いをはじめ親会社中央板紙との直接交渉を行うなど、有効適切でかつ有意義な御指導を頂きました。

時は流れ、現在関西パックとして存続する現実を鑑み、改めて敬意と深い感謝を表します。

労働組合の存在意義

大淀製紙労働組合元委員長
土井　勝

髙岡さんと初めての出会いは、大淀製紙に入社して一年目の昭和四十三年でした。その後私は青年婦人部から執行部・三役・委員長・地連副委員長を務めました。

初めは、労働組合とは何ぞや？　どのような活動をすれば？と、戸惑っているときに髙岡さんと出会いがあり、全ての面でご尽力いただきました。

特に、わが大淀製紙の長年にわたる経営危機、工場閉鎖・全員解雇問題の解決に向けて、髙岡さんのキャッチフレーズ「したたかに生きる」をまさにわが身を持って実践指導していただきました。

会社は長期にわたり破産状況にあったのですが、組合や髙岡さんが先頭に立ち親会社の大商社を動かし長年会社を存続させ、最後は閉鎖しましたが当時では破格とも言われる退職金や慰謝料を獲得する成果を上げました。

小さな組合でも、ここまでやるかと言われ労働組合の存在は、大きな宝だと強く思いました。

私は、兄貴・おやじと尊敬をし、死ぬまでの付き合いを約束しましたが、あの根性と精神で生きて活躍をされる人には勝てないでしょう。

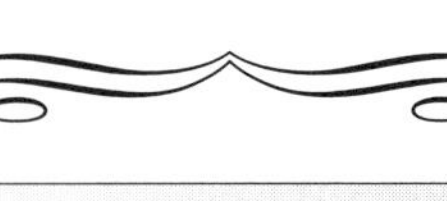

唯一の上から目線

日本包装容器労組元委員長
寺井安弘

私が髙岡さんと出会ったのは日本包装容器労組結成の一九六八年で、聯合労組が組織問題で揺れ動いていた頃です。当時の勤労課長との交渉に同席した時の印象が今も強いです。

その次は、紙パ関西地本や関北地連の会計監査をさせてもらっていた頃です。髙岡さんに唯一意見（文句）が言えるのは年二回の会計監査の日です。

当時髙岡さんは労働委員をされていた頃とも重なっています。その頃地本や地連には髙岡さん自身も一目置く大御所とも呼ばれるような各単組委員長の大先輩が多くおられましたが、その方々も時には監査の日に顔を出され意見を求められました。

会議や場所によっては、労働委員の髙岡さんは時に「先生」と呼ばれていましたから、その先生に向かって監査の時だけは、少し上から目線でそれなりの指摘もさせてもらいました。が今から思うと甘かったかな。

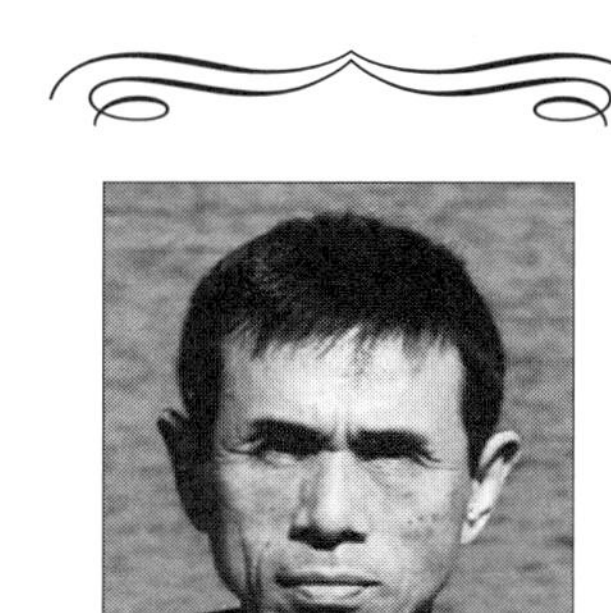

人生を変えた出会い

紙パ連合東海地連元委員長・東京製紙労働組合元委員長
安田和史

紙パ連合の西日本の中小共闘の四地連会議に参加しての自己紹介で「委員長に初めて就任したが一年で辞めたい」と言ったと同時に、髙岡さんから「一年で辞めるくらいなら委員長にならない方がいい」と言われ、その意味を経過とともに実感したのです。

髙岡さんの体験談より組合員に近い取り組む姿勢など、献身的な姿勢がその当時私には心に響くものがあり組合員のために何をすべきかを気づかされました。

そして活動の在り方や取り組み方などが委員長として理解でき腹も決まってきました。

組合を離れて二十数年にもなりますが、組合委員長の経験が自分の人生が変わるきっかけになり、また多くの人とのかかわりはなかなか体験できることではなく、いい経験として残っています。

長い間の活動で多くの人が自分と同じ経験と勇気をもらったと思います。

これからはゆっくり人生を楽しんで下さい。

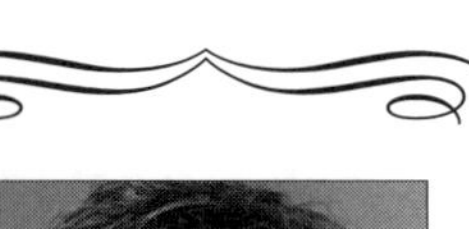

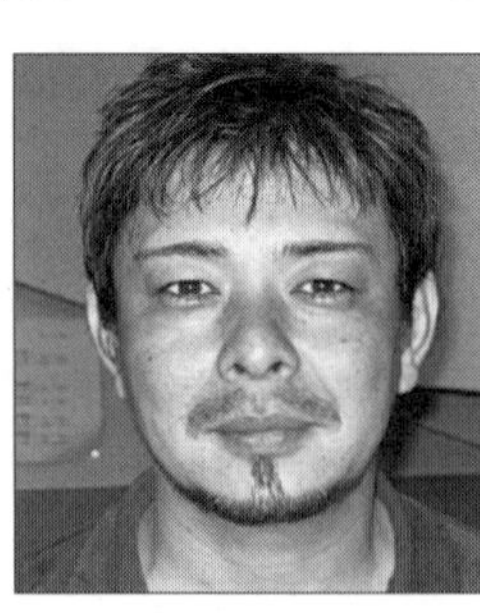

我が成長の恩師・髙岡顧問

千代田明和ダンボール労働組合
執行委員長　木村宣吉

入社当時の私は労働組合の存在意義もわかっておらず、組合活動に興味を持つ事なく、非協力的であったと思います。

定期大会も先輩に怒られるから嫌々参加していたような状態でした。

そして、髙岡顧問の第一印象は「パワフルでよく喋る人だな〜」という強烈な記憶だけで、話の内容などは何も残っていません。

今に思えば、無知で失礼な人間だったと反省しきりです。

そんな私も入社から数十年が経ち、執行部員を経て委員長となり、髙岡顧問と幾度となくお会いしお話をしているうちに本当に多くのことを学ばせていただきました。

「髙岡顧問は本当に色々な経験をされ、苦境にもめげること無く闘ってこられた筋の通った強い男だ！」という事を再認識させられ、そして改めて「私達組合員は知らず知らずのうちに髙岡顧問に守られていたんだ！」と感謝しております。

【生涯現役!!】

これ以上に髙岡顧問にピッタリな言葉はありません。今後もマグロのように停まることなく（笑）全国で待っている組合員のために走り回り、お力を発揮されることでしょう。今後の更なるご活躍、楽しみにしています。

『財は友なり』は、数えきれない多くの経験と実績をふまえた生きた教科書として、これからの多くの若い活動家に活用されることになるでしょう。心から発刊を喜びたいと思います。

超ワンマン社長相手の難題に貴重なアドバイス

東京製紙労働組合元委員長
佐野直文

私が髙岡さんと初めてお逢いしたのは、二〇〇一年大阪での紙パ西日本中小共闘会議（通称・三地連合同会議）でした。

以来十年超に渡り髙岡さんには東京製紙労組の活動において、事あるごとに適切なアドバイスを頂き、超ワンマンのオーナー社長との交渉時にも難題を解決するため、知恵をお借りして未熟な委員長を蔭で支えて頂いた事に改めて感謝いたしております。

私が執行部三年目で委員長を引き受けざるをえない状況になり、当時、東海地連内でも富士川製紙、天間製紙、井出製紙と三年連続で老舗中小企業の倒産が続き、当該組合の大変さを身近で体験し、明日は我が身の念を強く感じました。天間製紙倒産時には髙岡さんのリーダーシップにより、関北地連及び愛媛の皆様にも激励のオルグをして頂き、三地連の仲間として本当に有難く感じました。

髙岡さんには東海地連及び我が労組の学習会にも講師としてご足労して頂き、紙パ中小の現状と労組のあるべき姿を親切丁寧に、時にユーモアを交えてご教示頂き、有意義な会議で生きた勉強をさせていただきました。今後の髙岡さんの益々のご健康を祈念致しております。

これこそ「生涯現役」に相応しいとエールおくる

谷川運輸倉庫労働組合
執行委員長　新井　晃

この度の『財は友なり』発刊誠におめでとうございます。筆者がこの半世紀中に関わった数えきれない労組幹部の方々や著名人と肩を並べ、私が寄稿させて頂くことについて心より光栄なことと喜んでおります。

さて筆者は様々な自己啓発や諸活動の積み重ねにより、経験豊かで人脈や人望に厚い方であると認識しております。私自身も物事の捉え方や取り組みなどに対し、身を以て感じ考える大切さを学ばせて頂いたと感謝しております。そんな筆者について、これからも長きに渡って寄り添われて行くであろう錚錚たる方々を差し置いて大変恐縮ではありますが、最も印象付けられた事を一つ話させて頂きたいと思います。

筆者が病に倒れ入院中であった時、当時の担当医師から安静にしている様に言い渡されていたにもかかわらず、無理をして外出願を届けられ、我々労組の定期大会へ来賓として足を運び、出席して頂いたことは尊敬の念に堪えません。昔を懐かしみ、現執行部また当時の執行部の面々で語り合うことがあれば、今でも必ずや思い出されるキーワードのひとつひとつになっています。

最後になりますが、傘寿を過ぎ今も一線で活躍され続ける妥協のない一貫したブレない姿勢。これこそ「生涯現役」に相応しいと筆者にエールを送りたいと思います。今後益々のご活躍をお祈り申し上げます。

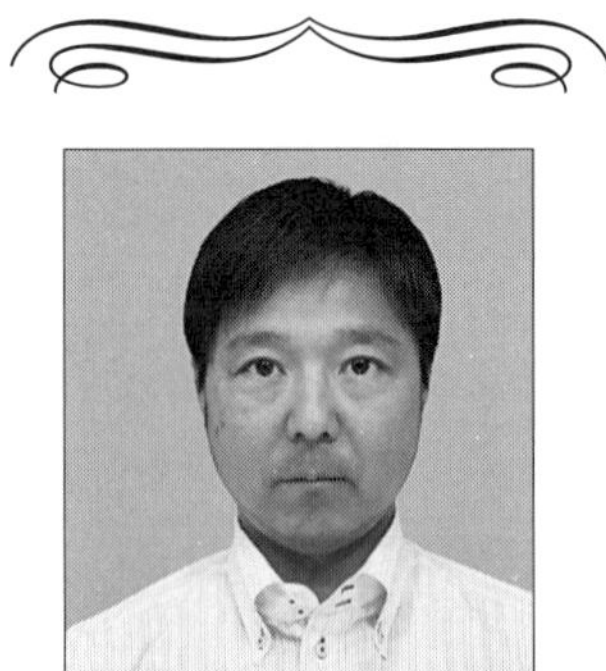

組合が会社の方針変えるなど信じられず

日本オート・フォート労働組合執行委員長
中田　敦

私が髙岡正美先生と初めてお会いしたのが、二〇一四年十月にわが社で起きた「車両経費削減問題」をご相談させていただいた時でした。

その頃、私は組合の大阪地区代表で、会社が強行した「車両経費の削減」に対して、組合執行部の対応があまりにも不甲斐なく、何とか打開策はないものかとご相談し、我組合の顧問に就任いただき、ご指導を受けました。

また、その時にご紹介していただいた奥田愼吾弁護士や会計の専門家である松田立雄先生からもご指導いただいた結果、魔法にかかったかのように会社が強行した「車両経費削減案」を白紙撤回したことは、私の人生観を根底から覆しました。

それからというもの組合活動には興味がなかった私が変貌するくらい組合活動にのめり込みました。

私は、それまで組合が会社の方針を変えることなどあり得ないと思っていました。しかし、それが現実となり、私たち組合員の力で実現したのです。

それ以降、私は組合の委員長となり五年が経ちます。これもひとえに髙岡正美先生のご尽力の賜物だと思っています。

ご紹介していただいた奥田愼吾弁護士や松田先生は、髙岡正美先生の頼みならと私たち組合員にご指導くださいました。

私たちの会社は、イギリスに本社を持つ外資系の会社で社長もそこから派遣されており、本社の言うことは絶対で日本の労使関係も知らず今年の二月突如希望退職を提案し、事実上の指名解雇を強行しようとするなど、極めて厳しく難しい対応を迫られてきましたが、髙岡先生らの指導もあり何とか食い止めてきました。

『財は友なり』の多くの闘いの足どりや貴重な経験は、労働組合の存在と役割について教えており、私たちの組合は、まさにそれを痛感しています。

私も髙岡正美先生のように友達を大事に、仲間を思い生きていこうと心に誓いました。このご出版を機に、今後もますますご健康でご活躍されますよう心よりお祈り申し上げます。

多くの労使紛争解決のために努力され感謝

協和工機労働組合
執行委員長　後　山　順　司

協和工機労働組合は昔から長い間、高岡さんにお世話になっていますが、私個人が話をさせて頂くようになったのは、執行部に入った頃だったと思います。

とにかくうちの組合は結成以来三十数年になりますが、労使関係で争いが多く会社の組織攻撃や一時は委員長の不当解雇など問題の多い組合ですがその都度高岡さんが、解決のために奔走してくれました。

私が執行部に入ってからも、労使間の対立を避けるため色々なアドバイスや会社に対しても厳しく注文をつけ、超ワンマンと言われるオーナー社長ですが、高岡顧問には一目置いており、組合に対しても悪い所があれば厳しく指摘して頂き、少しでも労使関係を良くしようと熱心に動いてくれています。

うちの労組を含め多くの組合の顧問であり、問題があれば色々な所を飛び回り忙しい中、本まで出版するなんて改めて凄いエネルギッシュな人だと思いました。

数年前に体調を崩して手術をして入院された時でさえ、うちの労組の心配をして病気をおして指導し解決に努力して頂き、本当に感謝の気持ちでいっぱいです。

体調も心配ですが、これからも顧問として活躍され、私たちを支えて頂きたいと思います。

■編集を終えて

二月の初旬頃だったと思う。髙岡さんからのメールで六割程度出来上がった本書の原稿を読ませていただき、朱入れをして送り返したところ、「君も編集手伝ってよ」といわれて編集委員会の一員に加えていただいた。実は、私も以前から髙岡さんに本の発刊を強く勧めていた一人でもあったので二つ返事で快諾した。

髙岡さんと知り合って五十年近くにも及ぶ。本書でも一節のページを割いて紹介されている聯合紙器（当時）の争議支援に関西化労協に加盟する単産の一兵卒として駆り出されたとき以来の知り合いである。

とはいえ、お互い異なる単産に身を置いていたことや私からすれば髙岡さんは大先輩で敬して遠ざけるという存在であり深い付き合いではなかった。髙岡さんと懇意にさせていただくようになったのは、一九八九年の連合結成に伴って関西化労協が解散した後、紙パ関北地連、化学一般関西地本、全日塗の三単産が情報交換の趣旨で集まろうということで、定期的に会合を重ねるようになってからである。

さて、髙岡哲学の神髄は、単なるスローガンではなく言葉の正しい意味での「雇用の確保」である。働く人々の雇用を守ることに全力をあげて闘うことである。雇用を守るためには会社を存続させなければならない。髙岡さんのいわゆる「経営参加」論もこの哲学の延長線上にある。

雇用を守ることができれば、言葉が悪いかも知れないが悪魔とも手を結ぶことも辞さない。だから、髙岡さんの行動が時に誤解を招くことがあるのは当然といえるし、信頼を置いていた人に背中から切りつけられることがあったのも仕方のないことかもしれない。

それは、労働組合運動の世界の住人の中にはイデオロギー過剰で思考停止の人が少なくないが、髙岡さんはイデオロギーにとらわれることなく現場に身を置く哲学を一貫して堅持されてきたからともいえるのかも知れない。とにもかくにも現場主義の人である。髙岡さんが指導された経営基盤が脆弱な中小企業では、とりわけ雇用を守る取り組みが組合の第一義的課題だったということでもある。

髙岡さんは、常人では経験できない多くの個性的で魅力的な人との出会いを本書で紹介されているが、素晴らしい人格者との出会いがいくつも紹介されている。本当にうらやましい限りだが、それは髙岡さん自身が身体に似合わずキャパが大きく「打てば響きあう」有徳の人だったからだと思う。

本書が四百頁近い大部になったのは、髙岡さんの経験がそれほど豊富だったということである。それだけに編集作業も大変だった。本書を読んでいただければ理解できると思うが、相変わらずの激務の中、ゆっくり推敲する暇もなく、走りながら原稿を書かれたため、朱入れには苦労させられた。誤りを探し出す仕事は楽しくもあったが。

落語・劇作家のさとう裕氏、図書出版浪速社の杉田氏には、大所高所からの助言をいただいた。編集に携わっていただいた関北地連の幹部、ＯＢ諸氏には紙数の制約から本書には掲載できなかったが、講演のテープ起こしや以前に機関誌紙その他に掲載された論稿の移し替え、歴史的な事実関係のチェックなど裏方の作業を精一杯頑張っていただいた。一人ひとりお名前を紹介できないが、本書の発刊に協力いただいた多くの皆さんに記して感謝の言葉を申し述べたいと思います。

全日本塗料労働組合協議会元中央書記長

山下　嘉昭

■「一目で分かる60年の足どり」■

■「一目で分かる60年の足どり」

西暦（邦暦） ()内数字は年齢	高岡の歩んだ足どり （少年時代から学生時代　学生運動）　　・最初の数字は月
1934年(0) (昭和９年)	8. 石川県小松市で生まれる。（自宅は京都にあり、本籍は京都市下京区）
1935年(1) (昭和10年)	5. 肺炎にかかり重病となるが命救われる。以来どちらかと言えば病弱。
1936年(2) (昭和11年)	2. 祖父の援助で京都駅前南口にて母が旅館業「朝日館」を開業。
1937年(3) (昭和12年)	1. 父（岩雄）が仕事で韓国ソウルへ単身赴任。
1938年(4) (昭和13年)	5. 母・父の仕事先、韓国へ兄・妹私の3人をつれて京城（現・ソウル）に向かい、そのまま京城（韓国の首都）で住む。（京城で記念写真、父和服姿で）
1939年(5) (昭和14年)	1. 兄（勇）京城の日本人小学校に転入。
1940年(6) (昭和15年)	
1941年(7) (昭和16年)	4. 韓国ソウルの承慶小学校【日本人学校】1年生入学。
1942年(8) (昭和17年)	3. 太平洋戦争激化で危険なため日本に帰る。京都駅南口近くに住む（京都市南区中殿田町）。 5. 京都、山王小学校（国民学校）に転校。
1943年(9) (昭和18年)	5. ラッパ隊に入部。勉強が嫌いでビー玉遊びに夢中になり、たびたび父に叱られる。
1944年(10) (昭和19年)	2. 父・岩雄死去（41歳）膵臓癌で約1年闘病生活だったと聞く。大変な勉強家で字も上手く、尊敬していた父の死は衝撃だった。30代から覚えた酒におぼれた事もあり健康を害していた。
1945年(11) (昭和20年)	4. 山王国民小学校（当時）5年生・級長に選ばれる。生活困窮で学校をしばしば休む。担任の丸山先生がたびたび家庭訪問。しかし、私は鋳掛け屋に丁稚奉公として預けられ、小学校も通学できなくなる。兄の勇も伏見中学校を中退する。
1946年(12) (昭和21年)	6. 家を追い出され、京都伏見稲荷近くで間借りをし、兄妹5人で住む。貧困で食事もまともに摂れず栄養失調となる。中澤製綿所（紡績）で私と兄は働く。

政治、経済、企業、組合の動き、その他 ・最初の数字は月
9. 室戸台風関西直撃。死者・不明3,000名。
11. 中川製紙創立。(初代社長、中川庄太郎)
2. 二・二六事件発生(日本陸軍の青年将校らがクーデター。岡田啓介内閣総理大臣らを襲撃し、大蔵大臣高橋是清らが殺害され首相官邸など一帯を占拠し、「国家改造」を要求する。
5. 山陽パルプ創立。北越パルプ創立。日本パルプ創立。 7. 盧溝橋事件・日中戦争始まる。景気後退で紙生産低迷。
3. 国家総動員令、賃金統制、徴兵制度強化され労働者不足、米穀完全配給制。 9. 新聞紙の割り当て制限。
2. 新東亜建設、総動員法強化。減産拡大、原燃料アップ。
戦時体制、原燃料不足、紙業界危機深まる。 9. 日独伊三国同盟が締結される。
7. 新聞用紙の割当て制限強化、用紙・板紙和紙のすべてが配給となる。 12. 太平洋戦争始まる。
6. ミッドウェー開戦で日本軍大敗し戦局悪化。製紙電力規制30%。
5. 大王製紙創立。 6. アッツ島日本軍玉砕し600人死亡。18歳〜24歳の未婚男女を挺身隊へ。
1. 学徒勤労動員。 7. サイパン島日本軍全滅。東条内閣総辞職。 11. 米軍 B29の爆撃(大阪、東京、名古屋)始まる。
3. 大阪大空襲はじまり６〜8月までに死者1万２千人。 4. 米軍が沖縄に上陸し戦火となる。住民の4人に1人、12万2千人が死亡。 8. 広島原爆投下。 8. ポツダム宣言受諾、無条件降伏し太平洋戦争終結。
1. 天皇、人間宣言。 11. 日本国憲法公布(昭和22年5月3日施行)。

1947年(13) (昭和22年)	2.	京都伏見区竹田出橋の「清水工業所(麻雀パイ製造)」で、兄と二人で働く。妹と弟(2人)は、京都府園部町の福祉施設に預けられ、そこから小学校に通う。
1948年(14) (昭和23年)	2.	京都南区の東寺近くへ転居し、間借りから一軒家に転居。兄がそこで麻雀牌製造。加工(彫刻)販売をはじめ、私はそこで働く。妹、弟を呼び寄せて念願の同居。
1949年(15) (昭和24年)	3.	夜間中学制度が出来たことを知り入学を申し込むが、年齢制限で受理されず。妹の中学の先生に勧められ、一挙に高校受験をめざすことを決意し、働きながらの「俄か、猛勉強」生活はじまる。
1950年(16) (昭和25年)	5.	高卒認定試験(旧・大検)を受け、合格し高校受験資格取る。
1951年(17) (昭和26年)	4. 6.	「東寺」夜間高等学校(現在の洛南高校の定時制課程統合)に入学。 新聞部に入る。
1952年(18) (昭和27年)	2.	卓球部のキャプテンに選ばれる。
1953年(19) (昭和28年)	1.	入試大学受験で猛勉強、本出真三先生の特訓受ける。

<学生時代から労働運動へ～多くの企業再建闘争とりくむ>

西暦(邦暦) ()内数字は年齢	高岡の歩んだ足どり (高岡の学生運動～労働組合運動)　　・最初の数字は月
1954年(20) (昭和29年)	3．東寺夜間高等学校卒業。大学受験目指す。神戸大、大阪市立大、京都工業繊維大学を受験し失敗。 4．京都予備校に入学『次郎物語』やトルストイの『戦争と平和』を読む。大学に行けないのは自分の責任と反省。
1955年(21) (昭和30年)	4．立命館大学法学部入学(国公立大入試失敗、立命大は2次試験で合格) 5．学友会委員に当選(学内貸与制度の改革を要求し、運動推進)学生運動をはじめる。 6．製紙工場での夜勤アルバイトから、同社組合内にあった紙パ労連関西地協の書記局にバイト契約。(11月より) 9．共栄板紙会社倒産全員解雇、組合が自主再建闘争はじまる。

2. 中越パルプ工業創立。 4. 紙パ産業労働組合全国協議会結成、29企業73単組２万6,782名(会費月１円)。 4. 独占禁止法が公布。 5. 日本国憲法が公布。 9. 労働基準法が施行。 10. 全国労働組合連絡協議会結成(400万人)。
8. 全国紙パルプ産業労働組合連合会結成。(紙パ労連)80組合２万9,823人、(会費５円) 7. 昭電疑獄で芦田内閣総辞職、第２次吉田茂内閣成立。
8. 王子製紙が３分割され、苫小牧製紙・十条製紙・本州製紙が発足。ドッジラインにより紙パ中小閉鎖解雇続く。(千住・福岡・高千穂・北日本製紙など、) 9. レッドパージ始まる。
1. 賃上げ共闘全国労組連絡会結成、紙パも加盟、60単産570万人。 6. 朝鮮戦争勃発 8. 日本労働組合総評議会結成、レッドパージ発令。
2~4. 紙パ賃上げ共闘大手１万5000円、中小１万円の賃上げ獲得。 5. 新聞紙の割当て統制解除、紙の配給・価格統制制度全面解除。 9. 日米安保条約締結
1. 白鳥事件。 5. 血のメーデー事件 6. 苫小牧製紙が王子製紙工業に改称、同春日井工場が稼動。 7. 破壊活動防止法反対闘争
4. 荒神橋事件、わだつみの像立命館大学へ。 7. 朝鮮戦争休戦協定。 8. 三井鉱山6,739名人員整理。(113日闘争始まる)

1954年(昭和29年)～2018年(平成30年)

政治、経済動向、春闘、紙パ業界動向　・最初の数字は月
1． 神武景気始まる。(1954～1957年) 3． ビキニで第５福竜丸被爆。 6． 日鋼室蘭争議。 7． 自衛隊発足。 12． 吉田内閣倒れ鳩山内閣成立。
2． 立山製紙賃下げ30％に反対し無期限スト突入。 4． 春闘(8単産共闘)始まる。紙パ労連も参加。

1956年(22) (昭和31年)	8．原水爆禁止第１回世界大会(広島)に立命館大代表として参加。 10．共栄板紙が大王製紙系の京都製紙(井川達二社長)の支援で大津板紙と名称変更し会社再建へ。 11．共栄板紙労組が大津板紙労組として紙パ労連に加盟、関西地本が支援。
1957年(23) (昭和32年)	3．立命館大学学友会委員長に選出され、卒業生に「送辞」(在校生代表として)を読む。(3/2)。 8．紙パ労連関西地協大会で事務局員に正式採用(立命館大在学中、臨時職員・アルバイトとして)。 9．紙パ労連関西地協ニュース第1号発行。 10．立命大弁論部に入部。
1958年(24) (昭和33年)	5．司法試験失敗。 8．原水爆禁止世界大会(第3回)参加。 9．王子製紙就業規則改悪反対でスト突入、争議支援で春日井・苫小牧工場オルグ。 9．全学連臨時大会に参加。(立命大学友会代表で) 9．立山製紙111名首切り提案、闘争支援で現地へオルグ。
1959年(25) (昭和34年)	2．松井組組合結成(十条製紙など下請け企業)団交応諾させる。 4．紀州製紙５波72Ｈスト支援オルグ。 9．紙パ関西地協事務所移転(十條製紙都島から、大阪市高垣町 PLP会館へ)。
1960年(26) (昭和35年)	2．関西紙業洲本労組、書記長解雇闘争支援。192時間スト決行。関西地本から述べ90名の支援オルグ投入するなどの闘いで、解雇白紙撤回全面勝利解決。 6．兵庫パルプ、賃上げ闘争に加え会社の組合分裂攻撃などで62日スト突入支援オルグ、全面勝利解決。 8．紙パ労連関西地協大会(淡路島・洲本)で「事務局長(準役員)」に就任する。 9．巴川製紙新宮工場の臨時工(育進労組)の下請け移行反対闘争の指導オルグとして、現地で貼り付き親組合を味方にとりいれ最後は白紙撤回勝ち取る。(11/29) 12．第一製紙加工(ターポリン)工場全焼し、一時休業と解雇提案を撤回させ会社再建と再雇用協定化。
1961年(27) (昭和36年)	3．第一製紙春闘要求提出直後、突如工場閉鎖で組合つぶし攻撃。組合はスト決行。親会社の商社日綿実業に抗議行動、閉鎖を白紙撤回させ賃上げ3千円満額獲得し勝利解決(４/5)。 3．中越ダンボール労組結成。 3．関西段ボール労組協議会結成。 5．関西紙業洲本工場閉鎖反対闘争で現地オルグ、スト決行し白紙撤回(7/29)。ユニオンショップ協定化し組合脱落者を組合加入させ組織統一。 9．京都製紙、新大阪板紙、吉川紙業が紙パ労連に準加盟。

10. 紙パ大手スト多発。王子製紙、山陽パルプなど9波スト決行。
10. 砂川町での軍事基地反対第二次強制測量で大混乱。

1. なべ底景気始まる(1957〜1958年末)。
9. ソ連紙木材労組来日関西各組合と交流と案内。

9. 紙パ関西地協から支援オルグ21名派遣ストライキ。
10. 王子製紙闘争支援連帯スト突入。

1. 岩戸景気始まる。
12. 王子労組中労委で勝利の和解。145日スト解除、平和路線に転換後、役員の不当処分や組合分裂攻撃が激化し第2組合が多数となる。

1. 日米新安保条約締結。
1. 三井三池闘争無期限スト突入。
7. 岸信介総理、安保闘争で退陣。
12. 王子製紙工業が王子製紙と改称。

3~4. 新安保条約反対で紙パ労連が1波から3波までスト突入。59組合、57,000人参加。
4. ソ連(現・ロシア)が初めて有人宇宙船(ボストーク1号)の打ち上げに成功する。
7. 三協紙器企業閉鎖全員解雇現地オルグ。(組合のピケに警察機動隊が介入)

	10．大王製紙系列の京都製紙が設備投資失敗して倒産。井川達二社長雲隠れ。兵庫パルプの井川清社長(達二社長の実弟で大津板紙専務)に団交申し入れ、未払い賃金、退職金、解雇予告手当を獲得
1962年(28) (昭和37年)	3．兵庫パルプ分裂攻撃で第2組合結成。関西地本として組織対応の方針を出し現地オルグ。 5．大淀製紙労働組合結成へ。親会社日綿実業(ニチメン)より資金打ち切り通告され事業停止通告。親睦会102名で労働組合結成し紙パ労連加盟決定。関西地本渡辺委員長と現地オルグし団体交渉に参加。日綿実業から糀谷紙パルプ部長らが出席。会社存続を確約させる。 11．三協紙器経営危機、親会社、本州製紙が「競売」にかける提案あり。現地へ支援オルグに入る。
1963年(29) (昭和38年)	11．兵庫製紙火災、工場全焼。会社に復旧再建計画を要求。その間、賃金100％保障要求で現地オルグ。
1964年(30) (昭和39年)	1．興亜紙製品(後の大阪ノート)労組加入。 2．高野製紙組織化紙パ労連加盟。 3．第一製紙柏原工場(商社日綿系)平和協定拒否した事から工場閉鎖、全員解雇強行。組合は神戸地裁に会社解散無効の仮処分。地労委に不当労働行為で法廷闘争。守る会結成し支援カンパ活動(毎月10円)。争議に暴力団介入。 6．美鈴紙業労組組織化し紙パ連合加盟、指導に当たる。 12．太陽紙業組合結成指導、紙パ労連加盟。
1965年(31) (昭和40年)	6．桜井工業労組結成紙パ労連加盟。 8．関西地本大会で西川一雄委員長就任(高崎大坂)。 10．関西紙業労組三工場の組合が組織統一し労連一括加盟。
1966年(32) (昭和41年)	3．大淀製紙淀川工場を昌電工業に売却。 4．昌電工業で労組結成し(34名)会社存続雇用確保確認協定。 8．吉川紙業会社解散、新会社設立提案。組合は親会社の中央板紙、日本ハイパック、七条洋紙店らに完全雇用と現行労働条件を確約協定化。 11．兵庫製紙職階制賃金反対でスト権かけて闘い撤回。 12．関西紙業洲本工場閉鎖し大阪など他工場へ転勤提案。(67年6月、閉鎖認め雇用確保など確約し解決)
1967年(33) (昭和42年)	4．聯合紙器労組の紙パ労連加盟をめぐって会社の不当弾圧(不当配転、差別嫌がらせなど)熾烈となり支援行動始まる。大阪、京都、浦和地裁や地労委で仮処分命令相次ぐ。 8．ハリマ製紙労組・紙パ労連加盟。 8．聯合紙器労組労連加盟指向に会社第2組合結成し組織攻撃強化。

5． 大王製紙会社更生法申請し倒産。
10． 京都製紙倒産、井川達二社長雲隠れする。

3． 三協紙器競売される。座間町長が調停案。

2． 十条製紙九州三工場統合合理化提案。
5． 東海道新幹線営業開始。
10． 東京オリンピック開催。

2． 十条製紙九州3工場統合合理化案出る。組合白紙撤回求め、３波にわたるストライキ決行。
7． 白板紙、ライナー原紙など不況カルテル認可。

1． 三菱製紙浪速工場閉鎖提案、反対した元委員長らを解雇し反対闘争始まる。
4． 兵庫パルプ労組に平和協定提案。
9． 中越紙パ労連結成（中越パルプ、中越印刷、中越運送など18組合）

4． 国鉄5万人の首切り提案。
6． 第３次中東戦争はじまる。

1968年(34) (昭和43年)	2. 四宮紙業労組結成労連加盟。 5. 日本包装容器労組結成労連加盟。 6. 第一製紙労組「和解」成立。 8. 聯合紙器労組、会社の分裂、組合脱退問題で大阪地労委が不当労働行為と認定。組合勝利命令勝ち取る。 9. 昌電工業労組1年6ヶ月ぶり解雇撤回させ終結。 11. 中越ポリコート労組結成し紙パ労連加盟。
1969年(35) (昭和44年)	5. 結城紙工組合結成紙パ労連加盟。 7. 聯合紙器、会社の組合潰し、人権侵害が国会参議院社会労働委員会で責任追及。
1970年(36) (昭和45年)	9. 大津板紙大会で紙パ労連脱退提案を否決。 9. 大淀製紙中小で初の４組３交代制導入。 10. 新大阪板紙ヤンキードライヤー爆発重大災害、調査団派遣。
1971年(37) (昭和46年)	7. 聯合紙器労組中労委あっせんで「和解協定」締結。 8. 新大阪板紙労組紙パ労連加盟。 10. 中越印刷製紙が経営破綻しチューエツと社名変更、北陸銀行経営に移行。
1972年(38) (昭和47年)	2. 大淀製紙下請け、北野産業労組結成(関西紙産業の分会)。 5. 高知パルプ工場閉鎖113名全員解雇提案、1048日闘争始まり現地オルグに入る。 8. 三善製紙鶴崎工場売却の合理化、鶴崎製紙として再建。
1973年(39) (昭和48年)	9. 高知パ闘争で親会社大王製紙申し入れ行動460名動員、闘争支援1000名集会成功。(1975年８月、親会社、大王製紙相手に勝利の和解、解決金と希望者は親会社に雇用認め勝利の和解で解決) 9. 全中労結成(中越印刷、中越段ボールなど16組合876名)岩川毅社長に集団交渉申し入れ。
1974年(40) (昭和49年)	4. 高野製紙倒産、閉鎖。組合が債権者として債権者委員会に出席し労働債権要求。暴力団が介入し組合が前に出て抑える。 4. 高山洋紙店労組結成紙パ労連加盟。 12. 美鈴紙業に30名の首切り提案。
1975年(41) (昭和50年)	7. 紙パ労連中央常任執行委員就任。(中小組合対策・組織・月刊紙編集など担当・関西地本書記長兼任。) 8. 広島製紙事業閉鎖、全員解雇(95名)オルグし勝利解決。
1976年(42) (昭和51年)	2. ハリマ製紙会社倒産。 3. ハリマ姫路地裁へ会社更生法申請、労組主導で工場存続、会社再建闘争。紙パ関西地本中心にハリマ再建闘争支援、紙パ中執として現地指導で派遣され広島銀行と交渉解決にあたる。支援オルグ団は、延べ240名。
1977年(43) (昭和52年)	2. 丸三製紙倒産、会社更生法申請。 3. ハリマ製紙会社更生法手続開始決定。 7. 紙パ労連60回大会(結成30周年記念)中小労組の地連組織化中心の組織改革方針決定。

1. 東大紛争に警視庁機動隊が導入され、封鎖を解除。
7. 三菱製紙労組紙パ労連脱退決議。 10. 大王製紙紙パ労連脱退決議。
3. 兵庫製紙大王製紙系列に入る。 3. 大阪万博開催。
1. 中越パルプ工業王子製紙と業務提携。 10. 日本加工製紙京都工場閉鎖。
11. 紙パ総連合結成。(産別分裂)
<第1次オイルショック> 10. 第四次中東戦争が勃発、石油高騰。 11. トイレットペーパ買いだめパニック始まる。
1. 消費者物価23％上昇、トイレットペーパーや洗剤などほとんどの物資の買占め騒動。
3. 東海パ、福岡、佐賀板紙、鶴パ、丸三、安倍川、千住製紙など中堅企業に工場へ閉鎖提案。 8. 興人倒産会社更生法申請。
7. ロッキード事件で田中前首相が逮捕される。
9. 外装ライナー、中芯原紙不況カルテル認可。 12. 上質メーカーなど減産強化、企業倒産が過去最高。

1978年(44) (昭和53年)	5．丸三製紙組合主導で会社再建の方針決める。
1979年(45) (昭和54年)	10．紙パ労連関西地連結成。24組合3分会、1425名で労連に一括加盟(地連会費月800円)、紙パ労連専従を退職し関北地連専従書記長就任(9/20)。 10．大阪ノート倒産和議申請し再建へ。
1980年(46) (昭和55年)	2．大阪府地方労働委員会労働者委員就任。(2期4年 / 調停委員、斡旋委員2期4年、計約8年) 10．第4回国際製紙労組会議へ紙パ労連代表(団長は大昭和製紙労組神谷委員長)として出席。約2週間イタリア、フランス、イギリス、スイスを訪問、各国製紙労働者と交流し工場見学などに行く。 11．平和製紙企業閉鎖全員解雇通知、社長雲隠れ。現地オルグに入る。「徳島地労委へ団交応諾申し立て」 12．平和製紙会社倒産、自己破産を申請。徳島県評が再建支援古紙回収し自主操業めざす。
1981年(47) (昭和56年)	1．平和製紙闘争支援共闘会議結成、組合は、徳島地裁に自己破産審理中止と自主操業を申し立て、組合として、裁判所に「会社更生法」の申請を行う。 3．平和製紙大口債権者三井物産高松支店へ、抗議と団交申し入れ、工場の機械設備と自主操業の合意とりつける。組合は、会社更生法を申請し会社再建を要求したがその中で、未払い賃金の担保設定を協定する。 3．ハリマ製紙会社更生法解除(組合、地元経済界(ハリマ化成、滝川工業など)の協力もとめ自主再建へ) 5．平和製紙労組設備の一部を譲り受け自主再建闘争に入る。 6．日本包装容器18名(37%)首切り、賃下げ、時間延長の合理化提案。 7．三星紙業倒産、再建闘争指導オルグ。組合主導で四国パルプに協力要請し1年間操業継続させる。
1982年(48) (昭和57年)	5．ハリマ製紙会社更生法解除決定後、組合厳しい再建計画(案)協力し協定化、自主再建へ。 6．中越印刷(チューエツ)に13工場を6工場に統合の再建案。組合は、会社の経営責任追及し役員総辞職を要求。組合の経営参加、雇用確保を前提に合理化案受け入れる。 9．三善製紙18名人員整理提案。
1983年(49) (昭和58年)	2．紙パ労連関西地本産別労使懇談会に特別講師、西本幸雄氏(近鉄バファローズ元監督)招く。 8．紙パ北信越地連結成、11組合1600名で労連に一括加盟。 11．藤田紙料(現・大阪正芳)会社売却、全員解雇提案、後継会社須田商店と団交全員再雇用要求、大口取引の朝日新聞へビラまき、抗議行動(84年4月、新会社、大阪正芳設立し解雇撤回全員雇用)勝ち取る。

1. 特定不況業種安定臨時措置法成立(紙 / 板紙も指定)。 2. 板紙不況で関係組合に操短、一時帰休、人員整理合理化提案相次ぐ。
<第2次オイルショック> 2. イラン革命により石油高騰(第2次オイルショック)。 4. 政府産業構造審議会で紙パ労連土橋委員長が証言。
6. 紙パ産業が構造不況業種に指定される。韓国の朴大統領が暗殺される。 9. イラン、イラク戦争勃発。 11. 鶴崎製紙倒産会社更生法申請。
1. 紙パの構造不況対策で、産業構造審議会・紙パルプ部会で「設備廃棄」など構造改善打ち出す。 3. 紙パルプ板紙雇用調整助成金対象業種に指定され、一時帰休が本格化。 5~6. 上質紙、塗工紙、クラフト紙など不況カルテル実施。
12. 全民労協結成(41単産423万人)参加。
2. 製紙企業83社が一時帰休。 4. 十条板紙と千住製紙合併　本州製紙、福岡製紙、東信製紙3社合併。 8. 紙パ労協結成準備会が発足。(6万2000人)

1984年(50) (昭和59年)	2.　大阪府地方労働委員会労働者委員退任、地労委の斡旋・調停委員となる(2期4年)。 3.　信濃製紙閉鎖、全員解雇提案、地本・地連支援に入る。財務は破綻状況の中で、①退職金規定の160％＋α、②謝罪文と組合に500万円解決金支払う。③開発部門は残し就職斡旋に努力する。 8.　三善加工工場閉鎖全員解雇提案あり支援オルグに入る。(共同交渉で解決話し合う)85年６月、①工場存続、雇用10名確保、②労働条件維持、③事前協議協定化。
1985年(51) (昭和60年)	2．紙パ労連関西地本産別労使懇談会に特別講師、藤本義一氏(直木賞作家、11PM 司会者)招く。 9．紙パ関西地連と北信越地連が組織統一し紙パ関西北信越地連(略称・関北地連)を結成(31組合2200名)紙パ労連に一括加盟、関北地連専従書記長に就任。 9．紙パ関西地本と北陸地本が組織統一、地連、地本両組織の専従書記長に就任。
1986年(52) (昭和61年)	2．紙パ労連関西地本産別労使懇談会に特別講師、板東英二氏(元中日ドラゴンズ投手)招く。 6．中越印刷製紙東京工場閉鎖提案あり。 9．神崎製紙(現王子製紙)がチューエツの筆頭株主となる。 9~10.　三善製紙、桜井労組大会で紙パ連合加入反対決議を撤回し地連として統一加盟決める。
1987年(53) (昭和62年)	1．日本包装容器、親会社の日本たばこ合理化で60％の首切り賃下げ提案。 2．中越段ボール工場閉鎖再提案、紙パ労連土橋委員長とトップ会談賃上げはゼロとし、工場存続、コルゲーターなど新設を約束し妥結。 6．日本包装容器、JT に会社存続認めさせ、組合「賃下げ撤回、加工部門縮小」を認め解決。
1988年(54) (昭和63年)	2．紙パ労連と紙パ総連合が統一し「紙パ連合」を結成する事から、関北地連はこれに先行し、2月2日、地連の臨時大会を開き、紙パ関西北信越地方労働組合連合会【略・紙パ関北地連】を結成(移行)し、一括紙パ連合に加盟を決定。 2．関北地連、29組合2052名(関西ブロック22組合1146名、北信越ブロック7組合906名)で、紙パ連合に一括加盟。専従役員2名、書記1名で大手組合と同等の組織勢力をもち存在感しめす。 7．紙パ連合常任中央執行委員、紙パ関北地連副委員長就任(8月)。 9．チューエツ企業籍を取得、ユニオンチューエツ副委員長に就任。 11．紙パ関北地連として法人登記。

6．三星紙業操業停止破産が確定、組合は操業再開、労働債権確保闘争へ。
9．協和工機労働組合結成。
10．紙パ労協（日本紙パルプ労働組合協議会）結成。
12．鶴崎パルプ首切り反対闘争勝利解決。

11．国鉄分割民営化へ。
12．日清製紙東京工場縮小人員削減提案反対闘争へ。

3．国鉄分割・民営化八法が成立する。
9．十条パルプDP不振で工場閉鎖。

1．バブル景気（平成景気）が始まる。
7．総評が解散。
11．全民労連（連合）が結成。

2．紙パ連合結成（総評・紙パ労連と同盟紙パ総連合・純中立労組が組織統一した。加盟108組合、5万607名）。

平成	
1989年(55) (昭和64年・ 平成元年)	6．高崎興産合理化提案、本工(高崎製紙)に22名登用で解決。 10．加賀製紙労組関北地連加盟(96名)し紙パ連合に登録。 10．ICEF アジア太平洋地区会議(シンガポール)紙パ代表団長(7組合8名)として出席。 10．丸三製紙会社更生法解除決定。 11．更生法解除後の社長には、浅野管財人(弁護士)や地元有力者の強い要請で、高尾尚忠管財人代理に就任を求める。高尾尚忠氏は社長受諾条件として、組合の経営参加をもとめ組合支部長及び上部団体の髙岡常任中執を取締役就任という条件が出される。紙パ労連本部や関北地連、紙パ愛媛など各組合はこれを承認。 11．丸三製紙組合支部は、組合員持ち株会「若水会」で25%株取得。労組の経営参加体制が確立する。 11．丸三製紙株式会社取締役就任。(以降、2015年9月退任まで28年間同社取締役勤める)
1990年(56) (平成2年)	5．オリエンタル製紙企業閉鎖破産、全員解雇提案、現地に張り付いて交渉にあたる。 7．オリエンタル製紙、「計画倒産を暴露し破産くいとめ、組合員25名、退職金215% と解決金合わせて1億2千万円勝ち取る。再就職7割を斡旋。
1991年(57) (平成3年)	2．ファルコン分会、偽装閉鎖、委員長解雇提案仮処分申請(10月、白紙撤回させ原職復帰勝ち取る)。 2．中川製紙死亡災害発生し調査団 3．ショウワノート(126名)関北地連加盟。ショウワノートの加盟で関北地連組織32組合、2670名になる。 4．三和印刷(34名)地連加盟。 5．韓国化学聯盟(FKCU)関西北陸地本代表団として9組合19名韓国訪問。製紙部会会議、工場見学。 8．協和工機、組合攻撃で委員長不当解雇処分出る。地労委に申し立て(解雇撤回し和解)。 10．聯労淀川工場の三田へ移転で闘う。聯労主導で交渉、通勤手当「高速道路代負担」など100%獲得。
1992年(58) (平成4年)	4．中越パック、ポリコート、九州建材三社合併。九州建材に組合結成(2月)を会社に認めさせ組合と合意。 6．北日本印刷(62名)地連加盟(雇用確保、経営体質強化申し入れ)。 9．紙パ連合関西地本と北陸地本統一し関西北陸地本結成。

1．昭和天皇が崩御し7日，新元号『平成』となる。
4．消費税3％導入される。バブル景気は崩壊へ。
11．日本労働組合総連合会（連合）発足。
12．日本シェーリング労組、最高裁判決で、「出勤率80％条項は、労基法又は労組法に違反する」との日本初の画期的勝利判決勝ち取る（年休や生休などで休んだ日数を未稼動日数としていた）。注：大阪地労委では髙岡中執が参与委員を担当。

2．第2次海部俊樹内閣発足。
4．参議院選挙自民党過半数割り大敗。
5．大阪市で「国際花と緑の博覧会」が開幕。

1．いざなみ景気57ヶ月越える。
1．湾岸戦争、多国籍軍がイラク空爆開始。
2．兵庫製紙重大災害。
3．PKO参加として憲法違反の自衛隊海外派兵。
7．紙パ連合が労働協約産別統一基準決める。
10．レンゴー福井金津、同セロファン吸収合併、地連離脱。

5．国家公務員の週休2日制スタート。

	9．地本の常任書記長に就任。 11．ICEF 第20回世界大会に紙パ代表として出席（会議後ドイツ・イスラエル・エジプト訪問し組合と交流）。
1993年（59） （平成5年）	3．美鈴運輸分会結成、地連加盟。 10．新王子製紙発足、王子製紙・神崎製紙が企業合併、チューエツも王子グループになる。 12．チューエツが王子系列化となり「経営陣刷新、全事業所存続」を要求し、雇用保障協定締結。
1994年（60） （平成6年）	4．大淀製紙、北野産業に20名の人員削減合理化提案。 6．大阪正芳・大阪ノート経営参加、企業再建闘争進む。
1995年（61） （平成7年）	10．日本紙興労組は、個人加盟の紙産業労組から独立し単組を結成し地連直接加盟になる。 11．関北地連「各企業・会社の財務体質の分析（定期検診）と講習会」を重視し本格的に取組み、経営政策提言など全単組で取組み始まる。 11．ICIM（国際化学エネルギー鉱山一般労連）結成大会（米国、ワシントン）に紙パ本部吉田書記長と代表で参加、会議は、世界93ヶ国262組織、900名の代表が参加。
1996年（62） （平成8年）	1．ファルコン、工場閉鎖、工場移転提案、組合反対し白紙撤回。 2．紙パ労連関西地本産別労使懇談会に特別講師、道上洋三氏（ABC 朝日放送アナウンサー）招く。 2．キング商事 組合結成、30名、経営陣の内部対立で経営悪化、組合が改革申し入れ、協定勝ち取る。 4．紙パ関西北陸地本、第２次海外研修、イタリア、イギリス、フランス訪問、仏 CGT と交流。 6．チューエツ退職（王子製紙系列で合理化）組合専従に専念、（紙パ本部常任中執、関北地連書記長）。 7．日本パック経営危機、合理化提案、労働債権確保して新日本パックとして企業存続、再建合意。
1997年（63） （平成９年）	9．紙パ関北地連第22回定期大会（紙パ関北地連結成10周年記念大会）。 10．韓国化学聯盟全国競技大会（文化 / 体育）へ招待され参加、亜細亜製紙、世林製紙工場見学し労使と懇談、友好と親善。

4．　十条製紙、山陽国策パ合併、日本製紙設立。
4．　王子製紙、神崎製紙合併し新王子製紙設立。
8．　細川護熙連立政権が発足、55年体制の崩壊。

2.　巴川製紙新宮工場閉鎖発表（95年、新宮産業労組）。
6.　オウム真理教による松本サリン事件発生。
6.　村山内閣「少子化対策」理由に消費税3％を5％に引き上げ決定。

1．　阪神・淡路大震災発生。
3．　地下鉄サリン事件。
9．　神崎製紙（現王子製紙）チューエツの筆頭株主になる。

1．　村山内閣総辞職。自民、社民、さきがけの橋本連立内閣発足。
5．　大王製紙の系列で、BPSが「ハリマペーパーテック」に名称変更、設備を大改造、増産体制で新スタート。
9．　ユニオンチューエツ結成50周年記念（富山第一ホテル）。
10．　新王子製紙と本州製紙合併し王子製紙となる。

4．　レンゴーと摂津板紙合併。
10．　中央板紙王子製紙系列。
10．　山一証券経営破綻。
10．　日本製紙系列で日本紙業が十条板紙に合併。

1998年(64) (平成10年)	2.　新大阪板紙重大災害発生。 9.　中央板紙経営危機で王子製紙系列になる。子会社の新日本パック会社存続について中央板紙と直接交渉、新会社「関西パック」発足。組合は地連と共同で交渉し「雇用と会社存続」確認させる。
1999年(65) (平成11年)	8.　紙パ関北地連書記長辞任、地連特別執行委員に就任(地連専従は65歳までの約束と年金活用人件費削減) 10.　中越テック設立(中越パック、ポリコート、九州建材など4社合併し)で会社と「雇用保障協定」を締結した上、組合は組織統一し「中越テック労組」を結成する。
2000年(66) (平成12年)	12.　韓国化学聯盟製紙部会に学習会の講師として招待される。「日本の製紙産業の現況と労働時間短縮闘争の取り組み(4組3交代制移行)」製紙工場訪問、労使と懇談、友好と親善はかる。
2001年(67) (平成13年)	1.　大淀製紙工場閉鎖、全員解雇提案、親会社ニチメン本社と直接交渉。 9.　関北地連組織問題から、各組合より「髙岡の個人事務所設立」の要請を受ける。 10.　髙岡個人事務所として、M&T 総合企画(髙岡労働・経営問題研究所)を設立、地連と地連傘下全組合と顧問契約結ぶ。 10.　新大阪板紙工場閉鎖全員解雇通告、会社と親会社と交渉に入る。 10.　四国紙パ愛媛本部及び加盟全組合(６組合)及び丸三製紙とも顧問契約を結ぶ。 12.　谷川運輸倉庫労働組合と顧問契約結び、指導支援、現在に至る(2018年)。
2002年(68) (平成14年)	7.　関北地連、関西ブロックで地連次期委員長問題から主要組合から地連解散の動きでる。 8.　この結果、関北地連第27回大会で、「北陸ブロックが中心になって関北地連の組織と運動を存続させる」方針を決定。組織と活動の中心が、北陸ブロックとなる。関西ブロックからは、聯合紙器、桜井、協和工機の３組合が地連に残って、北陸６組合とあわせ９組合・368名で関北地連を存続し再出発をした。

3．宇都宮製紙倒産会社解散提案。 7．参議院選挙で橋本内閣が45議席と惨敗、小渕内閣成立。99年の第2次小渕内閣から自由党、公明党が連立政権に参加。 10．高崎製紙と三興製紙合併。
6．王子製紙、熊野工場など全国6工場閉鎖発表。 10．三菱製紙中川工場閉鎖。
4．日本製紙都島工場閉鎖。 4．王子製紙熊野工場閉鎖。
4．日本製紙、大昭和製紙統合（シェア王子製紙抜く）。 6．王子製紙が千代田紙工を系列子会社化。 9．アメリカでの同時多発テロ発生。 9．小泉内閣発足、デフレ、消費不況経済悪化。 10．王子本体の段ボール部門を統合し「王子コンテナー」。
1．イラクフセイン政権打倒でアメリカ、イラクへ空爆。小泉自民党政府がこれを支持、戦争３法案提案。

	9．紙パ関北地連特別執行委員辞任、地連顧問に就任。地連全組合と顧問契約結ぶ。地連加盟組合は北陸8組合(立山、加賀、三善、中川、ショウワ、北日本、6組合)、関西ブロック3組合(聯労、桜井、協和)①組合員合計368名(会費人口98%)②地連会費1250円(うち580円は紙パ連合会費) 9．日本紙興は、関北地連脱退。
2003年(69) (平成15年)	9．紙パ関北地連第28回定期大会、児島地連議長(三善)就任し地連を北陸中心に存続を決定。 9．地連大会の要請を受け地連及び各組合の顧問に就任(契約書締結)。 9．関西ブロックではブロック解散後、関西では親企業などの関係で、地連組織に残る。聯労、協和工機、桜井の三組合と、問題を抱えている8組合、(大津板紙、ハリマペーパーテック、千代田段ボール、中越パック)の各組合と顧問契約を結ぶ。
2004年(70) (平成16)	3．聯合紙器労組(24名)小倉工場閉鎖・分社化反対でスト突入。完全雇用確約させる。 5．天間製紙自己破産。富士川製紙倒産三地連で支援行動。 12．北日本印刷経営悪化で会社の申し入れ。社長の経営責任を追及。
2005年(71) (平成17年)	3．三善製紙存続で会社に緊急申し入れ。雇用保障協定締結(退職金引き下げなど同意)。 6．中越テック経営悪化、粉飾決算、商工中金、池田銀行などが岩川熙(ひろむ)社長更迭し大阪工場売却の動き発覚。組合は、企業再建、雇用確保を要求し、社長解任を一時撤回させる。 12．岩川社長および会社弁護士より、古川委員長とともにトップ会談申し入れる。
2006年(72) (平成18年)	4．ルネッサンスキャピタルマネージメント(株)アドバイザリーに就任し、中越テック株式会社再建のため同社の経営顧問に就任。経営再建指導に当たる(2008年4月まで)。 10．韓国化学聯盟の招待で地連より代表派遣(団長として韓国製紙部会で報告・問題提起)。 11．北日本印刷社長不良貸付問題発覚更迭、経営再建闘争で地連として共同交渉雇用保障協定締結。 11．王子陸運労働組合の顧問に就任し指導支援に当たる。

3．チューエツ木津工場閉鎖。
5．王子製紙グループ会社含めて3200人削減提案。段ボール45工場を15工場に統合を発表。
6．日本加工製紙自己破産全員解雇通告。
6．小泉政権、有事関連三法成立、自衛隊イラク派遣。

5．日本加工製紙負債800億で破産。
6．大昭和製紙は日本製紙に吸収合併。
10．富士川製紙倒産、南信パルプ倒産。

2．中越パルプ工業、三菱製紙合併合意。
4．JR 福知山線脱線事故で多数が犠牲に。
9．小泉政権「郵政民営化」解散で衆議院選挙圧勝。
10．井出製紙自己破産。

3．日清製紙売却されアテナ製紙として存続。
5．王子製紙の北越製紙 TOB が失敗。

2007年(73) (平成19年)	2．協和工機喜多委員長に「懲戒解雇か諭旨免職か」を通告。私生活や仕事に対する弱点を突く。 3．前立腺癌発症し手術は拒否し放射線治療を受ける。(41回10ヵ月間かかる) 9．紙パ関北地連結成20周年記念大会(高岡組合運動50年祝)講師・大川真郎先生(弁護士・日弁連事務総長・立命館大学法科大学院教授)
2008年(74) (平成20年)	7．北日本印刷経営悪化で民事再生法申請。組合・地連一体で団体交渉。企業存続雇用保障で闘う。 8．(株)モリクロ経営問題で協力を求められ問題解決に当たる。取締役就任(アドバイザリー契約、2015年1月辞任申し入れ受理)
2009年(75) (平成21年)	1．北日本印刷12名(うち組合員9名)の人員削減提案(4．地連代表加え団交(共同交渉)、会社再建計画開示、組合条件付で受け入れ認める。 2．立山製紙業績不振理由に3月から、組合員の賃金を３％ダウンする提案。組合は、ギリギリ地連に報告あり対応遅れる。提案から僅か1ヵ月しかなく労働委員会提訴決意、顧問として会社に申し入れ行動し、期限を1ヵ年とすることで合意協定(結果として1年で終わる)。
2009年(75) (平成21年)	4．紙パ関西地本会館(大阪市天王子区)閉鎖し、現・大阪府守口市の(株)モリクロの第2工場に、髙岡個人事務所及び、関西地本・関北地連事務所として無償にて借用し(移転)現在に至る。 7．北日本印刷民事再生手続き開始申し立て、会社存続へ。 9．定期検査で悪性胃癌を宣告される。開腹手術拒否。12月入院，翌年1月5日腹腔鏡にて胃４分の３摘出。 9．第34回地連大会を前にして、各組合の財政が厳しい事から、地連・主力組合から「地連会費を廃止し、各単組負担で活動しては？」の提案あったが、①会費を取らないのは組織ではない事、②少人数でも努力している組合もある。として、地連会費は800円と値下げし、不足分は、各単組から組織の状況に応じ分担金を取るなどを確認。

6． 安倍政権参院議員選挙歴史的敗北、福田内閣誕生。
8． 王子製紙が北越製紙へ仕掛けた TOB 失敗。
10. 日本製紙伏木工場・小松島工場閉鎖。

3. 中越パルプ、三菱製紙業績悪化でベースダウンや希望退職実施。
5. 中央製紙倒産、廃業。
9. 日本製紙伏木工場閉鎖、小松島工場生産撤退。

3. 北越製紙、紀州製紙を買収北越紀州製紙となる。
8. 衆議院選挙で自公政権敗北民主党鳩山内閣誕生。

2010年(76) (平成22年)	7．夙川学院教職員組合顧問就任(経営危機問題で団交に加わるなど指導)経営再建で理事会と交渉する。 10．学校法人辻学園が経営破綻状況にあり、学校教授陣から指導・支援の要請を受ける。 12．教授陣の結集が要であり直ちに教職員会結成。顧問に就任。同時に同学園経営委員会委員就任し学校存続にあたる。
2011年(77) (平成23年)	1．学校法人辻学園経営会議に参加し、理事長など経営側に「学校経営再建」を求める。 4．学校法人辻学園民事再生法を申請、管財人中井弁護士と協議、再建支援スポンサー問題など協議。 9．地連定期大会の大会学習会に中越テックの会社存続で貢献された、スターリングパートナズ CEO 松崎任男氏を講師に招き、経営の立場から学習。 11．夙川学院経営危機から給与、賞与、退職金未払発生、組合として神戸地裁に提訴。
2012年(78) (平成24年)	2．夙川学院経給与、賞与、退職金未払提訴勝利判決。 3．北日本印刷業績悪化問題で会社申し入れ。
2013年(79) (平成25年)	4．能登光範氏慰労と感謝の集い(元、紙パ本部書記次長、関北地連及びユニオンチューエツ元書記長)。 12．聯合紙器労組解散大会・激励開く。会社は、副社長らが組合元委員長らを招待し「聯労の存在を評価」。
2014年(80) (平成26年)	1．ショウワノート労組地連脱退。ショウワノート(組合員120名)は地連の主力組合のひとつだが、委員長が職場でのパワハラ(組合問題に絡めて)・うつ病など発生し、地連としては会社社長とも直接交渉し、休職延長など努力したが最後まで守れず、委員長退職後、組合弱体化し紙パ・地連脱退となる。会社の攻撃による脱退ではなく、こうした例は少ないが、地連各組合全体として支えられず地連共闘でも組織としてのダメージを受けた。 3．丸三製紙、常祐パルプが支援申し入れあり、保証明確でなく受け入れ反対する。内部で意見対立する。 6．日本オートフォート労働組合顧問就任。 7．聯合紙器労組解散、一人組合員・桑本委員長が定年退職。
2015年(81) (平成27年)	9．紙パ関北地連第40回定期大会にあわせ「結成30周年記念祝賀会」開く。 9．公益社団法人関西吟詩文化協会の「師範代」試験に合格。 10．常祐パルプの丸三製紙支援に疑問、全役員総辞職を条件に1981年就任以来34年間務めた丸三製紙の取締役を退任。

6．　菅直人民主党内閣は消費税導入、政治と金、問題で参議院選挙で大敗。

3．　東日本大震災、原発事故発生（紙パで80名以上が犠牲）
8．　日本製紙1300人の人員削減発表。

3．　日本製紙1300人の人員削減提案、生産部門15％削減。
11．　王子製紙（HD）2000人の人員削減発表。

7．　安倍自公内閣参議院選挙で過半数確保。

4．　安倍内閣が、消費税率は、5% から8%（うち地方消費税1.7%）さらに2017年4月から、8% を10% に引き上げを決定。（現在8%どまり）

11．　大阪製紙主力の新聞紙から撤退。12月にマシン停機を発表。

2016年(82) (平成28年)	4．丸三製紙節田社長が退任し常祐パルプが新社長派遣、業績改善せず悪化。
2017年(83) (平成29年)	4．丸三製紙突如5月から工場の操業停止し、全員解雇通告。 5．丸三製紙対策で村松昭夫弁護士と現地オルグ中体調不良、帰宅後、膵炎と胆石で緊急入院手術。 5．丸三製紙の株主として、株主総会決議無効の株主訴訟起し、松山地裁で完全勝利判決勝ち取る。 9．関北地連第42回定期総会、地連の組織の解散、発展的解消と今後の運動などについて定期執行部案提起、この一年間論議する方針を決定。
2018年(84) (平成30年)	1．関北地連委員長会議(地連解散問題で協議) 2．日本オート・フォート30名人員削減、賃下げ提案拒否、委員長へのパワハラ事件発生、時間外拒否通告。 3．協和工機組合員3名除名し組織守る。(地連解散問題と関連) 6．中川製紙で3名の死亡災害発生、地連全組合が支援行動など取り組む。 6．日本オート・フォート労組時間外拒否通告、団交で組合員の退職勧奨や賃下げ阻止する。 6．胃がん発症し入院、内視鏡手術うける。 7．中川製紙社長と面談抗議、事故現場視察弔問献花　柴田社長が申し入れを理解し謝罪。 8．公益社団法人関西吟詩文化協会の「準師範」試験に合格。

2. 北朝鮮が長距離ミサイル発射。
3. 北海道新幹線が開業。

1. トランプ氏が第45代アメリカ合衆国大統領に就任。
6. 森友、加計問題、公文書改ざん問題で安倍内閣追及。
7. 都議選で自民惨敗、都民ファ第1党。
8. 北朝鮮によるミサイル発射北海道上空通過。

2. 平昌冬季五輪」フィギュアスケート男子シングルで、日本羽生結弦選手が五輪2連覇を成し遂げ、国民栄誉賞。
6. 米朝会談、トランプ米大統領と北朝鮮の金正恩朝鮮労働党委員長がシンガポール歴史的会談。
7. 「平成最悪」とも言われる豪雨被害、「平成30年7月豪雨」と命名された。

〈カバー〉王子製紙　OKトップコート+4/6Y〈135〉
〈オ　ビ〉王子製紙　OKトップコート+4/6Y〈135〉
〈表　紙〉竹尾　OKミューズガリバーマットホワイト(110K)
〈見返し〉竹尾　OKフェザーワルツ象牙(120K)
〈口　絵〉王子製紙　OKトップコート+4/6Y〈110〉
〈本　文〉北越紀州製紙　淡クリームキンマリ(46.5K)

著者プロフィール
髙岡正美(たかおか まさみ)

■生い立ちと組合役員等関係

1934年8月	京都府出身
1951年4月	東寺夜間高等学校入学
1954年3月	東寺夜間高等学校卒業
1954年4月	立命館大学法学部入学　立命館大学学友会委員長　全学連中央委員
1959年7月	紙パ労連関西地本(地協)事務局長
1964年8月	紙パ労連・関西地本書記長
1975年7月～	紙パ労連本部常任中央執行委員・紙パ関西地本書記長
1978年8月～	紙パ労連関西地連結成、書記長に就任
1985年9月～	紙パ労連・関西地連と北信越地連を統一し、紙パ関西北信越地連書記長に就任、1999年まで専従書記長～副委員長など歴任
1988年2月	紙パ労連から「紙パ連合結成」へ(紙パの総評と同盟系が組織統一・労働戦線統一)
1988年2月～	紙パ連合常任中央執行委員・関西北陸地本書記長・関西北信越地連書記長兼任
2001年10月迄	関西北信越地連副委員長・特別執行委員を歴任
2001年9月～	紙パ関西北信越地連顧問就任、紙パ関北地連、他各組合(32組合)の顧問に就任
2001年10月	高岡個人事務所 M &T 総合企画(労働経営問題研究所)設立。所長に就任

■労働委員会関係

1980年2月～1984年2月	大阪府地方労働委員会　労働者委員
1984年2月～1988年2月	大阪府地方労働委員会(斡旋・調停委員)

■会社・学校経営関係

1981年2月～	丸三製紙株式会社取締役に就任、丸三製紙労働組合顧問、丸三製紙経営改革委員会委員等歴任。2016年9月に取締役辞任。
1988年9月～	(株)チューエツ入社、同社組合の副委員長就任　(株)チューエツサービス取締役就任
1996年6月	(株)チューエツ退社、(株)チューエツサービス取締役辞任
2006年2月～	ルネッサンスキャピタルマネジメント株式会社アドバイザリー就任し中越テック株式会社の会社再建経営指導にあたる。
2008年4月～	ルネッサンスキャピタルマネジメント株式会社、アドバイザリー退任
2008年8月～	株式会社モリクロ、アドバイザリー契約　取締役就任
2010年7月	夙川学院短期大学教職員組合顧問就任、学校再建を指導
2010年10月	学校法人・辻学園教職員会顧問　同学校法人、経営委員就任し学校再建に当たる
2012年4月	夙川学院短期大学教職員組合顧問辞任
2013年2月	学校法人・辻学園、民事再生法にて再建、教職員会解散し顧問及び経営委員辞任
2013年1月	株式会社モリクロ、アドバイザリー契約解除　取締役辞任
■現　在	＊紙パ連合・関西北信越地方労働組合連合会・顧問 ＊M＆T総合企画／高岡労働・経営問題研究所・所長 ＊その他、紙パ関係(関連)組合など顧問(13組合)

財(ざい)は友(とも)なり
―労働運動(ろうどううんどう)と会社再建闘争一筋(かいしゃさいけんとうそうひとすじ)“怒(いか)り、泣(な)き、笑(わら)い”の半世紀(はんせいき)―

二〇一八年十月二十三日　初版第一刷発行

著　者
髙岡正美

発行者
杉田宗詞

発行所
図書出版　浪速社
〒540-0037
大阪市中央区内平野町2-2-7-502
電　話（〇六）六九四二-五〇三二
FAX（〇六）六九四三-一三四六

印刷・製本
亜細亜印刷㈱

落丁・乱丁その他不良品がございましたら、お手数ではございますがお買い求めの書店もしくは小社へお申しつけ下さい。お取り換えさせて頂きます。

Printed in Japan　ISBN978-4-88854-515-0